Köln, Dez. 2019

Lieber Giro

Viel Spaß

bei der

Lektüre

Anne Chon

Originalausgabe
© Schruf & Stipetic GbR, Berlin 2019
www.schruf-stipetic.de
Cover: JBC
Satz und Layout: Hilga Pauli

ISBN: 978-3-944359-47-2

Vervielfältigung und gewerbliche Nutzung
nur nach ausdrücklicher
Genehmigung der Schruf und Stipetic GbR.

Anna Cron

Schneewärts

schruf & stipetic

Erster Teil

Nachtfrost

1

Wie ein böses Tier stürzte der Orkan über die Gipfel der Bergkette ins Tal, um hier sein Unwesen zu treiben. Häuser wurden abgedeckt, Strommasten umgeknickt als wären sie aus Reisig geschnitzt; Stromleitungen hingen auf den Straßen oder über mitten durchgebrochenen Bäumen, die, noch fest im Boden verankert, ihre Stämme nach oben reckten, um sie, auf halber Höhe im spitzen Winkel gesplittert, auf die Erde abfallen zu lassen. Ihre Kronen lagen daneben, abgeschnitten von den Wurzeln, von denen sie nun nicht mehr versorgt werden konnten. Manche der Riesen waren gar entwurzelt und lagen zur Gänze über den Wegen. Vollständig, gesund und dennoch dem baldigen Tod geweiht, als hätte der nicht warten wollen und unter Zuhilfenahme des Sturms den Vorgang beschleunigt. Später würden die Stämme geschält und im Sägewerk zum langsamen Austrocknen aufgeschichtet. Nach dem Sturm traten die Menschen aus den Häusern und gewahrten das Ausmaß der Verheerung. Kaum waren die Aufräumarbeiten beendet, zog der Winter in die abgeschlossene Welt des Tals. Zuerst spürte man es in der Luft, die plötzlich still wurde. Es schlief der Wind, sammelte seine Kräfte, um bald schon die eisigen Schneestürme vor sich herzujagen. Die Zeit des Frosts begann. War man eben noch leicht und frei in den sonnigen Tag getreten, so zog man jetzt die Schultern hoch und hüllte sich in wollenes Tuch. Klirrende Kälte ließ die Gräser und Büsche erstarren, überstäubte sie mit matt schimmerndem Raureif und ließ sie für eine

Weile wie gläserne Kostbarkeiten im Licht des aufgehenden Tages erstrahlen. Noch glitzerte es und blinkte; bald käme der Tod, der wenig beeindruckt von dieser Pracht schwarze Fäulnis ins Erdreich drücken würde, auf dass im Frühjahr nach der Schneeschmelze neues Leben daraus erwüchse. Auf den Schnee wartete man ungeduldig. Sehnte sich nach seiner weichen Sanftheit, der Ruhe, die er mit sich brächte. Er würde sein weißes Tuch über die Welt legen und die faulende Metamorphose unter sich begraben. Still würde es, und selbst das Gejauchze der Kinder, die endlich ihre Schlitten und Skier auspacken könnten, wäre gedämpft von der wattigen Weichheit, die in der Luft lag. Wenn man am nächsten Morgen den ersten Blick aus dem Fenster täte und eine unberührte, weiße Welt erblickte, empfände man nichts als Frieden, bevor man seufzend die schweren Schuhe anziehen und die gefütterten Handschuhe überstreifen müsste, um die Schneeschippe aus dem Abstellraum zu holen und der Schönheit, zumindest vor der eigenen Tür ein vorläufiges Ende zu bereiten.

2

Bettis Vater war ein mürrischer Mann. Das Leben war rau und die Umstände schwer. Er musste jeden Morgen um fünf Uhr aufstehen; eine halbe Stunde später ging bereits sein Zug. Es war ein unbequemer Bummelzug, der an jedem Dorfbahnhof hielt, um die Menschen an ihre Arbeitsplätze zu bringen. Bettis Vater brauchte über eine Stunde, bis er die Großstadt erreichte, wo er umsteigen musste. Nach einem zwanzigminütigen Aufenthalt am Bahnhof, wo er eine Zeitung kaufte, seinen ersten Kaffee im Stehen trank und ein trockenes Brötchen aß, bestieg er den Eilzug, der ihn nach einer weiteren Dreiviertelstunde in die Stadt brachte. Dort arbeitete er als Physiker in einem Elektrokonzern. Spätestens Punkt acht Uhr musste er, um eine

Abmahnung zu vermeiden, die stets mit einem Gehaltsabzug einherging, die Lochkarte in den Stempelkasten stecken. Wenn Schnee lag, war dies nur schwer zu bewerkstelligen. Nicht nur, dass er noch früher sein warmes Bett verlassen musste, um den Schnee vor dem Haus an den Straßenrand zu schippen, oft hatte auch der Zug Verspätung. Die eingeschneiten Schienen mussten freigeräumt und wieder passierbar gemacht werden. Dann erreichte der Mann nur mit großer Anstrengung seinen Anschlusszug, in dem er mit knurrendem Magen, ohne wärmenden Kaffee und ohne Zeitung verdrossen seiner Arbeit entgegeneilte und sein Leben verfluchte. Der Tag war ihm infolgedessen verleidet. Und die Abende verliefen in gedrückter Stimmung, was besonders für die Kinder unangenehm war. Um sieben Uhr kam der Vater nach Hause, und um halb acht setzte sich die Familie zum Essen an den Tisch. Gerne hätten die Kinder ihren Tagesablauf geschildert, den ersten selbstgebauten Schneemann hinter dem Haus beschrieben oder einfach nur ihrer freudigen Erregung über das Wetter Ausdruck verliehen; an diesen Abenden jedoch wurde kaum gesprochen. Man aß stumm und hoffte, den Vater nicht noch mehr zu verdrießen. Betti hatte einen drei Jahre älteren Bruder und eine zwei Jahre ältere Schwester. Sie war das Nesthäkchen, ein kleines mageres Ding mit brennenden, riesigen Augen, die oft zu stark gerötet waren, als dass man das Kind wirklich schön nennen konnte. Ihre Haut war durchsichtig mit einem leichten Olivton. Die schweren dunkelbraunen Locken säumten fest und steif geflochten ihr bleiches Gesicht, das durch die dunklen Augenringe fast einen dämonischen Ausdruck bekam. Sie sah sehr schlecht und schielte, was sich verstärkte, wenn sie müde war.

Betti war ein scheues Kind. Oft schien sie sich in einer Traumwelt zu bewegen. Für Außenstehende nicht nachvollziehbar, brach sie ohne ersichtlichen Grund plötzlich in heftiges Weinen aus und ließ sich nur schwer wieder beruhigen. Bei Vollmond wandelte sie im Schlaf. Sie versteckte ihre Bettdecke und versuchte, sich dann frierend mit dem Kopfkissen zuzudecken. Wie ein Geist strich sie durchs Haus und wurde von ihren Eltern, wenn diese noch wach waren, vorsichtig wieder zurückgeleitet, oft in deren eigenes Bett. Die Eltern vermieden es tunlichst, sie zu wecken, denn wenn sie in so einem Moment wach wurde, schrie sie regelmäßig vor Entsetzen, bis ihr Gesicht sich rotblau verfärbte, sodass schließlich die ganze Nachbarschaft aufwachte. Nicht selten hatte Betti Albträume. Sie weinte im Schlaf. Wenn sie geweckt wurde, wimmerte sie: „Mein Blut tut weh!" und stürzte die um ihre Nachtruhe gebrachte Familie in genervte Gereiztheit. Besonders der Vater, der früh aufstehen musste, entwickelte im Lauf der Jahre eine heftige Abneigung gegen die nächtlichen Störungen, so sehr er die Kleine liebte. Er sah sie schwer atmend mit geschlossenen Augen auf dem Kissen liegen, sah, wie sich die schmächtige Brust hob und senkte und mitunter schwere Seufzer hervorstieß, er sah die vom Weinen wunden Lider zittern und hatte Mitleid. Er erlöste sie aus ihrem Traum, nahm sie auf den Arm, trug sie umher, bis sie erneut eingeschlafen war, und legte sie dann wieder zurück ins Bett. Tagsüber schlich Betti durch das Haus und verkroch sich in den hintersten Winkel des obersten Dachbodens, wo sie sich ein Eckchen eingerichtet hatte, ihr Nest, das man auf Anhieb nicht sah, da es vom Lichteinfall der einzigen Dachluke verschont blieb. Sie klebte sich eine Feder unter die Nase und wurde zu Prinz Bäschkässä, dem Dichter, dem man nichts vormacht und dem man nichts glauben darf.

3

Im Wald stand eine Futterkrippe unweit der Jägerhütte, in der die Heuballen und Getreidesäcke gelagert wurden. Die Tiere waren daran gewöhnt, dort ihre Nahrung zu finden, sobald der erste Schnee gefallen war. Dieses Jahr war der Frost zu plötzlich hereingebrochen; Andres und sein kleiner Sohn Jockel sahen die Spuren, die zur Krippe führten, obwohl noch kein Futter in dem hölzernen Trog lag.

„Viel ist nicht mehr da", sagte Andres. „Wir werden morgen eine Ladung anliefern müssen, um das Futterhäuschen aufzufüllen."

Noch konnte das Wild Nahrung im Wald finden. Erst wenn Schnee läge, würde der Trog mit Eicheln, Bucheckern, Kastanien und Heu gefüllt. Jockel dachte, dass die Tiere gewiss erbost wären, wenn die Menschen sie vergäßen. Schließlich konnte man vorher riechen, ob es schneien würde oder nicht. Jockel roch den nahenden Schnee, und er schloss bereits abends seine Augen in Vorfreude auf den nächsten Morgen, an dem die Welt weiß wäre. Das Wohnzimmer lag schräg gegenüber von seinem Zimmer. Wenn Lore nicht zugegen war, blieben die Türen immer einen Spalt geöffnet, damit kein böser Traum unbemerkt in Jockels Zimmer schlüpfen konnte. An diesem Abend war Lore mit einer Freundin verabredet und würde erst in der Nacht zurückkehren. Vor dem Schlafengehen sagte Jockel:

„Morgen liegt Schnee."

„Woher willst du das wissen, mein kleiner Schlaumeier?", fragte Andres.

Und Jockel antwortete: „Ich bin ein kleiner Schlaumeier!"

„Dann weißt du mehr als der Wetterbericht im Radio", sagte Andres lächelnd. Er beugte sich über den Jungen und gab ihm einen Gutenachtkuss. Er strich die Decke glatt, blickte noch einmal zärtlich in das vor Vorfreude auf den morgigen Tag leuchtende Gesicht und ließ ihn dann allein. Spät am Abend, als Andres noch bei einem Buch und einem Glas Rotwein saß, begann es in dicken Flocken zu schneien. Er nahm das Glas, trat vor die Tür und sah zu, wie sich die Welt vor seinen Augen veränderte. Er hob sein Glas zum Himmel und prostete den Sternen zu.

„Auf den Jockel und auf dich!", sagte er, führte das Glas zum Mund und trank.

4

Jockels Mutter war bei seiner Geburt an einem Aneurysma gestorben, das durch die Wehen geplatzt war. Das Kind war eine Woche vor dem errechneten Termin zur Welt gekommen, und noch bevor die Hebamme und der Arzt das Haus erreicht hatten, hatte Christine für immer die Augen geschlossen. Der Arzt hatte ihr nur noch das Gesicht vom Blut reinigen können, das ihr aus Mund und Nase geschossen war, und sich dann zurückgezogen, um den Vater in seinem Schmerz nicht zu stören. Als Arzt hatte er tagtäglich mit dem Tod zu tun. Doch immer wieder erschütterte ihn dieser. Starb ein alter Mensch, war es stets traurig, doch hatte man damit rechnen können, und seine Angehörigen konnten sich mit dem Gedanken trösten, dass der geliebte Mensch sein Leben gelebt hatte. Es war der Lauf der Dinge und oft war der Tod eine Erlösung, sodass der Arzt erleichtert war, da die Qual nun ein Ende hatte. Doch wenn ein junger, blühender Mensch starb, haderte er nicht selten mit Gott, an den er glaubte und dem er ansonsten vertraute. Jockels Mutter war fast noch ein Mädchen gewesen, ihr Körper kaum ausgewachsen. Es hätte ein Glückstag für sie sein sollen, der Geburtstag ihres ersten Sohnes, den sie ein Dreivierteljahr in ihrem Leib getragen und nicht viel mehr als zwei Jahre nach dem Ende des Zweiten Weltkriegs in Liebe empfangen hatte. Was hatte sie denn von ihrem Leben gehabt? Der Arzt hatte auf ihr stilles, sanft lächelndes Gesicht geblickt und ein Gebet für sie gesprochen. Der Schmerz ihres Gatten hatte auch an seinen Nerven gezehrt, und Tränen waren ihm auf seine gefalteten Hände getropft. Dann hatte er das heftig schreiende Kind gründlich untersucht und der Hebamme in den Arm gelegt.

Jockel hatte seine Mutter nie gekannt, infolgedessen auch nie vermisst. Andres indes hatte nie aufgehört, Christine zu vermissen. So sehr ihn ihr früher Tod grämte, liebte er doch das Kind.

Niemals hätte er es der Obhut seiner oder Christines Mutter anvertraut, so nahe diese ihm und dem Kleinen auch immer standen. Und so hatte er, der Biologie und Forstwirtschaft studiert hatte, sein Haus am Stadtrand von Wuppertal verlassen und den Posten als Forstmeister in der fränkischen Schweiz angenommen. Diese Arbeit konnte er sich selbst einteilen, und sie trennte ihn auch tagsüber nicht von seinem Sohn. Andres lebte nun mit ihm und Lore, die den Jungen offen und den Vater heimlich liebte, allein im Forsthaus am Waldrand hinter der kleinen Stadt.

5

Jockel hatte schon als Dreijähriger jeden Baum, jeden Strauch und alle Tiere, die hier beheimatet waren, beim Namen gekannt. „Papa, Hirsch!", hatte er aufgeregt gerufen, wenn er eine Hirschlosung entdeckte. Schon damals hatte er die Spuren der Tiere, die Abdrücke ihrer Pfoten und ihre Ausscheidungen erkannt und stundenlang mit seinem Vater still auf dem Hochsitz gesessen und das Wild beobachtet. Er wusste, welche Früchte man bedenkenlos essen konnte und welche giftig waren, und er wusste, welche Früchte roh verzehrt abscheulich, jedoch mit Zucker gekocht herrlich schmeckten. Lore kochte die besten Marmeladen und die wohlschmeckendste rote Grütze aus Waldfrüchten. Hagebutten, Blaubeeren, wilde Himbeeren, Brombeeren, Schlehen, Holunder und die kleinen Walderdbeeren wurden zu Säften, Konfitüren und Desserts verarbeitet. Jockel liebte den Wald. Er liebte den Geruch, die Stille und friedliche Stimmung. Wenn ihn, wo immer er sich befand, die Angst ankam, dachte er sich in die Dunkelheit seines Waldes hinein, und die Angst verflog. Er liebte das feuchte Moos, die hohen Kiefern und vor allem den kleinen Bach, der unter einer hohen Sandwand, dem sogenannten Sandrutsch, entlanglief, in dem es Krebse gab und wo zahlreiche Fische laichten. Lore ging mit ihm Krebse fischen. Sie schabten mit einem Korb im sandigen Grund, da, wo zuvor Blasen aufgestiegen waren und zogen dann schnell den Korb aus dem Wasser. Waren Krebse darin, wurden sie in einen mit Wasser gefüllten Eimer geworfen, in dem sie sich nach einem kurzen Schock wieder bewegten. Noch waren sie in ihrem Element und ahnten nicht, dass sie schon am Abend auf dem Esstisch im Försterhaus stehen würden. Dort setzte Lore einen Kessel voll Wasser auf den Herd. Dann warf sie zwei geschälte Zwiebelhälften, eine gereinigte Petersilienwurzel, einen Melisse- und einen Pfefferminzstrunk, von denen Jockel zuvor die Blättchen für die Mayonnaise abgestreift hatte, ein paar ausgepresste Zitronenhälften und Lorbeerblätter hinein. Wenn sie die Krebse in den kochenden Sud warf, stießen sie einen pfeifenden Ton aus. Jockel hielt sich die Ohren zu und freute sich auf das köstliche Fleisch, das Lore mit selbstgemachter Kräutermayonnaise servierte. Wenn der Schaum vom Sud geschöpft war, durfte Jockel die Mischung aus schwarzen Pfefferkörnern, Piment und grobem Salz, die Lore vorbereitet hatte, hinzufügen. Dabei beschrieb sie singend ihr Tun:

„Jetzt nimmt die gute Lore schwarzen Pfeffer, fünf Körner reichen uns, sonst wird's zu scharf." Und Jockel sang:

„Und ich, der kleine Jockel, der hilft mit, weil er das darf."

Jockel durfte ein Ei aufschlagen und musste dabei das Eigelb vom Eiweiß trennen, was gar nicht so leicht war. Man musste schon beim Aufschlagen an der Schüsselkante aufpassen, dass die dünne Dotterhaut nicht platzte und sich in das farblose Eiweiß ergoss. Dann sah er gespannt zu, wie Lore den Pfeffer zusammen mit groben Salzkristallen im Mörser zerstieß und diese Mischung mit dem Eigelb verrührte. Manches Mal drückte Lore noch ganze sechs Knoblauchzehen in das Eigelb, bevor sie langsam das zimmerwarme Öl hinzufügte. Erst ließ sie es von einem Teelöffel tropfenweise auf die Eiersuppe fallen, bis ein fester Brei zustande kam, dann nahm sie die Flasche, ließ den dünnen, gleichmäßigen Strahl beständig in ihre Schüssel laufen und verkündete schließlich trällernd:

„Ich glaub, es reicht!"

Jockel gefiel die kaum wahrnehmbare Bewegung, mit der das Öl nach unten floss, gleich einem glatten goldenen Stöckchen. Ein wenig Senf, ein wenig Zitrone, sehr wenig Waldhonig, die gehackten Kräuterblättchen und ganz zum Schluss noch ein guter Schuss süßer Sahne machten Lores Mayonnaise zur köstlichsten Ergänzung für das Krebsfleisch.

„Jakob, oh Jakob, die Krebse sind gar, ich glaube, das Essen wird wunderbar!", sang sie, und Jakob durfte abschmecken. Nun wurden die Krebse mit dem Schaumlöffel aus dem Sud genommen, aufgeschnitten, mit einem spitzen Messerchen gereinigt und mit etwas Zitronenbutter bestrichen. Jockel assistierte mit kleinen Handreichungen.

6

Jockel wurde eingeschult und lernte Betti kennen. Da sie im Januar geboren war, aber nach einem Reifetest schon im September vor ihrem sechsten Geburtstag eingeschult wurde, war sie kleiner und jünger als die anderen Kinder. Sie hatte sich auf die Schule gefreut. Dort, dachte sie, darf man lesen und schreiben und rechnen und wird dafür sogar noch belohnt. Am ersten Schultag trug sie stolz ihre große Zuckertüte im Arm und stapfte an der Hand der Mutter an den Ort, wo sie das Paradies vermutete. Auf dem Schulhof versammelten sich die Kinder mit ihren Eltern und wurden namentlich von den Lehrern aufgefordert, sich ihrer jeweiligen Gruppe anzuschließen. Betti hatte große Angst, man könnte vergessen sie aufzurufen, und war erleichtert, als sie schließlich ihren Namen hörte. Sie rannte auf die Lehrerin zu, stolperte und stürzte. Ihre Schultüte, die so schön mit Goldpapier eingeschlagen war, fiel ihr aus der Hand. Dabei zerriss das Futter aus Krepppapier und der gesamte Inhalt verteilte sich auf dem Boden. Hastig sammelte Betti die Sachen zusammen und packte sie zurück in die Schultüte. Schon rückten die anderen Kinder kichernd zusammen, rümpften die Nasen und erhoben sich über ihre unglückliche Mitschülerin, die vor Scham am liebsten im Boden versunken wäre. Bettis Strümpfe waren an den Knien aufgerissen; darunter zeigten sich blutige Schürfwunden, die sie nicht weiter beachtete. Die Frau des Hausmeisters nahm das Kind bei der Hand, führte es in ihre Wohnung, wusch ihr die Wunden, entfernte mit einer Pinzette kleine Steinchen, strich brennendes Jod darauf und klebte ein Pflaster darüber. Die Mutter stand daneben und trocknete Bettis Tränen, was diese widerwillig über sich ergehen ließ. Als sie schließlich in ihr Klassenzimmer trat, hatten die anderen Kinder sich bereits paarweise zusammengefunden und ihre Sitzplätze eingenommen. Betti setzte sich verlegen in die hinterste Reihe neben den kleinen Rudi, den einzigen, der alleine in einer Bank saß, und wurde dafür von der gesamten Klasse schallend ausgelacht.

„Das geht natürlich nicht, kleine Betti, da drüben sitzen die Mädchen", sagte die Lehrerin und wies ihr einen Platz am leeren Tisch daneben zu.

7

Rudi war der Enkel des einzigen Optikers und Uhrmachers im Dorf. Er hatte beide Eltern verloren und war ebenso isoliert wie Betti. Doch da er nicht besonders auffiel, hatte er weit weniger zu erdulden als sie. Betti wurde schnell der Sündenbock der Klasse. Sie war anders als die anderen Kinder. Mit ihrem Haar und Hautton unterschied sie sich von ihren blonden Mitschülerinnen. So dunkel wie sie waren lediglich die Kinder, deren Eltern aus östlichen Ländern nach Deutschland geflohen waren, und die Kinder, die ihr Leben dem Vermächtnis von Besatzungssoldaten verdankten. Doch auch diese taten sich zusammen und blieben unter sich. Betti gehörte weder zu den einen noch zu den anderen. Deshalb wurde sie gehänselt, musste bei jedem Vergehen als Verursacherin herhalten und wurde stellvertretend für andere bestraft. Wurde sie an die Tafel gerufen, führte ihr Weg zwischen zwei Bankreihen hindurch nach vorne. Dann wurde sie, wenn Frau Berger, die Lehrerin, sich umgedreht hatte oder abgelenkt war, aus den Bänken heraus an den Zöpfen gerissen, am Rock festgehalten und dergleichen mehr. Mitunter stellte sich ihr ein Bein in den Weg, sodass sie der Länge nach zu Boden fiel. Manchmal wurde sie auch von hinten geschlagen oder durch ein Blasrohr mit einem kleinen Stein beschossen. Wenn Frau Berger sich umdrehte, sah sie in harmlos erstaunte Kindergesichter, die durchaus nicht zu verstehen schienen, was denn der Grund von Bettis Irritation gewesen sein könnte. Schließlich reagierte die nicht mehr auf den Aufruf, an die Tafel zu treten, und wurde zur allgemeinen Gaudi von einigen Mitschülerinnen auf ihrem Stuhl sitzend nach vorne geschoben. Die Lehrerin ließ dies kopfschüttelnd zu. Auch in den Pausen blieb Betti allein und starrte mit grau geränderten, rot entzündeten Augen aus ihrem bleichen, mageren Gesicht, dem man so leicht kein Lächeln abgewinnen konnte. Sie brockte ihr mitgebrachtes Pausenbrot den Spatzen hin und sah den anderen Kindern beim Spielen zu. Zumeist saß sie auf dem schmalen Mäuerchen, das einige Blumenbeete zum Hof hin abgrenzte. Nie sah man sie essen oder spielen. Sie saß nur da, blickte vor sich hin und wartete auf das Ende der Pause. Nach dem Unterricht, wenn alle hinausströmten, um den Weg nach Hause anzutreten, wartete sie, bis das Schulzimmer leer war. Sie vergewisserte sich, dass ihre Mitschülerinnen und Mitschüler das Haus verlassen hatten, und rannte dann in den ersten Stock hinauf zum Mädchenklo, schloss sich dort ein und wartete eine geraume Weile, bis sie hoffen durfte, auf ihrem Nachhauseweg nicht mehr überfallen und verprügelt zu werden. Doch Grausamkeit geht leicht einher mit Beharrlichkeit; und tatsächlich hatte man ihr oft aufgelauert, um sie in eine Ecke zu drängen und, verborgen vor den Augen zufällig daherkommender Passanten, zu verprügeln. Dann kam sie blutig gekratzt, grün und blau geschlagen, zerzaust und geschunden nach Hause. Nicht selten war ihre Kleidung zerrissen, was weitere Strafmaßnahmen nach sich zog, denn die Familie war – wie alle anderen Familien im Dorf so wenige Jahre nach dem Krieg – nicht gerade mit Reichtümern gesegnet. Nie verriet Betti den Grund für ihren Zustand, sodass sowohl Eltern als auch Geschwister, Tanten und Großtanten sie selbst für die Urheberin der Kämpfe hielten, und bald war sie als besonders aggressiv verschrien. Sie ließ die Leute in ihrem Glauben, denn sie schämte sich für die erlittene Unbill sowie für die Ablehnung, die sie durch ihre Schulkameraden erfuhr. Und so wurde ihr zumindest daheim kurzfristig eine gewisse Hochachtung entgegengebracht, die man stets dem Täter zollt und dem Opfer verweigert. Betti konnte bereits lesen und schreiben, bevor sie eingeschult wurde. Sie hatte ein altes Schulheft von ihrem großen Bruder geschenkt bekommen, die zwei einzigen beschrifteten Seiten herausgerissen und es ihr „Bäschkässä- und Betti-Buch" genannt. Sie schrieb kleine Gedichte und schilderte die Ereignisse ihres Tages in dem Heft, das sie sorgsam versteckte.

Ganz anders erging es Jockel. Jung und Alt waren vernarrt in den kleinen Jungen mit den großen blauen Augen, der Stupsnase und den blonden Locken. Die Knaben wählten ihn, obwohl er sanft und versöhnlich war, zu ihrem Anführer, die Mädchen fanden ihn „süß" und buhlten um ihn, so jung sie noch waren. Er hatte ein Wesen, dem sich kein Mensch entziehen konnte. Die Lehrer wie die Eltern der anderen Kinder waren entzückt von seiner Freundlichkeit, seiner Offenheit und seinem ungekünstelten Ernst. Die Tiere fraßen ihm förmlich aus der Hand und ließen sich von ihm zähmen. Man wusste, dass seine Mutter gestorben war und er allein mit seinem Vater und der Haushälterin Lore im Forsthaus am Waldrand wohnte, was den Grad der Sympathie, die man ihm entgegenbrachte, noch erheblich steigerte. „Der arme Jockel" oder „das arme Kind" war in jedem Haus ein gern gesehener Gast. Und wenn eines der Kinder zu Besuch im Forsthaus war, holten die Mütter nur zu gern ihre Sprösslinge dort ab. Dann versorgten sie Lore mit dem neuesten Klatsch und erfuhren von ihr ein neues Kochrezept.

8

In diesem Jahr schneite es besonders heftig. Es begann in der Nacht, und am nächsten Morgen hatte man Schwierigkeiten, die Haustüren aufzumachen, so hoch lag bereits der Schnee; und ein Ende war nicht in Sicht. Im Laufe des Tages fiel der Generator des Elektrizitätswerks aus, sodass in weitem Umkreis die Stromversorgung für zwei Tage und zwei Nächte unterbrochen wurde. Wer nicht hinausmusste, setzte sich an den Kamin oder an den Ofen. Die Kinder jedoch kramten ihre Schlitten aus den Kellern und Schuppen und rannten hinaus in die weiße Pracht. Sie bauten Schneemänner, lieferten sich Schneeballschlachten und rodelten kreischend den Berg hinunter. Als Jockel aufstand, war die Nacht noch lange nicht vorüber. Dennoch gab es ein fahles Licht vor dem Fenster. Er öffnete den Vorhang und sah verzückt in die veränderte Welt hinaus. Der Schnee lag schon fast einen halben Meter hoch. Jockel wusch sich, putzte sich die Zähne und schlüpfte in den warmen Pullover, den Lore ihm gestrickt hatte. Dann rannte er die Treppe hinunter in die Küche. Andres hatte Kakao gekocht, der auf dem Tisch in Jockels Tasse dampfte. Er hatte bereits Heubündel und die Säcke mit den

Eicheln und den Bucheckern, die die Waldarbeiter gesammelt und in der Forstscheuer aufgeschichtet hatten, mit breiten Gurten auf dem großen Lastschlitten festgezurrt.

„Frühstück gibt's danach, erst kommen die Tiere dran", sagte er und lächelte, als er daran dachte, dass Jockel den Schnee vorher gerochen hatte.

Dann wurde Benno aus dem Stall geholt, und während Jockel seine Schokolade trank, warf Andres dem Gaul die grüne Filzdecke über den Rücken und spannte ihn vor den Schlitten. In hohen Stiefeln gingen sie neben dem müden Tier einher, das wohl gerne noch in der Wärme seines Stalls geblieben wäre. Es schneite unentwegt. Sie sprachen wenig, und wenn, dann wurde der Klang ihrer Worte im Nu vom Schnee gedämpft. Selbst die Anweisungen für Benno trafen kaum als Laute sein Ohr, doch folgte er seinem Instinkt. Er kannte den Weg.

„Als wären wir alleine auf der Welt. Nur du und ich und Benno", sagte Jockel, trat um den Schlitten herum neben seinen Vater und ließ die behandschuhte Hand in dessen Tasche gleiten.

„Zum Glück sind wir nicht ganz alleine auf der Welt", meinte dieser.

„Das stimmt! Zum Glück haben wir unsere Lore und …"
Jockel seufzte und schwieg dann.

„Möchtest du mir etwas erzählen?" Besorgt betrachtete Andres seinen Sohn, soweit das Schneegestöber es zuließ.

„Später vielleicht Papa", seufzte Jockel noch einmal und schüttelte den Kopf.

Um das Jagdhäuschen und die Krippen herum war der Schnee bereits vom Wild festgetrampelt. Der Hunger hatte die Tiere zu den Futterstellen getrieben und enttäuscht wieder abziehen lassen. Nun warteten sie hinter Büschen und Bäumen verborgen auf die Menschen, denen sie ansonsten geflissentlich aus dem Weg gingen. Sobald die hölzernen Tröge gefüllt und die Wohltäter wieder verschwunden wären, würden sie rasch aus ihren

Verstecken stürzen, um sich die Mägen zu füllen. So lange der Schnee anhielt, würde es nun täglich so gehen.

Auf dem Nachhauseweg betrachtete Andres seinen Sohn von der Seite. Nachdenklich und in sich gekehrt stapfte Jockel neben seinem Vater her. Er konnte ungewöhnlich ernst und im nächsten Augenblick wieder fröhlich sein. Ungerechtigkeit und Leid gingen ihm stets zu Herzen. Wenn Frauen aus der Stadt bei Lore hereinschauten, in der Küche saßen und ein fremdes Unglück durchhechelten, fiel Jockel manchmal in große Trauer, die ihn nicht selten sogar zum Weinen brachte, auch wenn er kurz zuvor noch herzlich gelacht hatte. Seit September ging er nun zur Schule, und seither hatte er sich stetig verändert. Er war in wenigen Monaten ein ganzes Stück gewachsen und sein Gesichtsausdruck war ein anderer geworden. Das war nichts Außergewöhnliches. Doch seit einiger Zeit war er stiller. Etwas schien ihn zu bedrücken, denn immer häufiger sah Andres ihn nachdenklich vor sich hin grübeln und hörte ihn mitunter seufzen. War er etwa verliebt? Andres erinnerte sich an seine erste Liebe, auch er war damals erst sechs und seit wenigen Monaten eingeschult gewesen. Roswitha Ebbig, Rosi. Sie hatte wundervolles rotbraunes Haar gehabt, ihre kaum zu bändigenden Locken waren zu festen Zöpfen geflochten, sie hatte eine sehr helle Haut und blaugrüne Nixenaugen gehabt. Alle Jungen waren in sie verliebt gewesen, was sie gewusst und genossen hatte. Er erinnerte sich daran, wie er sie einmal auf der Straße an der Hand ihrer Mutter gesehen hatte. Sie hatte sich nach ihm umgedreht und ihn angelächelt. Er wusste noch sehr genau, wie ihm das Blut in den Kopf gestiegen war, während sich in seiner Brust eine merkwürdige Hitze ausgebreitet hatte. Er war nach Hause gerannt und hatte gesungen:

„Sie liebt mich!"

Später, als sie schreiben konnten, hatte er ihr Briefe zugesteckt, die sie zu den anderen zahlreichen Liebesbriefen seiner

Nebenbuhler in die Tasche geschoben hatte. Er erinnerte sich an den Schmerz, den es ihm verursacht hatte, als er sie mit Franz Vitzthum hinter dem Heuschober von Bauer Klosterhuis gesehen hatte. Eigentlich war da gar nichts gewesen. Franz und Rosi hatten nur mit angewinkelten Knien beieinandergesessen und geredet. Sonst nichts. Aber für ihn war damals die Welt eingestürzt. Rosi hatte nach dem Krieg einen amerikanischen Soldaten kennengelernt und war ihm in seine Welt gefolgt. Seither hatte Andres nichts mehr von ihr gehört. Wer weiß, was aus ihr geworden war.

Aber vielleicht war es ja auch etwas ganz anderes und Jockel würde beim Frühstück darüber reden.

Als sie am Forsthaus anlangten, war Lore schon aufgestanden. Jockel führte das Pferd in den Stall, nahm ihm die Filzdecke ab und rieb ihm die Beine trocken, während Andres den Schlitten in die Scheune schob und die leeren Säcke zum Trocknen aufhängte. Als sie im tiefen Schnee über den Hof zum Haus stapften, kam ihnen bereits der Duft von frisch aufgebrühtem Kaffee und gebackenen Waffeln entgegen. Sie öffneten die Tür, klopften ihre Stiefel ab und traten ins Haus. In der warmen Küche war der Tisch bereits gedeckt.

9

Nun ging Betti bereits seit drei Monaten zur Schule. Die Erstklässler bekamen noch keine Halbjahreszeugnisse, den Kindern wurde stattdessen ein Beurteilungsbogen ausgestellt, der sich einzig auf soziale Fähigkeiten und seelische Reife bezog und ein Fiasko für Betti war. Vermutlich wollte die Lehrerin ihr nur helfen, als sie Bettis verstockten Charakter und ihren angeblichen Hang zur Gewalttätigkeit gegen ihre Schulkameraden schilderte. Natürlich hatten die Kinder der Lehrerin sowie ihren Eltern gegenüber die Rolle des Angreifers auf Betti geschoben, sodass sie bei den meisten Erwachsenen schlecht angesehen war. Diese verboten ihren Sprösslingen den Umgang mit der „bösen Betti" oder dem „Satansbraten", wie man sie allgemein nannte. Kurz bevor die Weihnachtsferien begannen, sah Jockel, wie Betti von ihren Mitschülerinnen verprügelt wurde. Er war fasziniert und erschrocken zugleich. Dann sah er in Bettis Gesicht, drehte sich um und rannte davon. Er rannte, bis er einen heftig brennenden Schmerz in der Brust fühlte. Sein Gesicht war nass von Tränen. Und beständig sah er Bettis Augen vor sich. Noch nie zuvor hatte er erlebt, wie ein Mensch geschlagen wurde. Wie ein Tier in der Falle, dachte er, nur dass Tiere nicht weinen können. Und dann rannte er zurück, ertrug den Schmerz in der Brust. Keuchend stand er vor ihr. Die anderen hatten mittlerweile von ihr abgelassen und waren nach Hause gegangen. Betti stand auf und räumte ihre Schulsachen wieder in den Ranzen. Er fragte:

„Soll ich dir helfen?"

Sie schüttelte nur den Kopf. Er wusste, es war zu spät. Vorher hätte er ihr helfen müssen. Aber er hatte zugesehen und war davongerannt. Es gab keine Entschuldigung für sein Verhalten. Er fühlte sich elend und schuldig. Er sah ihr schmutziges Gesicht mit den halb verhangenen Augen. Fremd sah sie aus. Nicht wie die anderen Mädchen. Sie gefiel ihm. Ihr düsterer Blick gefiel ihm. Sie war nicht böse, sie war einfach nur traurig. Da schlug sie die Augen auf und sah ihn an. Sie nahm ihren Ranzen, drehte sich um und ging. Er stand noch eine Weile da und blickte ihr nach, doch sie drehte sich nicht mehr um. Er verspürte das dringende Bedürfnis, ihr nachzulaufen. Er sah ihren schwankenden Gang, der ihm schon öfter aufgefallen war. Was war nur los mit ihr? Und dann fasste er einen Entschluss. Er rannte hinter ihr her, überholte sie und stellte sich vor sie hin. Da blieb sie stehen. Tränen liefen über ihr Gesicht.

„Magst du mich besuchen?", fragte er. „Dann zeige ich dir meine Tiere!"

Doch sie sah ihn nur an, und er dachte: Sie sieht durch mich hindurch. Da war sie auch schon an ihm vorbei und in die Straße eingebogen, in der sie wohnte.

10

Betti hatte sich das Lesen und Schreiben selbst beigebracht. Von ihrem großen Bruder hatte sie die Bedeutung der Buchstaben erfragt, das Alphabet auswendig gelernt und sich mit dessen Hilfe durch Kinderbücher gearbeitet. Das linke Auge hatte sie dabei geschlossen oder mit der Hand zugehalten. Waren ihre größeren Geschwister nicht zugegen, stibitzte sie sich deren Lesebücher; und bald konnte sie sehr viel besser lesen und schreiben als die beiden. Später las sie heimlich die Bücher aus dem großen Regal des Vaters, und als sie eines Tages eine Kiste mit alten Büchern auf dem Dachboden fand, schleppte sie diese in ihren Bodenwinkel, stapelte sie dort mit den Buchrücken nach vorne und war glücklich. Sie las Texte von Georg Trakl, Heinrich Heine, Paul Zech und zahlreichen anderen Autoren. Nichts war ihr so vertraut wie das geschriebene Wort, das sie förmlich inhalierte, auch wenn sie den Inhalt noch nicht verstand oder dieser sie ängstigte. Ihr liebstes Buch war „Der schwarze Baal". Es begann mit den Worten: „Oh das Unglück, oh das Unglück ..." Sie las es und weinte. Sie weinte über das Unglück, das die Menschen in den Geschichten erlebten, und sie litt mit ihnen, als wäre es ihr eigenes Leid, das da beschrieben stand. Es ging um arme Minenarbeiter, die Tag für Tag in den Bauch der Erde krochen, um dort Kohle herauszukratzen. Für Betti waren es Helden, die ihr Leben riskierten, damit die Menschen es warm hatten. Eine der Erzählungen hatte es ihr besonders angetan: „Das Pferdejuppchen". Es war die Geschichte eines kleinen Jungen, dessen Vater im Bergwerk unter Tage arbeitet. Juppchen liebt

Tiere über alles und hat zwei Kaninchen, die er selbst großgezogen hat. Zu seiner Konfirmation werden diese geschlachtet und landen als Festtagsschmaus auf dem Tisch der Familie. Am nächsten Tag ist die Kindheit beendet, denn Juppchen wird zum Arbeiten in den Stollen geschickt, wo er, weil er so schwach ist und gut mit Tieren umgehen kann, die Grubenpferde betreuen muss. Er liebt besonders ein Tier, das schon sehr alt ist und bald zum Abdecker geschafft werden soll. Juppchen flüstert dem Gaul, der unter Tage geboren wurde und sein gesamtes Leben dort zugebracht hat, Geschichten ins Ohr: von grünen Wiesen, strahlendem Sonnenlicht und plätschernden Bächen, vom großen Meer, von guter Luft und einem Himmel, der in unendlicher Weite all diese Pracht umspannt und nichts als Freiheit verheißt. Der Junge spart und träumt davon, genug Geld zusammenzubekommen, um das Pferd von der Grubenleitung kaufen zu können. Doch eines Tages kommen Männer, verbringen das Tier in den Förderkorb, und ab geht es nach oben. Unten steht Juppchen, ringt nach Luft und ruft noch einmal voller Weh den Namen seines Pferdes. Es streckt den Kopf aus dem Aufzug, wiehert kurz auf und sieht seinen Freund an. Da wird ihm der Kopf abgerissen, den es, um Abschied zu nehmen, zu weit vorgestreckt hat, und nun stirbt es gemeinsam mit Juppchen. Denn dieser wird von dem nach unten stürzenden Kopf erschlagen.

Stets weinte Betti bei der Lektüre der Geschichte. Schon wenn sie las, wie der Junge die abgezogenen Kaninchenfelle sieht und fassungslos vor dem Festtagsbraten sagt: „Meine beiden Hänschen!", musste sie weinen. In nichts erkannte sie sich besser wieder als im Unglück und wusste nicht, warum. Sie schrieb in ihr Buch:

„Der Tod ist sinnlos und macht das Leben sinnlos. Warum muss man sterben? Warum muss man leben?"

Da war sie gerade mal sechs Jahre alt.

11

Herr Uibl, Rudis Großvater, spürte schon lange, dass Betti nicht böse und aggressiv, sondern ausgeschlossen war und darunter litt. In ihren entzündeten Augen sah er die Tränen. Sein Haus grenzte an ihr Elternhaus, und so schlecht seine eigenen Augen waren, so ausgeprägt war sein Gehör, er hörte sie oft nachts im Schlaf schreien und wusste nicht, was da bei seinen Nachbarn vor sich ging. Vielleicht wurde sie geschlagen. Aber das konnte er sich nicht wirklich vorstellen. Oft blickte er ihr von seinem Fenster aus nach, wenn sie zur Schule ging. An ihrem Gang hatte er schon lange erkannt, dass das Kind wohl schlechte Augen hatte. Die Vorsicht, mit der sie die Füße aufsetzte, die Häufigkeit ihres Stolperns, die vielen Stürze, das Schwanken ihres Körpers erinnerten ihn an seine eigene Kindheit und genügten ihm, um eines Tages nebenan an der Tür zu klopfen und mit Bettis Eltern zu reden. Von seinem Enkel Rudi wusste er doch einiges über das Martyrium, dem sie in der Schule ausgesetzt war, und führte dies in erster Linie auf den Umstand zurück, dass sie schlecht sah.

„Sie sieht vermutlich nur mit einem Auge", sagte er den beiden Frauen, Bettis Mutter und Großmutter, die da vor ihm saßen.

Es wurde beschlossen, tags darauf in die Stadt zu fahren und den Augenarzt aufzusuchen. In den Weihnachtsferien wurde die Sehne in Bettis linkem Auge dann operativ verkürzt und eine Brille angepasst. Zuvor war es je nach Ermüdungsgrad mitunter passiert, dass Betti das Auge nicht mehr gehorcht hatte. Es war zur Nasenwurzel hin nach innen gekippt, bis man nur noch das Weiße sah. Die Großmutter strich ihr dann über den Kopf gestrichen und fragte:

„Ist dein Auge wieder ohne dich schlafen gegangen?"

Doch für die Kinder in der Schule war dies ein zusätzlicher Grund gewesen, Betti zu verspotten.

Am Tag, bevor der erste Schnee fiel, war die Brille fertig und lag bei Herrn Uibl abholbereit in der Schublade. Sie war rund und hatte dickes, gelbliches Glas. Bei dieser Stärke war das nicht anders machbar, so sehr er daran herumgeschliffen und poliert hatte. Er ahnte bereits die neue Qual, die sich fast zwangsläufig für Betti daraus ergeben würde. Nun saß sie vor ihm auf dem hohen Kinderstuhl, in dem sein Enkel Rudi als Kleinkind am Tisch gesessen hatte. Er setzte Betti die Brille auf und gewahrte ihr Erstaunen. Sie sprang vom Stuhl herunter und drehte sich im Kreis. Sie ging an sein Mikroskop und strich mit den Fingern darüber.

„Was ist das?"

„Damit kann man sehr kleine Dinge sehen, die man normalerweise nicht sieht", antwortete er.

„Eine Stehbrille!"

„Ja, eine Stehbrille, noch viel, viel stärker als deine. Man nennt es Mikroskop."

„Darf ich hineinsehen?"

„Ja, kleine Betti", sagte er lächelnd, „sieh hinein!"

Er hob sie auf den Stuhl und drehte den Tisch in ihre Richtung.

„Sieh hier hinein!"

Er legte ein Blütenblatt, das er von einem getrockneten Rosenstrauß gerissen hatte, unter die Linse. „Farben!", schrie sie. „Rot und Blau und weiße, zitternde Punkte; Punkte, Kommas und Sternchen! Da ist ein Fragezeichen und hier ein zuckendes Gesicht, das verschwimmt. Das bewegt sich! Es bewegt sich!"

Uibl freute sich über ihre Freude, hob das Kind vom Stuhl und es schlang die Arme um ihn.

„Onkel Uibl, das will ich malen! Darf der Rudi immer da durchschauen? Warum zittern die Punkte? Haben sie Angst oder sind sie aufgeregt?"

Seltsame Fragen, die das Kind ihm stellte.

„Wie gefällt dir deine Brille, Betti?", fragte er.

„Ich weiß nicht, aber sehen ist schön!", jubelte sie. Und dann fragte sie unvermittelt:

„Onkel Uibl, was ist ein altes Übel? Die Leute nennen dich so!"

Er musste laut lachen.

„Betti, die Leute wissen nicht, was sie sagen, und manchmal sind sie auch dumm, aber sie meinen es meistens nicht böse."

Da verfinsterte sich ihr Gesicht.

„Die Leute meinen es böse und wissen genau, was sie sagen, auch wenn sie dumm sind."

Und im nächsten Augenblick war sie schon nach draußen gerannt und hatte die Tür krachend hinter sich zugeschlagen. Der alte Mann sah ihr nach und schüttelte den Kopf. Punkte, Kommas, Fragezeichen, lernte man das schon im ersten Schulhalbjahr?

12

Hätte Betti die Brille zur Schulzeit bekommen, hätte sie sie wahrscheinlich nie getragen. So jedoch hatte sie sich, als nach den Ferien die Schule wieder begann, bereits daran gewöhnt und war glücklich. Vielleicht würde sich nun alles ändern. Vorher hatte sie nur das erkennen können, was sie unmittelbar vor sich liegen sah. Nun würde sie die Buchstaben, Kreise und Zeichen, die die Lehrerin an die Tafel malte, sehen. Sie würde nicht mehr so oft zur Tafel gerufen, wenn sie eine Frage nicht verstand, denn nun würde sie lesen können, was die Lehrerin geschrieben hatte. Vielleicht würde sie nun nicht mehr ständig stürzen, oder gegen eine Wand rennen, alles Dinge, die ihr zuvor passiert waren und zur allgemeinen Heiterkeit beigetragen hatten. Nun wäre sie so normal wie die anderen Kinder. Dass sie die Einzige in der Klasse war, die eine Brille tragen musste, störte sie zunächst nicht. Sie freute sich wieder auf die Schule. Nun würde sie allen beweisen, was sie schon wusste und konnte, und vor allem, dass sie nicht „bekloppt" war.

Es war Anfang Januar, der erste Schultag nach den Weihnachtsferien und zwei Tage nach ihrem Geburtstag. Betti nahm ihre Schultasche und packte ihr Pausenbrot hinein. Im Stehen trank sie einen Schluck von der heißen Schokolade und rannte hinaus.

Wie schön die Welt ist, dachte sie. Wie viele Farben es gibt. So viele, viele Farben. Mein Auge geht nicht mehr ohne mich schlafen!

Jockel holte sie ab und sie freute sich darüber. Als sie gemeinsam zur Schule gingen, dachte sie, dass nun ein neues Leben begänne. Mittlerweile wusste die Lehrerin von Bettis Sehschwäche und wies ihr gleich einen Platz in der ersten Reihe zu. Dort saß sie zwar immer noch allein in der Bank, da keins der Mädchen neben ihr sitzen mochte, doch konnte sie nun auch nicht mehr geärgert werden, wenn sie zur Tafel zitiert wurde. Direkt über den Gang neben ihr, auf der Seite der Jungen, saß Jockel. Natürlich hatten die anderen Kinder die Brille bemerkt, doch die Lehrerin war bereits zugegen, der Unterricht hatte begonnen, sodass sie mit ihrem Hohn bis zur Pause warten mussten. Die Lehrerin schrieb das Wort *Peter* an die Tafel. Das B, das O und das P hatten die Kinder bereits gelernt. Die Hausaufgabe für die Ferien war gewesen, die ganze Schiefertafel voll mit Ps zu schreiben. Die Lehrerin fragte:

„Wo seht ihr hier das P?"

Betti meldete sich, wurde aufgerufen und sagte:

„Am Anfang von Peter."

Alle lachten bis auf die Lehrerin. Die sagte:

„Betti, kann ich in der Pause mit dir reden?"

Betti erbleichte.

„Hab keine Angst", sagte die Lehrerin, „du kannst wohl jetzt besser sehen?"

„Ja …"

Betti schluckte und hörte, wie ein Mädchen sagte:

„Jetzt schaut sie noch bekloppter aus."

Und wieder lachten fast alle. Die Lehrerin malte das Wort „Pfannekuchen" an die Tafel und fragte:

„Betti, was meinst du, was da steht?"

Sehr leise, nun mit großer Angst, stammelte sie:

„Pfannekuchen."

Als das Pausenzeichen ertönte, blieb Betti auf ihrem Stuhl sitzen, während die anderen Kinder auf den Schulhof hinausstürzten.

„Woher kannst du lesen?", fragte die Lehrerin.

Betti verschluckte sich vor Angst.

„Ich weiß nicht, vom Lesen. Mein Bruder hat mir die Buchstaben erklärt, und ich habe gelesen. Ich habe sie mir zusammengedacht. Ein P und ein E gibt Pe, und ein T und noch ein E und ein R, macht zusammen Peter. Das ist doch klar."

Die Lehrerin schüttelte den Kopf.

„Es ist genau so, wie du sagst. Was liest du denn alles?"

„Bücher, die ich finde. Die Schulbücher von meinen Geschwistern oder was aus dem Bücherregal daheim. Auf dem Dachboden habe ich eine Kiste mit alten Büchern gefunden, die habe ich mir geholt und versteckt. Mein Papa sagt, die sind noch nichts für mich. Mein Lieblingsbuch ist ‚Der schwarze Baal', mit ganz vielen Geschichten, und meine Lieblingsgeschichte darin ist ‚Das Pferdejuppchen'."

Die Lehrerin fragte:

„Weißt du denn auch, wer das Buch geschrieben hat?"

„Natürlich, das steht ja drauf."

„Und wer?"

„Paul Zech."

Der Lehrerin war fassungslos; sie kannte die Geschichten nicht, aber sie kannte Paul Zech. Seine sozialkritischen

Geschichten aus dem Bergarbeitermilieu waren gewiss keine Literatur für Kinder. Sie nahm sich vor, das Buch zu lesen.

„Was sonst noch? Kannst du mir noch einen anderen Titel sagen?"

„Ja, ‚Buch der Lieder' von Heinrich Heine, aber das ist lustiger."

Die Frau schluckte. Lustiger!

„Verstehst du es denn?", fragte sie.

„Nicht alles, aber manchmal, wenn ich an was ganz anderes denke, verstehe ich auf einmal etwas, was ich vorher nicht verstanden habe."

„Gehe jetzt in die Pause, Betti! Du hast noch zehn Minuten."

„Kann ich nicht hier bleiben?"

„Nein, Betti, mit den anderen Kindern spielen ist genauso wichtig wie lesen können."

Als Betti auf den Pausenhof kam, setzte sie sich auf ihr Mäuerchen und war im Nu von Klassenkameradinnen umringt.

„Brillenschlange! Eule! Uhu! Brillenschlange!", ertönte es vielstimmig.

Betti sah vor sich auf den Boden. Sie wollte nicht weinen.

„Du siehst vielleicht doof aus mit deiner blöden Brille! Warum sagste denn nichts? Bist wohl was Besseres!", schrie ein Mädchen.

Ein anderes ergänzte:

„Na warte nur, wenn die Schule aus ist! Dann passiert was!"

Sie formten Schneebälle und bewarfen Betti damit. In einem steckte ein Stein, der ihr unsanft an den Kopf schlug und trotz der dicken Wollmütze einen heftigen Schmerz auslöste, den sie allerdings nicht zu beachten schien. Da trat die Lehrerin die Stufen der großen Freitreppe herunter und die Kinder stoben auseinander. Eines bekam sie zu fassen. Sie fragte:

„Was ist hier los?"

„Nichts", stammelte das Kind. „Betti wollte mich schlagen."

„Stimmt das Betti?"

Betti, den Blick immer noch fest auf den Boden geheftet, reagierte nicht sofort, dann nickte sie.

„Wirklich?"

Die Frau zögerte. Sie strich Betti über den gesenkten Kopf. Dann wandte sie sich an das andere Mädchen und forderte es barsch auf, zu ihren Freundinnen zu gehen. Das war Grund genug für die Kinder, um gegen Betti einen Racheplan auszuhecken.

13

Nach dem Unterricht rannten die Schüler nach draußen und Betti schlich die Treppe hinauf zur Mädchentoilette, um sich in einer der Kabinen einzuschließen. Dort saß sie, bis sie die Hausmeisterin hörte, die mit dem Putzeimer nebenan in der Knabentoilette verschwand. Mittlerweile war eine lange Zeit vergangen, und man würde sich zu Hause Sorgen machen, wenn sie noch später von der Schule zurückkäme. Die anderen Kinder hatten vielleicht bereits aufgegeben, auf sie zu warten. Sie hatte große Angst, als sie den Schulhof verließ und die Straße hinunterging. Vor dem Schaufenster des Schreibwarenladens lehnten vier Mädchen aus ihrer Klasse. Es waren nicht die schlimmsten Schlägerinnen, und für einen Augenblick atmete Betti auf.

Nur nicht hinschauen, dann lassen sie mich vielleicht in Ruhe, dachte sie und starrte geradeaus, als sie an den Mädchen vorbeiging.

Einen anderen Weg gab es nicht.

Lydia Prunkl, Brigitte Skalsky und Brigitte Swieca waren Flüchtlingskinder aus dem Sudetenland, die selbst einen schwierigen Stand in der Klasse hatten. Die Vierte im Bunde war Veronika, die Tochter von Steinmetz Hubmann. Vor dem Schaufenster verlief ein Geländer, an das – sehr zum Ärger des

Ladenbesitzers – die Kinder mitunter ihre Fahrräder anschlossen. Heute hatten sich die Mädchen daran gelehnt. Ihre Füße stemmten sie schräg vor sich in den schneebedeckten Boden, sodass ein Raum unter ihren Beinen entstand, in dem sich ein anderes Kind versteckt hatte: Karin Baierlein, die Enkelin der alten Heringsbraterin, ein höhnisches und brutales Geschöpf. Sie war ein Jahr älter als ihre Schulkameradinnen und mehr als zwei Jahre älter als Betti, da sie bereits im Vorjahr eingeschult worden war und das Schuljahr wiederholte. Größer und stärker als ihre Kameradinnen, war sie deren Anführerin. Betti war ihr auserkorenes Opfer. Nicht nur, weil sie der allgemeine Sündenbock war, sondern auch, weil Betti stolz war und nicht um die Freundschaft der anderen buhlte. Betti kannte ihren eigenen Wert. Sie war die Einzige in der Klasse, die lesen, schreiben und rechnen konnte, und sie wusste es. Auch wenn sie sich gern zurückzog, litt sie unter der Ablehnung, die ihr in der Schule begegnete, und sie fürchtete nichts so sehr wie körperliche Gewalt, die sie durch die Klassenkameraden erfuhr. Sie wusste genau, dass ihr nichts anderes blühte, als sie sich dem Schreibwarenladen näherte.

Lydia sprach sie an:

„Was hast du denn so lange in der Schule gemacht?"

„Nichts!"

„Warum sagst du: nichts?"

„Ich habe doch was gesagt!"

„Werd bloß nicht frech, sonst hau ich dich!"

„Lass mich doch in Ruhe!"

„Willst du Prügel? Wir sind nämlich nicht allein."

„Ihr traut euch auch nichts, wenn ihr allein seid."

Das war das Stichwort für Karin. Sie kroch hervor und stürzte sich auf Betti, die im Nu auf dem Boden lag, das in lustvoller Wut verzerrte Gesicht Karins über sich, und versuchte, ihr eigenes Gesicht mit den Armen zu schützen. Die andern Mädchen deckten das Geschehen ab und standen Schmiere. Karin schlug Bettis Kopf ein paar Mal auf den vereisten Boden und riss ihr ein Büschel Haare aus. Sie zog ihr mit einem heftigen Ruck die Brille herunter und schleuderte sie von sich. Dann traktierte sie ihr Opfer mit Faustschlägen auf Augen, Nase und Mund. Sie wühlte förmlich im Blut, das Betti augenblicklich aus der Nase stürzte, und ließ auch nicht von ihr ab, als Betti sich in hohem Bogen übergab. Zwei Frauen näherten sich. Sie riefen:

„Was ist denn hier los?"

Karin stand auf. Sie war verschmiert von Bettis Nasenblut, heulte laut und warf sich den Frauen in die Arme.

„Die Betti hat mich verprügelt! Au, das tut so weh! Ich glaube, mein Arm ist gebrochen!"

Die Frauen sahen nicht, dass Karin keine einzige Wunde hatte, im Gegensatz zu Betti, deren Auge unter der blutenden Platzwunde bereits anschwoll. Aus ihrer Nase lief noch immer in unverminderter Heftigkeit das Blut. Betti kroch auf dem Boden umher und tastete nach ihrer Brille. Als sie sie endlich gefunden hatte, fühlte sie sich jäh an den Haaren gepackt und hochgezogen. Sie setzte sich die Brille auf und sah das Gesicht einer der beiden Frauen vor sich.

„Du schon wieder! Du Satansbraten! Das sage ich deinen Eltern. Dein Vater wird dir schön den Marsch blasen, wenn er nach Hause kommt. Der wird dir schon beibringen, dass man keine anderen Kinder schlägt!", brüllte sie und wischte der laut heulenden Karin das Blut vom unversehrten Körper, während Betti versuchte, ihr Nasenbluten zu stillen und die klaffende Platzwunde über dem Auge mit einem Taschentuch zu verbinden. Sie konnte sich kaum auf den Beinen halten, doch weinte sie nicht, und vor allem versuchte sie nicht, den wahren Sachverhalt aufzuklären, den man ihr ohnedies nicht geglaubt hätte. Schweigend griff sie nach ihrem Ranzen, an dem ein Riemen abgerissen war, und wankte, von Karins Geheul und dem wütenden Gekeife der beiden Frauen begleitet, nach Hause. Nicht nur, dass ihre Kleidung zerrissen war, die Schulsachen waren durchnässt, der Ranzen musste repariert werden. Das kostete Geld. Ein Brillenbügel war verbogen. Herr Uibl würde das sicher umsonst in Ordnung bringen. Bettis Körper war mit blauen Flecken, Kratz- und Schürfwunden übersät, die Kleidung zerrissen, verdreckt und blutbeschmiert.

Die Mutter schalt, doch als sie die noch immer blutende Platzwunde sah, die schräg über die Stirn zum linken Auge hin verlief, schickte sie sich an, sie auszuwaschen und zu verbinden. Bettis Großmutter schüttelte den Kopf und sagte:

„Was ist bloß mit dir los? Warum kannst du die anderen Kinder nicht endlich mal in Ruhe lassen? Sie haben dir doch nichts getan!"

14

Und wo war Jockel gewesen, als das geschah? Hatte er sich nicht vorgenommen, in Zukunft auf Betti aufzupassen? Wollte er sie nicht beschützen? Er hatte sich auf den ersten Schultag nach den Ferien gefreut. Um halb sechs Uhr morgens war er aufgestanden, um seinem Vater bei der Fütterung zu helfen, und hatte sich bereits um Viertel nach sieben auf den Weg gemacht, um vor Bettis Haustür auf sie zu warten. Als sie heraustrat, hatte er sich rasch hinter einem Holzstapel verborgen, der vor dem Nachbarhaus aufgeschichtet stand. Sie war vor ihren Geschwistern aus der Tür gehüpft, als wäre eine Freude in ihr, die er noch nie an ihr gesehen hatte. Sie hatte gelacht und war mutwillig die leicht abschüssige Straße hinuntergeschlittert. Erstaunt hatte Jockel festgestellt, dass ihre Unsicherheit wie weggeblasen war. Er war ihr in einigem Abstand gefolgt. Da hatte sie sich plötzlich umgedreht und ihn, noch bevor er sich hatte verstecken können, gesehen. Als sie ihn anlachte, lief er zu ihr.

Doch außer: „Schönes Wetter, alles weiß ...", war ihm nichts eingefallen. Sie hatte ihm geantwortet:

„Das scheint nur so. Ich sehe lauter bunte Glitzerpunkte und Blau, sehr viel Blau."

Er hatte geschwiegen. Es war noch fast dunkel gewesen und das Dämmerlicht schob sich mit einem fahlen Graudunst über den Horizont herein, um einem frostig klaren Wintertag den Weg zu bahnen.

„Warte nur, bis die Sonne kommt, dann kannst du sie auch sehen. Jetzt schlafen sie noch", hatte Betti gesagt.

Wer schlief? Was hatte sie gemeint? Vielleicht die Punkte? Er hatte geschwiegen und über ihre Worte nachgedacht. Sie war ein seltsames Mädchen. Er hatte sie angesehen und schnell wieder weggeguckt. Er hatte ihre Brille gesehen. Das Glas war so dick, dass ihre Augen wie riesengroß darauf gemalt wirkten.

„Warte, bis die Sonne kommt!", hatte sie wiederholt.

„Weißt du denn, ob sie kommt?", hatte er gefragt.

„Ja, ich weiß es. Sie kommt. Sie wird den ganzen Tag scheinen."

Sie hatte ihm ihr Gesicht zugewandt und gestrahlt.

„Sie ist immer da, auch wenn sie von den Wolken verdeckt wird. Und wenn bei uns Nacht ist, scheint sie auf der andern Seite der Erde. Die Erde ist nämlich ein runder Ball, der sich dauernd dreht, und wir sind es, die sich von ihr wegdrehen. Nur weil wir sie nicht sehen, heißt das noch lange nicht, dass sie nicht da ist."

„Was du alles weißt!", hatte er gestaunt. „Ich kann immer vorher riechen, wenn es schneit."

„Wirklich?"

Nun hatte sie gestaunt und ihn bewundernd angesehen. Die Brille war gewiss nicht schön und gab ihrem winzigen Gesicht den Ausdruck eines Käfers. Bestimmt, hatte er sich überlegt, würden die anderen Kinder sie deswegen verspotten. Aber er würde es nicht zulassen. Ihre Fröhlichkeit begeisterte ihn.

„Du kannst jetzt besser sehen", hatte er gesagt.

„Ja, ich kann sehen!", hatte sie laut gesungen.

Sie hatte seine Hand genommen und war mit ihm durch den Schnee getanzt, bis beide ausgerutscht und hingefallen waren. Als sie sich lachend wieder aufgerappelt hatten, sagte er:

„Soll ich dich jetzt immer abholen?"

„Wenn du magst!", hatte sie erwidert.

Und ob er mochte! Als er später in der Schule beim Gebet neben ihr stand, war ihre Fröhlichkeit bereits wie weggeblasen, als hätte es sie nie gegeben. Dafür hatte er förmlich ihr Herz schlagen hören und gespürt, wie ihr Körper vor Erregung zitterte. Schon morgens auf dem Schulhof hatten einige Kinder die Köpfe zusammengesteckt, getuschelt und sich mit hämischem Grinsen genähert. Worte wie „Brillenschlange" und „Eule" waren an sein Ohr gedrungen und natürlich auch an das ihre. Jockel hatte sich gewünscht, dass sie es nicht gehört hätte, denn der Glanz auf ihrem Gesicht war augenblicklich erloschen und ein düsterer Schatten darübergezogen, den er schon an ihr kannte. Während des Unterrichts hatte er immer wieder zu ihr hinübergesehen. Er hatte mit ihr gelitten und hätte ihr am liebsten über den Arm gestrichen oder ihre Hand genommen, aber das war natürlich ganz unmöglich. Als später die Lehrerin ein Wort an die Tafel schrieb und nach dem P an dessen Anfang fragte, hatte auch er sich gemeldet. Aber Betti war aufgerufen worden. Sie hatte sich noch nie zuvor gemeldet, und nun wussten es alle: Betti konnte lesen. Stolz hatte er um sich geblickt, um sicher zu gehen, dass es auch alle mitbekommen hatten.

Auch Jockel hatte seine Schiefertafel voll mit Ps gemalt. Sie gefielen ihm. Alle Buchstaben gefielen ihm, und für ihn kam es einem Wunder gleich, dass jedes Wort, das er sprach, sich aus einzelnen Buchstaben zusammensetzte, die hintereinander gesprochen einen Sinn ergaben, die man lesen konnte und sogar schreiben. Auch das Wort Jockel, das Lore ihm schon beigebracht hatte. Betti war anders, das war ihm schon in dem Moment klar gewesen, als er sie das erste Mal gesehen hatte. Er wusste, dass sie mehr wusste und mehr konnte als die anderen Kinder, zu denen auch er sich zählte, und nichts schien ihm erstrebenswerter, als mit ihr befreundet zu sein. In der Pause hatte er mit den anderen Jungen Fußball gespielt, als er Betti die Treppe herunterkommen sah. Sie war umringt und verlacht worden. Schneebälle hatten ihren Kopf getroffen. Einer hart aus nächster Nähe. Sie hatte vor sich auf den Boden gestarrt, aber nicht geweint. Er ahnte, welche Kraft es sie kostete. Dann hatte die Lehrerin den Kindern Einhalt geboten und mit ihnen gesprochen. Er hatte sein Spiel unterbrochen und sich neben sie auf das Mäuerchen gesetzt. Doch sie hatte ihn nicht beachtet. Sie war einfach aufgestanden und ins Haus gegangen. Er war verletzt gewesen. Doch hatte er noch gehört, dass die Mädchen einen Racheplan aussheckten. Nach dem Unterricht hatte er mehr als eine halbe Stunde vor dem Schulhaus auf Betti gewartet. Doch sie war nicht erschienen.

„Bestimmt", hatte er gedacht, „ist sie schon weg, und ich habe sie nicht gesehen."

Da war auch er schließlich traurig nach Hause gegangen.

15

„Früher war Krieg", sagte die Großmutter. Früher war erst vier Jahre vorbei, als Betti geboren wurde. Auch der Vater war wohl im Krieg gewesen und lange in einem Lager eingesperrt, wie sie die Leute hatte sagen hören. Als Betti eingeschult wurde, waren viele Männer noch nicht wieder heimgekehrt. Sie waren entweder vermisst oder noch in den jeweiligen Strafgefangenenlagern der Staaten, gegen die noch wenige Jahre zuvor gekämpft worden war. Allmorgendlich vor Unterrichtsbeginn mussten die Kinder neben ihren Plätzen stehen, den Blick auf das große Holzkreuz über der Eingangstür gerichtet, und gemeinsam ein Gebet aufsagen. Man bat den lieben Gott um das tägliche Brot, um Vergebung der Sünden, um Gnade für die Vermissten, um rasche Heimkehr der Inhaftierten und ewige Ruhe für die Gefallenen. Jockel liebte dieses Gebet. Denn dann stand er neben Betti, von der ihn ansonsten der Gang trennte. So klein und schmal die beiden waren, berührte er doch immer ein wenig mit seinem Arm den ihren; er rückte einfach einen großen Schritt an sie heran. Zu seinem Leidwesen schien sie diesen Umstand nicht zu bemerken. Und wenn, dann ließ sie es sich nicht anmerken. Die braunen Hände gefaltet, blickte sie starr nach oben zum Kreuz und sprach ihr Gebet. Jockel hingegen schielte zu ihr hin. Er sah die durchsichtige Haut ihrer Schläfen, er sah darunter bläulich ihre Adern schimmern und das zuckende Klopfen ihres Pulses. Er musste an seine Mutter denken und daran, wie sie gestorben war. Im selben Augenblick, als er seinen ersten Schrei getan hatte, hatte sie gelächelt und sodann die Augen für immer geschlossen. Noch bevor die Hebamme mit quietschenden Reifen vor dem Haus angelangt war, hatte das Herz seiner Mutter zu schlagen aufgehört. Das klopfende Pulsieren ihres Blutes war versiegt und sie hatte den Blick nach innen gekehrt in ihre neue stille Welt, an der niemand mehr teilhaben konnte. Jockels Atem hatte den ihren abgelöst. Als man sie aufgebahrt hatte, war noch immer das Lächeln auf ihrem Gesicht, als hätte sie geschlafen; sie hatte das Lächeln mit ins Grab genommen. Jockel kannte die Geschichte. Sein Vater hatte sie ihm erzählt. Immer und immer wieder wollte er sie hören und war dann nah bei ihr, die er lediglich von Fotografien kannte. Ihr lebloser Körper war nach Frankreich überführt und dort beerdigt worden. Jedes Mal, wenn er und Andres bei ihrer Familie weilten, besuchten sie auch ihr Grab, und wie durch ein Wunder hatten die beiden mit einem Mal ein Lächeln in ihren Gesichtern, das, davon war Jockel überzeugt, die Mutter hineingezaubert hatte. Allmorgendlich an Schultagen, stand er neben Betti, seinen Arm an den ihren gedrückt. Er sah ihr klopfendes Leben unter der dünnen Schläfenhaut. Er dachte an seine Mutter und lächelte. Während er sein Gebet aufsagte, dachte er:

Zaubere ein Lächeln in ihr Gesicht! Zaubere sie glücklich!

16

Betti fühlte sich wie in einem Albtraum, und die Worte der Großmutter kamen fremd und losgelöst bei ihr an, wie aus einer anderen Welt. Als der Vater nach Hause kam, hatte sie bereits hohes Fieber und selbst ihm tat sie leid, obwohl er ihrer vermeintlichen Bosheit überdrüssig war. Außerdem hatte er andere Probleme. Vor der Haustür lag schon wieder hoher Schnee, als wäre er heute morgen nicht schon um vier Uhr aufgestanden, um die Massen wegzuschippen und die Straße vor dem Haus freizuräumen. Er fühlte sich müde und abgespannt und hatte wenig Lust, auch anderntags wieder zu nachtschlafender Zeit sein warmes Bett zu verlassen, um rechtzeitig den Zug zu erreichen. Es hörte nicht auf zu schneien, sodass er nach dem Abendessen noch einmal die Schippe zur Hand nahm und dann todmüde ins Bett fiel, um wenigstens ein paar Stunden Schlaf zu bekommen. Es war wahrhaftig nicht leicht, die Familie zu ernähren. Als um vier Uhr der Wecker klingelte, stand er auf. Er hörte ein Röcheln aus Bettis Zimmer, öffnete die Tür und sah sie auf dem Rücken liegen. Sie hatte sich im Schlaf übergeben und bekam keine Luft mehr. Er hob das Kind auf, brachte es ins Badezimmer und wusch es. Da Betti immer noch nicht aufwachte, trug er sie auf dem Arm durch die Wohnung und klopfte ihr beständig auf den Rücken, während er Milch auf dem Ofen erhitzte. Dann weckte er seine Frau, drückte ihr die Kleine in den Arm, ging hinaus, um Schnee zu schippen und rannte zu seinem Zug.

Am Vormittag eilte die Mutter zu Dr. Haselbeck, der sich sofort auf den Weg machte und die Frau zu Fuß nach Hause begleitete. Ein Auto zu benutzen, war aufgrund des hohen Schnees absolut unmöglich. Unterwegs ließ er sich von ihr die Symptome beschreiben, die er sich nicht erklären konnte. Ein grippaler Infekt äußerte sich anders. Alles sprach für eine Gehirnerschütterung. War das Kind gefallen? Hatte es gar den Schädelknochen gebrochen? Dann musste es auf der Stelle ins Kreiskrankenhaus gebracht werden. Wenn es geschlagen worden wäre, müsste er die Frage stellen, von wem. Schon häufig hatte er Quetschungen, blaue Flecken und Wunden an der Kleinen entdeckt, die er sich nicht erklären konnte. Er überlegte, ob es möglich sein könnte, dass der Vater sie schlug. Er persönlich lehnte das ab, doch wusste er, dass Prügel als Erziehungsmaßnahme allerorts selbstverständlich waren. Der Arzt kannte den Mann. Nein, er war kein schlechter Mensch. Überfordert, drei Kinder wollten ernährt sein. Für einen, der studiert hatte, war es nicht leicht, eine Anstellung auf dem Land zu finden. Und wer weiß, was er im Krieg erlebt hatte. Es hieß, er habe im Widerstand gearbeitet und sei inhaftiert gewesen. Aber etwas Genaues wusste er über ihn nicht, der Mann kam nicht von hier. Auf seine Frau hatte Haselbeck selbst früher ein Auge gehabt. Nun fragte er sie, was denn passiert sei, und bekam zur Antwort, ihre Tochter habe sich mal wieder in der Schule geprügelt. Doch, fragte er sich, wie kann ein kleines Mädchen sich dermaßen prügeln, dass es mit einer Gehirnerschütterung darniederlag? Was wäre dann mit dem anderen Kind geschehen? Er nahm sich vor, in der Schule nachzufragen. Er kannte die Lehrerin, Eva Berger. Die ganze Geschichte kam ihm merkwürdig vor. Er erschrak nicht wenig, als er Betti sah. Leichenblass lag sie da in ihrem Bett, die Augenränder noch dunkler als sonst. Sie atmete schwer.

„Was ist passiert, Betti?"
„Nichts."

„Hat dein Vater dich so zugerichtet?"

„Nein!", rief sie erschrocken. „Nein!"

„Wer war es denn? Du musst es mir sagen!"

Sie schüttelte den Kopf. Und nun tat er etwas, dessen Infamie er sich zugleich bewusst war. Er sagte:

„Wenn du es mir nicht sagst, muss ich davon ausgehen, dass es dein Vater war. Betti, du bist sehr krank. Wir müssen deinen Kopf untersuchen, und vielleicht musst du für eine Weile ins Krankenhaus. Dann wird dein Vater bestraft werden müssen."

Da kam es nach einer Weile zaghaft:

„Die Karin Baierlein hat mich geprügelt. Lydia Prunkl und Brigitte Skalsky, Vroni Hubmann und Brigitte Swieca waren dabei."

Und allmählich, stockend erzählt, erfuhr Dr. Haselbeck die ganze Geschichte.

„Weißt du, was ich glaube, kleine Betti? Es ist nicht so, dass sie dich nicht mögen. Die Menschen sind nicht einfach nur böse, sie haben in erster Linie Angst. Viele haben Angst davor, dass andere mehr haben oder mehr können als sie."

„Das ist keine Angst", sagte Betti, „das ist Missgunst und Neid und auch Gier. Weil nämlich sie es sind, die mehr haben wollen. Deshalb glauben sie, dass die anderen genauso blöd sind wie sie selber."

Der Arzt lächelte.

„Aber du, du weißt tatsächlich mehr, und dadurch hast du mehr, und sie merken das, glaube es mir. Jetzt musst du erst einmal gesund werden. Deshalb bin ich hier. Wo tut es denn besonders weh?"

Er untersuchte das Kind gründlich und war erleichtert, als er feststellte, dass der Schädelknochen nicht gebrochen war. Doch Betti hatte eine schwere Gehirnerschütterung.

„Darf ich auch nicht lesen?", fragte sie.

„Woher kannst du denn schon lesen?"

„Das hab ich mir selbst beigebracht!", antwortete sie nicht ohne Stolz.

Er insistierte:

„Und wissen die anderen das?"

Sie nickte, und er wusste Bescheid.

„Du darfst jetzt auf gar keinen Fall lesen, Betti!"

„Aber ich muss doch Gedichte schreiben", flüsterte sie.

„Du musst was?"

Sie sagte, er solle die Kiste unter ihrem Bett hervorziehen. Da sei ganz unten, unter den Büchern, ein Heft. Das solle er holen, dass sie es sich wenigstens unter das Kopfkissen legen könne. Er tat es und las „Bäschkässä- und Betti-Buch, von Prinz Bäschkässä, dem Dichter, dem man nichts glauben darf und der immer lügt."

„Nicht lesen!", schrie sie.

Doch er hatte es bereits aufgeschlagen.

„Tut mir leid, verzeih mir, ich habe nichts gelesen", log er und schlug das Heft wieder zu.

Er hatte nur das letzte Gedicht überflogen und war erschüttert.

Wie kann ich von außen erfrieren
Wenn ich von innen verbrenne
Wie kann man von außen verbrennen
Wenn man von innen erfriert

Darüber stand der Titel: „Ich".

Er nahm sich vor, mit der Lehrerin über Betti zu sprechen, um das Kind in Zukunft, so weit es ging, zu schützen. Auch vor der Literatur, die er in der Kiste unter ihrem Bett gesehen hatte. Es war ganz bestimmt keine Literatur für eine Sechsjährige. Was hatte sie bereits gelesen, was verstanden? Er erinnerte sich noch genau daran, als er zum ersten Mal Texte von Trakl gelesen hatte. Damals war er einundzwanzig Jahre alt gewesen, Sanitäter in einem Kriegslazarett, und hatte geglaubt, dass ihn so leicht nichts umhauen konnte. Noch schlimmer als der körperliche Tod ist das langsame Absterben der Seele, hatte er damals gedacht, denn es lässt den Körper weiterleben mit der Todesqual. Auf dem Nachhauseweg dachte er darüber nach.

Ja, dachte er, sie verbrennt von innen und erfriert von außen, und bei den anderen ist es umgekehrt.

17

Jockel saß am Küchentisch und malte ein Bild vom Schnee mit lauter bunten Sternchen und blauen Lichtflecken und die Sonne, die von einer Wolke verdeckt wurde. Als Lore eintrat, fragte sie:

„Ist er denn nicht weiß, der Schnee?"

„Nein", meinte Jockel, „er ist bunt, mit bunten Glitzerpunkten und sehr viel Blau. Wenn die Sonne scheint, sieht man sie leuchten."

„Aber hier sind Wolken, direkt vor der Sonne", sagte Lore.

„Sie ist trotzdem da und macht die Erde hell und macht, dass bei uns Tag ist. Und wenn bei uns Nacht ist, dann sieht man sie auf der anderen Seite der Erde. Die Erde ist nämlich rund und dreht sich, und wir drehen uns von der Sonne weg und wieder zu ihr hin. Sie ist immer an ihrem Platz, und nur weil wir sie nicht sehen, heißt das noch lange nicht, dass sie nicht scheint."

„Was du nicht alles weißt, mein kleiner Schlaumeier." Sie lächelte. „Habt ihr das schon in der Schule gelernt?"

„Nein, das weiß ich von Betti."

Sein Gesicht wurde rot, als er ihren Namen sagte. Lore hatte es genau gesehen.

„Und wer ist Betti? Bestimmt eine ganz Schlaue!", meinte sie.

„Betti ist krank, und sie ist anders, und keiner mag sie, und sie hat eine Brille, auf der ihre Augen ganz groß aussehen, aber die hat sie noch nicht lang, sonst kann sie nicht sehen oder nur ganz wenig. Betti weiß alles. Sie kann schon lesen und schreiben und die anderen Kinder schlagen sie."

„Das hört sich ja schlimm an. Wo ist Betti denn jetzt? Willst du sie nicht besuchen?"

„Ja", kam es zögerlich, „aber nur, wenn du mitkommst."

Lore lachte und sagte:

„Aber nur, wenn du mir mehr von ihr erzählst, während wir einen Kuchen für sie backen, in Ordnung?"

„Abgemacht!", rief Jockel.

Er umarmte sie und drückte ihr einen Kuss auf die Wange, den sie gerührt erwiderte. Lore backte den besten Kuchen der Welt. Sie nannte ihn *gâteau*, denn Lore kam aus Frankreich und hieß eigentlich Lorraine. Sie schlug das Tischtuch auf dem großen hölzernen Küchentisch zurück, streute Salz und Kaisers-Natron darauf und schäumte es mit einem nassen Schwamm auf. Es gab ein knisterndes Geräusch, als das Karbonat im Wasser aufging, während die Salzkristalle über das Holz gescheuert wurden. Blitzblank musste es sein, wenn Lore ihren Teig darauf knetete. Sie ließ die entstandene Paste noch einige Minuten einwirken und fegte sie dann mit einer harten Bürste weg. Dann wischte sie mit einem nassen Tuch nach und rieb das Holz trocken. Nun konnte sie mit ihrem Teig beginnen. Jockel liebte dieses Reinigungsritual, das Lore jedes Mal vor und nach der Zubereitung eines Kuchens veranstaltete, schließlich verhieß es den allerhöchsten Genuss, besonders wenn Lore die selbstgemachte Hagebuttenmarmelade verwendete. Deren Zubereitung gefiel ihm allerdings gar nicht. Er half gerne, die Früchte im Wald zu pflücken, und er sah auch gerne bei der Zubereitung zu, doch die Arbeit überließ er Lore. Erst wurden die Früchte gewaschen und dann halbiert. Im Inneren sah man winzige Härchen, die man tunlichst vermied zu berühren. Sie lösten einen Juckreiz aus, der noch tagelang zu spüren war, und wurden von den Kindern zum gegenseitigen Ärgernis oft als Juckpulver missbraucht. Mit einem spitzen Messerchen kratzte Lore, mit Gummihandschuhen an den Händen, die Härchen aus den Hagebuttenhälften. Diese wurden dann in einem großen Sieb noch einmal gewaschen, in einem eisernen Topf mit etwas Wasser, Vanillezucker und ein paar Zitronenschalen zum Kochen gebracht. Zitronenschalen hatte Lore immer parat, denn sie warf nichts weg, was man noch benutzen konnte, und wenn sie den Saft der Zitrone ausgepresst hatte, bewahrte sie die Schale in einem Glas mit Zucker im Kühlschrank auf. Auch den Vanillezucker stellte sie selbst her, indem sie aufgeschnittene, leere Vanilleschoten in ein fest verschraubtes Glas mit Zucker steckte. Die Hagebuttenmarmelade, die man in der Gegend auch „Hiffenmark" nannte, wurde unter ständigem Rühren gekocht, bis sie zerfielen und das Mus gelierte. Manchmal rieb Lore mit der Glasreibe noch einige Äpfel hinein, damit die Marmelade noch fester wurde. Wenn das Mus so weit fertig war, durfte es noch lange nicht gegessen werden. Es waren meist noch viel zu viele Härchen darin, und die Fruchtmasse musste noch mindestens zwei Mal durch ein feines Gazesieb gepresst werden. So sehr er die Härchen hasste, so sehr liebte Jockel den Geschmack und die Farbe der fertigen Marmelade. Nach Blau war dies seine Lieblingsfarbe. Auf den sauberen Tisch streute Lore nun das Mehl, das sie zuvor abgewogen und in der handbetriebenen Mühle von ihrer Großmutter frisch gemahlen hatte. Jockel durfte in der Mitte des Mehls mit dem Löffel eine Mulde formen, zwei ganze Eier aufschlagen und darin versenken.

„Warum wird sie denn geschlagen, deine Betti?", fragte Lore, als sie Vanillezucker abwog und auf die Eier in der Mehlmulde schüttete.

Jockel durfte jetzt die Butter, die der Bauer erst am Tag zuvor mit der frischen Milch und der Sahne ins Haus gebracht hatte, zerpflücken und in einem Kreis um die Mulde herum verteilen, während Lore Eier und Zucker zusammen mit einer Prise Salz zu einem Brei verrührte. Der musste so lange gerührt werden, bis er nicht mehr richtig gelb, sondern fast weiß war.

„Ich weiß nicht, sie mögen sie nicht."

„Und warum magst du sie?"

„Sie ist … ich weiß nicht. An den Schläfen hat sie ganz dünne Haut und darunter ist es ein bisschen blau und es klopft. Alles an ihr ist klein und dünn. Ihre Haare sind wie ein dunkler Busch und ihre Augen sind wie bei den Tieren, wenn wir sie aus den Fallen befreien. Sie ist lieb und traurig, und sie weiß alles."

„Magst du sie deshalb?", insistierte Lore.

„Weil sie Angst hat, vielleicht. Ich weiß nicht. Sie ist anders als die anderen Kinder. Sie hat eine dicke Brille, und sie sieht nichts ohne die Brille."

Lore streute Mehl auf das Ei-Zucker-Gemisch und begann von der Mitte aus das Mehl und die Butter damit zusammenzukneten, bis sie eine feste Teigkugel hatte.

„Wenn sie so dünn ist, wird sie sich sicher über unseren Kuchen freuen, was meinst du?"

„Bestimmt", sagte Jockel, „aber sie isst nicht viel. Sie füttert mit ihrem Pausenbrot die Vögel auf dem Schulhof."

„Das sollte sie nicht, die Vögel dürfen nicht verlernen, ihr Futter selbst zu suchen. Außerdem sind die Sachen, die uns Menschen schmecken, oft nicht gut für einen Vogelmagen."

„Sie sitzt in der Pause immer auf der Mauer, und keiner spielt mit ihr."

„Und du? Spielst du auch nicht mit ihr?"

Jockel antwortete zunächst nicht. Er holte die beiden flachen Kuchenformen aus dem Schrank, spülte sie kurz mit kaltem Wasser aus, trocknete sie ab und verteilte mit seinen Händen ein wenig Butter auf dem Blech. Lore teilte den Teig in drei etwa gleich große Kugeln, legte sie auf den Tisch, klopfte sie erst flach und rollte sie dann mit dem großen Nudelholz zu dünnen Teiglappen aus. Dann legte sie zwei davon schnell in die gefetteten Formen, schnitt ab, was über den Rand hing, und drückte den Teig noch etwas an. Den Rest teilte sich Jockel mit den zwei Hunden und der Katze, die schon sehnsüchtig darauf gewartet hatten.

„Sie will mit niemandem spielen", seufzte Jockel.

Mit einem Mal liefen ihm Tränen über das Gesicht. Er rannte um den Tisch herum zu Lore, legte seinen Kopf in ihren Schoß und schluchzte:

„Ich habe gesehen, wie die Mädchen sie geschlagen haben. Sie hat auf dem Boden gelegen, und ich bin weggerannt und habe ihr nicht geholfen."

Lore streichelte ihm über das Haar.

„Warum hast du ihr denn nicht geholfen?", fragte sie.

„Weil ich weinen musste. Ich musste ganz doll weinen und bin weggerannt. Und dann bin ich zurück und wollte ihr helfen, aber da waren die anderen schon weg", schluchzte er.

„Na, na", tröstete ihn Lore. „Seit wann ist sie denn krank?"

„Seit heute. Gestern war doch der erste Schultag nach den Ferien, und da hatte sie auf einmal eine Brille. Ich habe ihre Hand gehalten. Sie hat getanzt. Und in der Schule konnte sie plötzlich lesen. Und nach der Schule habe ich auf sie gewartet. Ich wollte nicht, dass sie wieder geschlagen wird, aber sie ist nicht gekommen. Und jetzt ist sie krank", stieß Jockel hervor, und Lore meinte:

„Jetzt backen wir unsere *gâteau*, du malst ein Bild für sie, und dann besuchen wir deine kleine Freundin. *D'accord?*"

„*D'accord!*"

Ein Glas mit Hagebuttenmarmelade wurde aus der Vorratskammer geholt, mit einem Pfiff geöffnet und jeweils ein gehäufter Esslöffel seines Inhalts flach auf den beiden Teigformen verteilt. Mit einem Schneidrädchen schnitt Lore aus dem dritten Teigblatt Streifen heraus, die sie dann als Gitter über die Kuchen legte. Sie öffnete die Ofenluke und steckte noch ein paar Holzscheite hinein. Sodann stellte sie die beiden Kuchen nebeneinander in die heiße Backröhre. Jockel malte sein Bild zu

Ende, und Lore räumte die Küche auf, putzte den Küchentisch, deckte das Tischtuch darüber, setzte sich ihrem kleinen Liebling gegenüber und sah ihm beim Malen zu, während sich die beiden *gâteaux* im Ofen allmählich goldgelb färbten und einen wunderbaren Duft verströmten.

18

Die Kuchen waren fertig, und Lore wickelte einen davon zuerst in Butterbrotpapier und danach in ein Tuch. Sie würden mehr als zwei Kilometer durch Eis und Schnee gehen, doch die Kälte, so Lore, machte ihrem *gâteau* nichts aus, im Gegenteil, er würde davon noch schmackhafter. Den anderen wollten sie später zu Hause mit Andres verspeisen. Jockel nahm einen Karton, schnitt eine Seitenwand heraus und schlug sie mit blauem Buntpapier ein. Wenn man mit der Zunge die Rückseite des Papierbogens befeuchtete, blieb dieser auf der Pappe kleben. Darauf befestigte er sein Bild, das dadurch einen blauen Rahmen bekam. Jockel war noch nicht ganz zufrieden mit seinem Werk. Erst als Lore die Außenkanten gerade geschnitten hatte, konnte er stolz sein Bild betrachten. Ganz bestimmt würde Betti es mögen. Blau war ihre Lieblingsfarbe. Das wusste er, auch wenn sie es ihm nicht gesagt hatte. Lore und Jockel zogen sich Mäntel und Mützen über, warme Schuhe und Handschuhe an, packten den Korb mit den Geschenken auf Jockels Schlitten und zurrten ihn mit einer Fahrradspinne fest. Lore hatte noch eine Flasche Schlehensaft und eine Flasche Holundersaft für Betti eingepackt, die ihrer Meinung nach jede Krankheit vertrieben. Gesüßt waren die Säfte mit echtem Waldhonig, denn der alte Jagdgehilfe Maxl hatte hinter dem Forsthaus ein paar Bienenvölker, die er mit Vorliebe Waldtracht sammeln ließ. Als Jockel neben Lore herging, dachte er: Wie gut, dass ich meine Lore habe, und drückte sich noch enger an sie.

Betti lag in ihrem Bett auf dem Bauch, die Augen an ihren angewinkelten Unterarm gedrückt, als ihre Mutter die Tür öffnete und die unerwarteten Gäste ins Kinderzimmer geleitete.

„Betti, du hast Besuch", sagte sie.

Doch Betti reagierte nicht und man hätte denken können, dass sie schlief. Aber Jockel sah ihre Anspannung. Er hatte das Gefühl, ihr Herz klopfen zu hören. Lore und Bettis Mutter gingen wieder hinaus, und Jockel blieb zunächst vor dem Bett stehen. Als Betti hörte, dass sich die Tür wieder schloss, verharrte sie noch eine Weile in ihrer Stellung und drehte sich dann um. Sie sah Jockel, der immer noch still vor ihrem Bett stand, und erschrak. Sie wollte nach ihrer Brille greifen, doch da fiel ihr ein, dass diese bei Herrn Uibl zur Reparatur war.

„Ich habe dir was mitgebracht", stammelte Jockel. „Einen Kuchen, den hat die Lore extra für dich gebacken, und ich habe ihr dabei geholfen. Es ist ein echter *gâteau*, mit Hiffenmark, das haben wir auch selbst gemacht. Das heißt, die Lore hat es selbst gemacht, und ich habe ihr dabei geholfen. Und Holundersaft und Schlehensaft mit Waldhonig, schmeckt richtig gut. Die Lore sagt, das heilt jede Krankheit, auch die Traurigkeit. Hat die Lore selbst gemacht, den Saft", stieß er in einem Atemzug hervor.

„Und du hast ihr dabei geholfen", ergänzte Betti.

Er sah sie verunsichert an. Wollte sie ihn verspotten?

„Weißt du eigentlich, woraus die Bienen den Waldhonig machen?", fragte sie.

„Nein, oder doch, von den Blüten im Wald", sagte er.

„Dann gäbe es nicht viel Waldhonig", meinte sie.

„Weißt du es denn?"

„Ich weiß es!"

„Und woraus?"

„Wenn du es unbedingt hören willst, dann sag ich's dir."

„Na los!"

„Pisse, Scheiße, das, was die Blattläuse ausscheiden. So, jetzt weißt du es."

Sie triumphierte. Jockel schwieg. Dann fragte er:

„Magst du ihn denn nicht?"

„Doch", antwortete sie, „sehr. Die Bienen verwandeln die Ausscheidungen ja in Honig, und der schmeckt!"

Er musste lachen.

„Woher weißt du das alles?"

„Ich habe es gelesen."

Nun schwiegen sie beide. Nach einer Weile sagte er:

„Willst du, dass ich wieder gehe?"

„Nein!"

Sie sah ihn an. Wieder schwiegen sie.

„Haben sie dich wieder geschlagen?", fragte er endlich. Sie nickte.

„Wer?"

Sie antwortete nicht.

„Ich habe ganz lange auf dich gewartet. Und dann habe ich gedacht, dass du schon weg bist, und bin nach Hause gegangen."

„Warum hast du gewartet?", wollte sie wissen. „Wolltest du mich beschützen?"

Nun nickte er, und wieder schwiegen sie. Wenn sie erstaunt war, zeigte sie es nicht.

Mit einem Mal musste er furchtbar lachen, ohne dass er sich den Grund dafür hätte erklären können. Sie jedoch blieb ernst. Er hielt den Blick ihrer düsteren Augen, die ohne Brille durch ihn hindurch und dennoch tief in ihn hinein zu sehen schienen, nicht lange aus und sah zur Seite. Nach einer langen Weile sagte er:

„Sie haben Angst vor dir. Und sie sind neidisch, weil du lesen kannst, weil du anders bist. Weil du anders aussiehst und weil du so viel weißt."

„Und warum weißt du das, du Schlaumeier?", fragte sie.

„Weil ich ein Schlaumeier bin."

Nun lachte auch sie, und er dachte: Ich habe sie zum Lachen gebracht.

„Du darfst meiner Mama nicht verraten, dass die anderen Kinder mich geschlagen haben."

„Tu ich schon nicht."

„Ehrenwort?"

„Ehrenwort!"

„Auch nicht der Lehrerin, versprochen?"

„Versprochen! Ich glaub, ich habe auch ein bisschen Angst vor dir."

„Vor mir? Warum?"

„Weil du so in mich hineinguckst und weil du mich vielleicht doof findest."

„Ich finde dich aber gar nicht doof. Ich glaub, ich mag dich", sagte Betti, und Jockels Tag war vergoldet.

19

Von nun an besuchte Jockel Betti täglich direkt nach der Schule und brachte jedes Mal etwas Besonderes zu essen mit, das ihm Lore, die die Kleine auf Anhieb in ihr Herz geschlossen hatte, für sie in seinen Tornister gepackt hatte. Er erzählte Betti, was sie in der Schule durchgenommen hatten, und richtete ihr Grüße von der Lehrerin aus. Er hatte Wort gehalten und weder der Lehrerin noch Bettis Mutter etwas von der Tortur erzählt, unter der seine Freundin litt, doch Frau Berger wusste es bereits von Dr. Haselbeck, der ihr riet, zunächst nur mit den betroffenen Schülerinnen zu sprechen. Das war natürlich keine besonders gute Idee. Die Mädchen stritten alles ab und behaupteten im Gegenteil, Karin sei von Betti angegriffen worden und habe nichts anderes getan, als sich zu wehren. Die anderen drei Kinder wären Karin nur zu Hilfe geeilt, um sie vor der bösen Schlägerin, die alle Kinder, da könne sich Frau Berger auch unter den anderen Klassenkameraden umhöre, angreife und fertig zu machen versuche.

„Die arme Karin, also!"

„Ja! Immer haut uns die Betti!"

„Und sie ist viel stärker als ihr alle zusammen, nicht wahr?"

„Und wie! Karin hat richtig geblutet, als der Giftzwerg draufgehauen hat!"

„Der ‚Giftzwerg' heißt Betti", sagte Frau Berger. „Und wie erklärt ihr es euch, dass sie nun mit einer Gehirnerschütterung im Bett liegt?"

„Weil sie ausgerutscht und mit dem Kopf auf dem Eis aufgeschlagen ist", erklärte Karin. „Aber warum hat sie mich auch nicht in Ruhe gelassen? Das hat sie jetzt davon! Ich kann sie ja mal besuchen!"

„Das wirst du schön bleiben lassen! Habe ich mich deutlich genug ausgedrückt? So, du zeigst mir jetzt mal deine blauen Flecken und die Wunden, die Betti dir beigebracht hat. Vor allem möchte ich die Wunde sehen, aus der du geblutet hast."

„Das war Nasenbluten", sagte Karin und sah der Lehrerin dabei ungeniert in die Augen.

„Ach ja, doch die blauen Flecken wirst du mir sicher zeigen können", sagte Frau Berger.

„Die sind schon verheilt, aber meine Mutter hat sie gesehen und die anderen Kinder auch."

„Gut, dann gebe ich dir jetzt einen Brief für deine Eltern mit nach Hause, in dem ich sie bitte, mich in den nächsten Tagen zu besuchen. Ich bin gespannt, was sie dazu sagen werden."

„Davor habe ich keine Angst", sagte Karin.

„Warum auch, so lange du nicht gelogen hast."

„Können wir jetzt gehen?", fragte Veronika, der die ganze Angelegenheit allmählich zu brenzlig wurde.

„Aber gewiss doch. Auch eure Eltern möchte ich sehen. Hier sind die Einladungen."

Damit hatten die Mädchen nicht gerechnet. Besonders Veronika hatte Angst, zu Hause Schläge zu bekommen; ihre Mutter war als strenge Frau bekannt, die sich in der Kirche engagierte.

„Die anderen hauen sie doch auch!", rutschte es ihr heraus.

Sie schlug sich auf den Mund und sah ängstlich zu Karin hinüber.

„Da kommen wir der Sache schon näher. Wir besprechen das morgen in der Klasse."

Frau Berger bestand darauf, mit den Eltern zu reden, händigte den Mädchen die Briefe aus und schickte sie nach Hause. Sie hatte nicht das Gefühl, auch nur einen Schritt weiter gekommen zu sein. Ihr tat Betti leid. Auch fühlte sie sich schuldig, dem Kind, das eindeutig hoch begabt und – wie sie mittlerweile mutmaßte – sanft und friedlich war, eine so negative Beurteilung ausgestellt zu haben. Sie nahm sich vor, Betti noch heute zu besuchen und sich persönlich mit deren Eltern zu unterhalten.

20

Am Dorfrand waren für die Flüchtlinge aus dem Osten Deutschlands, das nun zum sogenannten Russischen Sektor gehörte, sowie aus Gebieten, die vor dem Krieg deutsch gewesen und danach anderen Ländern zugeteilt worden waren, Behelfsheime errichtet worden. Die Menschen waren zunächst in Holzbaracken untergebracht und später in Wohnblocks, die man aus Trümmern hastig erbaut hatte. Die ganze Anlage hatte etwas Provisorisches und bot ein wenig einladendes Ambiente, zumal sie von einem üblen Geruch dominiert wurde; denn daneben befand sich die Müllkippe. Wer aus dieser Gegend kam, lebte nicht nur außerhalb der Dorfgemeinde, sondern auch außerhalb der Gesellschaft. Die Bewohner wurden von den anderen gemieden und, sofern man mit ihnen in Kontakt kam, mit wenig Achtung behandelt. Im Erlanger, hieß es, lebte nur

„Gesocks", dessen Kinder angeblich entweder kriminell waren oder sich prostituierten. Auch innerhalb des Erlangers gab es eine strenge Hierarchie. So waren die Bewohner der Wohnblocks gegenüber denjenigen, die in den Holzbaracken hausten, ausgesprochen privilegiert. Es herrschte ein regelrechter Bandenkrieg, der allerdings auf der Stelle die Gegner zu Partnern machte, sobald der „Feind" von außen kam. Jung und Alt fürchteten den Ortsteil, den man lediglich betrat, um Müll abzuladen, und dies wagte man allenfalls bei Tageslicht. Es wäre auch wenig ratsam gewesen, den Ort bei Dunkelheit zu betreten, denn tatsächlich hatte sich dort allmählich eine kriminelle Subkultur gebildet. Teils aus Armut, teils wegen ihres geringen Ansehens hatten die Bewohner die üble Nachrede in die Tat umgesetzt. Die Not war groß in diesen Zeiten, und im Erlanger herrschte das Gesetz des Stärkeren. Die Stärksten allerdings waren keine Ostflüchtlinge, sondern eine andere Familie. Deren Oberhaupt hatte schon Jahre vor dem Krieg wegen Totschlags im Zuchthaus gesessen, war während der Zeit der Nazidiktatur begnadigt worden und später einer ihrer brutalsten Handlanger im ganzen Bezirk gewesen. Niemand wusste genau, woher er kam, doch seine Ehefrau war eine Hiesige. Sie war die ältere Tochter der Heringsbraterin, die im Armenhaus lebte und jeden Freitag, zu jedem Fest und zur Kirmesfeier einen Klapptisch und einen einfachen Holzkohlengrill auf die Straße stellte, Heringe briet und verkaufte. Dabei half ihr der Enkel Johnny, der Spross ihrer jüngeren Tochter und eines amerikanischen Besatzungssoldaten. Seine Mutter war ihrem Mann über den Ozean gefolgt und hatte das Kind bei der Großmutter zurückgelassen. Johnny schnitt Brötchen auf, füllte sie mit kleinen Bismarckheringsfilets und Zwiebeln und ließ sie sich von der wartenden Kundschaft förmlich aus der Hand reißen. Der fleißige Junge und seine tapfere Großmutter schafften es bald aus eigener Kraft, das Armenhaus zu verlassen. Ihre ältere Tochter nun war die Ehefrau des „Königs vom Erlanger", wie er mit bedeutungsvollem Stirnrunzeln genannt wurde, und hatte mit diesem einen Sohn und die drei Jahre jüngere Tochter Karin. Die beiden waren weit weniger gut geraten als ihr Vetter Johnny. Als Kinder des unumschränkten Herrschers, vor dem der ganze Erlanger kuschte, waren auch Dieter und Karin Akteure einer fragwürdigen Machtstruktur, die aber gerade von den Menschen, die darunter zu leiden hatten, niemals in Frage gestellt wurde. Wie die Erwachsenen den Vater, so fürchteten die Kinder dessen Kinder und machten sich zu willfährigen Handlangern. Unmissverständlich geäußerte Befehle lösten Angst aus, und man zog es vor, auf dieser Seite der Gewalt und nicht auf der des bedauernswerten Opfers zu stehen.

Kurz vor dem Erlanger stand das Steinmetzhaus. Es gehörte noch zum Dorf, und seine Bewohner waren hoch geachtet. Herr Hubmann war nicht nur ein guter Handwerker, sondern auch ein Künstler. Und da er als Steinmetz vom Tod lebte, gehörte er auch zu den wenigen, die sich in dieser Zeit schon wieder ein beträchtliches Vermögen erworben hatten. Ihn focht es wenig an, dass man nicht weit von seinem Haus entfernt die Siedlung errichtet hatte, denn zum einen war sie doch so weit entfernt, dass die Gerüche der Müllkippe nicht bis zu ihm drangen, zum anderen störte es so niemanden, wenn er mit dem Hammer und anderem schweren Gerät geräuschvoll seinen Stein bearbeitete. Seiner Frau hingegen machte der Umstand schwer zu schaffen. Nicht nur, dass „diese Leute" täglich an ihrem Gartenzaun vorbeigingen, nein, ihre Tochter besuchte mit deren Kindern auch noch die Schule. Und wenn es ihr nicht möglich war, Veronika dort abzuholen, musste sich diese wohl oder übel mit den „Asozialen" gemeinsam auf den Weg machen. Veronika war ein dickes kleines Mädchen, das nicht böse, aber von mentaler Schwäche geprägt war. An jenem Tag hatte sie schnell nach Hause gewollt, doch Karin, Lydia und die beiden Brigittes hatten vor dem Schultor auf sie gewartet. Als Betti verprügelt worden war, hatte Veronika geschwiegen, weggesehen und allenfalls gedacht, gut, dass nicht ich es bin. Und nun war sie es, die die anderen verriet.

21

So groß Bettis Angst vor den starken Kindern in der Klasse auch war, hatte sie doch niemals versucht, sich bei diesen anzubiedern. Sie liebte das Alleinsein und wollte nur, dass man sie in Ruhe ließ. Veronika hingegen tat alles, um nicht ausgestoßen zu werden. Sie fürchtete Karin noch mehr als die Strafmaßnahmen ihrer Mutter, die vor allem aus Hausarrest und Nachtischentzug bestanden. Letzteres traf das kleine dicke Mädchen besonders hart. Sie hatte schon mehrmals danebengestanden, wenn Betti von Karin verprügelt wurde, und hätte nicht einmal um den Preis eines Nachtischs an Bettis Stelle sein wollen. Karin genoss ihre Macht und nutzte sie schamlos aus. Da ihr Vater keiner geregelten Tätigkeit nachging, hielt er sich, wenn er nicht gerade im Gefängnis einsaß, tagsüber beständig zu Hause auf und terrorisierte seine Familie. Allabendlich ging er aus und kam zumeist erst am nächsten Morgen zurück. Dann legte er sich schlafen. Wenn Karin und ihr Bruder Dieter von der Schule kamen und sich zum Essen an den Mittagstisch setzten, stand er gerade auf und nahm am selben Tisch sein Frühstück ein. Er hatte nach dem Krieg auf mehreren Baustellen gearbeitet, bis er es vorzog, andere für sich arbeiten zu lassen. Karin und ihr Bruder taten es ihm gleich. Sie ließen sich von anderen Kindern die Hausaufgaben machen und erpressten diese mit der Androhung von Gewalt. Karin war nicht dumm. Sie hatte sofort gemerkt, dass Betti klüger war als die anderen Kinder und mehr wusste als sie, doch war es ihr nicht gelungen, Betti für ihre Dienste einzuspannen; und nun war es zu spät, ein Zurück war nicht mehr möglich. Da kam ihr Veronikas Verrat wie gerufen. Die war zwar nicht die Hellste, aber fleißig, willfährig und weit besser in ihren schulischen Leistungen als Karins Freunde vom Erlanger, die von ihr misshandelt und zugleich verachtet wurden. Von nun an würde Veronika ihre Hausaufgaben und andere Dienstleistungen übernehmen, das war klar. Deren Angst barg, wie der Verrat zeigte, natürlich ein gewisses Sicherheitsrisiko, doch nun wusste Karin, mit wem sie es zu tun hatte. Es ist immer gut, wenn man seinen Gegner kennt, hatte sie von ihrem Vater gelernt. Veronikas Angst vor Karin musste am Leben erhalten werden und die Angst vor Lehrern, Eltern und allen möglichen Sanktionen übertreffen. Auch Betti hatte Angst. Karin wusste allerdings auch, dass Betti sich eher hätte totschlagen lassen, als ihr zu dienen. Doch Veronika konnte von unschätzbarem Wert für sie sein. Ihr würde sie manchmal das Gefühl geben, ihre Freundin zu sein, um dann die Zügel wieder straffer zu ziehen, damit sie nur ja nicht auf die Idee kam, eine eigene Meinung äußern zu dürfen oder gar jemand anderem zu dienen. Nein, Karin war nicht dumm; und wenn es etwas gab, was sie von ihrem Vater gelernt hatte, dann war es der Mechanismus von Macht. Als Erstes würde sie Veronika den Verrat verzeihen, um ihr dann unmissverständlich klar zu machen, was sie zum Dank dafür von ihr erwartete und was Veronika von ihr zu erwarten hätte, falls sie sich weigern sollte. Nach dem Unterricht sorgte sie zunächst dafür, dass Veronika nicht heimlich entwischen konnte. Karin stellte sich vor sie hin und sagte:

„Du weißt doch, dass ich die Betti nicht gehauen habe, oder?"

Veronika zitterte und schwieg. Als Karin drohend ihre rechte Hand erhob, nickte Veronika heftig. Doch Karin mochte sich damit nicht zufrieden geben.

„Also, was sagst du?", insistierte sie. „Ich habe die Betti nicht gehauen!"

„Nein", stotterte Veronika kaum hörbar.

„Was?", fragte Karin mit gefährlichem Unterton.

„Du hast die Betti nicht gehauen", kam es zurück.

„Schon besser. Das musst du natürlich deiner Mutter und der Frau Berger und allen anderen auch sagen. Ist das klar?"

Veronika nickte.

„Ob das klar ist, will ich wissen?", fragte Karin und hob ihre Hand.

„Ja", flüsterte Veronika.

„Was ja?", schrie Karin plötzlich. „Du gehst mir vielleicht auf die Nerven!"

Veronika zitterte am ganzen Leib. Karin hatte derb ihren Arm gepackt und drückte mit dem Daumen fest in das weiche Fleisch. Es tat offensichtlich weh.

„Klar, ich sage allen, dass du die Betti nicht gehauen hast. Tu mir nichts!"

Karin ließ Veronikas Arm los und lachte.

„Du darfst meine Tasche tragen; und hier ist meine Tafel. Du machst mir ab jetzt die Hausaufgaben, verstanden, sonst … " Karin hob den Arm.

„Verstanden!"

22

Damit war die Sache klar. Bei dem Treffen, zu dem Frau Berger die Erziehungsberechtigten geladen hatte, waren Karins Eltern nicht zugegen. Von den anderen Kindern waren lediglich die Mütter erschienen. Bereits auf dem Weg zur Schule waren sie einander begegnet und hatten über die Sache geredet. Frau Hubmann kannte ihre Tochter als recht ehrlich und war verärgert über die Tatsache, dass man sie an einem normalen Nachmittag in die Schule lud, als hätte sie nichts Besseres zu tun. Sie hatte aus Veronika nur herausbekommen, dass Betti schon wieder ein Kind verprügelt hatte, und Veronika und den drei anderen Mädchen vorgeworfen wurde, dabei zugesehen und das Kind nicht beschützt zu haben. Dass es sich um Karin Baierlein handelte, erschien ihr zwar merkwürdig, denn Karin war nicht nur zwei Jahre älter als Betti, sondern auch mehr als einen Kopf größer und viel kräftiger. Doch da Betti für ihre Aggressivität bekannt war, zweifelte die Frau nicht an Veronikas Worten, zumal sie davon überzeugt war, dass ihre Tochter es niemals wagen würde, ihr gegenüber die Unwahrheit zu sagen. Mit den anderen drei Müttern wollte sie eigentlich nichts zu tun haben, gesellte sich aber dennoch zu ihnen, da sie hoffte, Genaueres zu erfahren. Sie hörte, dass Betti bei ihrer Prügelattacke angeblich auf dem vereisten Boden ausgerutscht und mit dem Kopf aufgeschlagen war. Nun läge sie mit einer Gehirnerschütterung im Bett, während man statt ihrer das Opfer zur Täterin erklärte und die anderen Kinder, nur weil sie daneben gestanden hatten, in Sippenhaft nahm, nach dem Motto: mitgefangen, mitgehangen. Die Frauen waren empört. Sie schaukelten sich gegenseitig hoch in ihren Empfindungen, und jede hatte eine noch schlimmere Geschichte über Betti zu erzählen, als gälte es, einen Wettbewerb zu bestreiten. Und als sie endlich an der Schule anlangten, waren ihre Gemüter schon derartig erhitzt, dass sie ohne zu zögern bereit waren, den „Satansbraten" nach allen Regeln des gesunden Menschenverstandes zu schlachten und im „dampfenden Kessel der Volksseele" garzukochen. Der Feind stand fest, und dass er intelligenter war als der eigene Nachwuchs, sprach zusätzlich gegen ihn. Den Ausschlag gab schließlich Frau Hubmann, die im Gegensatz zu den anderen Müttern im Dorf hoch geachtet war. Sie glaubte ihrer Tochter und wäre im Traum nicht auf die Idee gekommen, dass Veronika sich zwischen zwei Möglichkeiten der Unterdrückung entschieden hatte und ein kleines Mädchen mehr fürchtete als das mütterliche Machtwort. Frau Berger wurde sehr deutlich, als sie Bettis Martyrium in der Klasse beschrieb. Sie zitierte Dr. Haselbeck, der ihr die Verletzungen geschildert hatte. In aller

Deutlichkeit machte sie den Müttern klar, dass sie nicht gewillt war zuzusehen, wenn ein Kind in derart gewalttätiger Weise von seinen Mitschülerinnen traktiert wurde. Karins Mutter hätte sofort gewusst, wovon die Lehrerin sprach; sie kannte ihre Kinder und hatte selbst unter deren boshaften Streitigkeiten zu leiden. Aber Frau Baierlein war nicht zugegen. Ihr Mann hatte ihr verboten, der Einladung in die Schule zu folgen. Und so bewirkte die ganze Aktion zunächst das genaue Gegenteil dessen, was Frau Berger beabsichtigt hatte. Der Hass der Mütter gegen Betti wuchs, setzte sich fort, bezog allmählich auch die Eltern der anderen Kinder der Klasse mit ein und erreichte schließlich den Direktor der Schule, der sich gemeinsam mit Frau Hubmann in der katholischen Pfarrgemeinde engagierte. Er bestellte die Lehrerin zu sich und riet ihr ohne Umschweife davon ab, Bettis Lügengeschichten Glauben zu schenken, falls ihr an der Fortsetzung ihres Arbeitsverhältnisses etwas liege. Das war mehr als deutlich und als sie ihm die Wahrheit erklären wollte, unterbrach er sie barsch mit den Worten:

„Es reicht, Frau Berger, ich habe zu tun!"

Er öffnete die Tür und entließ sie nach draußen.

23

Noch am selben Tag machte die Lehrerin einen Besuch an Bettis Krankenbett. Erschüttert blickte sie in das spitze Gesicht des schlafenden Kindes, das noch bleicher und durchsichtiger war als sonst. Quer über ihre Stirn verlief eine hässliche Platzwunde, die Dr. Haselbeck mit einigen Stichen genäht hatte. Wenige Stunden zuvor hatte er sie vom Verband befreit, da er dem Kind die tägliche Tortur beim Wechseln der Mullbinde ersparen wollte. Auch war er davon überzeugt, dass Sauerstoff den Heilungsprozess beschleunigte und unter dem Verband Keime besser gediehen. Stattdessen hatte er der Familie einen Tontopf mit einer Aloe-Vera-Pflanze mitgebracht.

„Das hat mir die Meiergoblerin, ich meine Frau Meier, verraten, ein Allheilmittel", hatte er Bettis Mutter erklärt, „und zwar innerlich wie äußerlich angewendet."

Er hatte sie um ein Messer gebeten, eines der spitzen, kakteenähnlichen Blätter abgeschnitten und es von oben bis unten aufgeschlitzt. Dann hatte er den gallertigen Brei aus dem Inneren des Blattes herausgeschabt und auf der Wunde verteilt.

„Wie Rotz ist das, Onkel Haselbeck", hatte Betti gesagt.

„Stimmt, und es klebt auch wie Rotz", bestätigte der Doktor. „Wenn es trocknet, bildet es einen Film auf der Wunde, der verhindert, dass Schmutz hineindringt, und die Heilkräfte der Pflanze machen, dass du bald wieder gesund wirst."

„Dann muss ich wieder in die Schule", hatte Betti geseufzt.

„Lernst du denn nicht gerne?"

„Doch, schon, Onkel Haselbeck. Aber nicht in der Schule."

Er hatte bereits gewusst, was sie antworten würde. Natürlich war sie wissbegierig, und natürlich verstand er, dass sie die Schule hasste. Wie gerne hätte er ihr geholfen. Doch hatte er von Frau Berger erfahren, wie die Dinge standen, und sich auf der Stelle vorgenommen, bei nächster Gelegenheit mit dem Direktor zu sprechen. Ansonsten musste er zusehen, dass sie wieder gesund wurde.

Um das Kind nicht zu wecken, verließ Frau Berger leise den Raum, schloss behutsam die Tür hinter sich und setzte sich zu Bettis Mutter und Großmutter an den Küchentisch.

„Trinken Sie einen Kaffee mit uns?", fragte die Großmutter und stellte, ohne die Antwort abzuwarten, eine Tasse vor Frau Berger hin, die sie mit dampfendem Kaffee aus der großen Steingutkanne füllte. Bettis Mutter schnitt ein Stück von Lores *gâteau* ab, legte es auf einen Kuchenteller und sagte:

„Er ist ausgezeichnet. Lore, die Haushälterin vom Forsthaus, hat ihn gemacht."

„Und Jockel hat ihn gebracht." Frau Berger lächelte.

Ihr war nicht entgangen, wie sehr der kleine Junge Betti verehrte. Vielleicht konnte man ihr mit seiner Unterstützung ein wenig helfen. Vielleicht mit Lore gemeinsam einen Plan entwickeln. Deren Ideenreichtum wurde lediglich von ihrer Gutmütigkeit und ihrer ungewöhnlichen Schönheit übertroffen.

„Beide haben ihn gebracht", sagte die Großmutter ebenfalls lächelnd. Jeder im Ort wusste, dass Lore in Andres verliebt war und den Kleinen so abgöttisch liebte, als wäre er ihr eigener Sohn.

„Was machen wir nur mit unserer kleinen Betti?", fragte Frau Berger und steckte sich ein Stückchen von Lores *gâteau* in den Mund.

„Köstlich! Lore ist ein Genie."

„Ja, meine Betti, warum muss sie auch immer die anderen Kinder verprügeln?"

Frau Berger blieb fast der Bissen im Hals stecken vor Verwunderung.

„Tut sie das? Hat sie ihnen das erzählt?", staunte sie.

Nun war es an den beiden anderen Frauen, sich zu wundern.

„Alle wissen es. Alle sagen es, und sie gibt es auch selbst zu. Und auf Karin Baierlein scheint sie es richtig abgesehen zu haben. Mindestens einmal die Woche rennt uns ihre Mutter die Bude ein, weil Betti Karins Kleider zerrissen oder Schulsachen kaputt gemacht hat."

Es fiel der alten Frau sichtlich schwer, darüber zu reden.

„Und wir müssen den Schaden bezahlen. Wir wissen so schon nicht, woher wir das Geld nehmen sollen", ergänzte Bettis Mutter.

„Sie tut was?"

Frau Berger verschlug es die Sprache. Schweigend aß sie ihren Kuchen und trank den heißen Kaffee. Karins kriminelle Energie war nicht zu unterschätzen, und entweder glaubte ihre Mutter ihr oder sie machte bei dem Betrug mit. Aber warum log Betti? War es die Angst vor weiteren Repressalien oder Stolz und

Schamgefühl? Wer gibt schon gerne zu, dass niemand ihn mag? Frau Berger würde Betti nicht verraten, sie würde ihr auch nicht zeigen, dass sie Bescheid wusste. Doch wie konnte man ihr helfen? Vorerst war sie noch geschützt durch die Krankheit, aber Frau Berger musste sich eine Taktik ausdenken, die das Kind nicht durchschaute. Sie würde mit Lore und Jockel sprechen, denn diese beiden, davon war sie überzeugt, kannten den wahren Sachverhalt.

„Ich habe leider noch einen anderen Termin und muss mich beeilen", sagte sie. „Grüßen Sie Betti von mir und sagen Sie ihr, dass ich mal wieder vorbeischaue. Ich wünsche ihr gute Besserung. Und machen Sie sich keine allzu großen Sorgen. Betti ist ein wunderbares kleines Mädchen, das allen überlegen ist. Wir werden die Sache in den Griff bekommen, da bin ich sicher", sagte sie, verabschiedete sich und ging.

24

Jockel und Lore waren mit den gleichen Gedanken beschäftigt, als die Lehrerin an der Haustür klingelte. Trotz des Schnees und der eisigen Temperaturen war Frau Berger erhitzt, da sie den weiten Weg ins Forsthaus im Stechschritt zurückgelegt hatte und streckenweise gerannt war, soweit die vereiste Erde es zugelassen hatte. Zwei Mal war sie ausgerutscht und gestürzt, doch da sie sich nicht verletzt hatte, war sie einfach weitergerannt. Als Lore die Tür öffnete, stieß sie hervor:

„Du musst mir helfen!" Verlegen verbesserte sie sich.

„Verzeihen Sie, dass ich Sie geduzt habe", sagte sie.

„Nein!" Lore freute sich. „Allerdings würde ich jetzt auch noch gerne deinen Namen erfahren."

„Ja, natürlich, Verzeihung! Ich heiße Eva."

„Wenn du aufhörst, mich um Verzeihung zu bitten, darfst du eintreten."

Sie nahm Frau Berger Mantel, Mütze und Schal ab und verstaute alles im Garderobenschrank.

„Ich bin Lorraine, aber alle nennen mich hier Lore, wie du weißt. Du kommst wegen Betti?"

„Ich habe sie gerade besucht. Sie sieht erbärmlich aus. Man könnte weinen, wenn man sie so sieht."

„Wir müssen einen Plan machen, und wir haben uns auch schon etwas überlegt", sagte Lore und geleitete Eva in die große Wohnküche, wo Jockel am Tisch saß und seine Hausaufgaben machte.

Heute hatten sie „Papa" gelernt. Er füllte seine Schiefertafel mit dem neu erlernten Wort und war sichtlich stolz darauf, dass ihm dies gar nicht so schlecht gelang. Als seine Lehrerin eintrat, stand er auf und gab ihr die Hand. Dann setzte er sich wieder an den Tisch, und sie nahm auf dem Stuhl daneben Platz. Zweimal „Papa" schrieb er noch auf die Tafel, dann war sie voll, und er packte seine Sachen in den Ranzen. Eva fragte:

„Wer macht Karin Baierlein eigentlich die Hausaufgaben?"

Als Jockel schwieg, sagte sie:

„Ich kann verstehen, dass du niemanden verraten willst, aber wir müssen jetzt einfach zu Betti halten und nicht zu Karin."

Er nickte heftig.

„Ich weiß nicht, wer. Aber ich habe gehört, dass sie auf Veronika böse ist, weil sie was verraten hat, und dass sie sie verprügeln will, wenn die nicht das tut, was Karin von ihr verlangt."

„Jockel, du weißt, was Betti geschehen ist. Karin hat es sicher auch nicht leicht, aber sie ist ein böses kleines Mädchen, das versucht, andere für sich arbeiten zu lassen."

„Wie die Kapitalisten!", rief er.

Eva musste laut lachen.

„Wer hat dir denn so etwas beigebracht?", fragte sie ihn dann erstaunt.

„Betti! Sie hat es in einem Buch gelesen. Sie hat es mir gestern sogar vorgelesen."

Er schlug sich plötzlich mit der Hand auf den Mund.

„Jetzt habe ich sie verraten. Der Arzt hat doch gesagt, dass sie jetzt nichts lesen darf. Wenn jemand reinkommt, legt sie schnell das Buch unter die Decke und tut so, als ob sie schläft. Dann gehen die Leute wieder hinaus und sie kann weiterlesen."

Wieder schlug er sich auf den Mund.

„Das musst du noch lernen, dass man nicht alles sagen darf", sagte Lore und strich ihm über den Kopf. „Aber", sie sah Eva an, „wir verraten nichts, in Ordnung?"

Jockel nickte, und Eva sagte:

„Was? Ich habe gar nichts gehört. Hat sie denn ihre Brille schon wieder?"

„Nein, aber sie sagt, das Lesen klappt, wenn sie sich anstrengt."

„Sie darf sich aber nicht anstrengen!"

„Ich besuche sie später mit der Lore, und dann holen wir beim alten Uibl die Brille ab."

„Sie soll aber noch nicht lesen. Das hat der Arzt doch verboten. Weißt du das gar nicht? Wenn man eine Gehirnerschütterung nicht richtig ausheilt, dann kann es manchmal passieren, dass man sein ganzes Leben lang Kopfschmerzen hat", gab Eva zu bedenken.

„Ja, aber sie tut es trotzdem, und dann ist es besser, wenn sie die Brille trägt", erwiderte Lore. „Wir müssen pragmatisch sein. Was geschehen ist, können wir nicht mehr rückgängig machen, aber auf die Zukunft können wir Einfluss nehmen. Bei allem, was wir tun, müssen wir auch realistisch sein und unsere Grenzen erkennen. Und dass Betti liest, ist so unumstößlich, wie dass sie uns alle anschwindelt. Und sie darf nicht erfahren, dass wir es wissen."

„Sonst schämt sie sich", ergänzte Jockel.

Eva war verblüfft. Allem Anschein nach musste sie hier nicht mehr viel erklären. Während Lore das Abendessen vorbereitete und Jockel einige Köstlichkeiten aus der Speisekammer des Forsthauses, einen Malblock und Buntstifte in einen Korb packte, erzählte Eva, was sich bei ihrem Krankenbesuch zugetragen hatte.

Lore hatte einen Strudelteig vorbereitet, der bereits über einem Handtuch auf dem Tisch lag, damit er ein wenig antrocknen konnte. Nun öffnete sie ein Einmachglas, in dem sie eine ölige Kräuterpaste aufbewahrte, nahm einen dicken Esslöffel davon heraus, ließ die Masse mit einem Klatsch auf das Teigblatt fallen und verteilte sie gleichmäßig mit einer flachen Kelle. Dann holte sie ein Stück festen Schafkäse, den sie regelmäßig von Bauer Nieweler geliefert bekam, schnitt ihn vorsichtig in dünne Scheiben und legte diese über die Kräutermischung. Sie rollte das Ganze auf. Das ging ruck, zuck, und Eva sah ihr dabei fasziniert zu. Niemals würde sie so gut kochen können wie Lore, doch dies hier schien relativ unkompliziert zu sein. Sie fragte nach dem Rezept für die Kräuterpaste.

„Das ist ganz einfach", erklärte Lore, „Brennnesseln, etwas Pfeffer, etwas Zitronensaft, ein bisschen Salz, Knoblauch, gemahlene Walnüsse, geriebene trockene Käsereste, am besten aus Schafschnittkäse, klein hacken und mit Olivenöl vermischen."

„Brennnesseln?" Eva staunte.

„Brennnesseln sind köstlich! Im Frühling, wenn sie jung und zart sind, schmecken sie besonders gut. Ausgewachsen enthalten sie mehr Eisen. Sie sind sehr gesund."

„Und lecker", schwärmte Jockel.

„Aber verbrennt man sich nicht den Mund?"

Eva dachte an die kleinen Bläschen, die sich auf ihrer Haut bildeten, wenn sie mit Brennnesselblättern in Berührung kam, und die äußerst unangenehm brannten. Sie konnte sich nicht vorstellen, dass man die Pflanze essen konnte, ohne sich die empfindlichen Mundschleimhäute zu verätzen.

„Ich trage Gummihandschuhe wenn ich sie ernte. Ich wasche

sie und hacke sie klein. Danach brennt nichts mehr."

„Und woher bekommst du das Olivenöl?", fragte Eva.

„Meine Schwester hat in der Provence ein Weingut und stellt ihr eigenes Olivenöl her. Wenn ich sie besuche, nehme ich jedes Mal einen Fünfliterkanister mit. Der muss dann wieder eine Weile reichen."

Sie rannte in die Speisekammer und kam mit einem Einweckglas, bis oben hin voll mit der grünen Kräutercreme, zurück und reichte es Eva.

„Hier, mein erstes Geschenk für dich. Wenn im Frühling die Brennnesseln wachsen, bringe ich dir bei, wie man die Paste zubereitet. *D'accord?*"

„*D'accord!* Und wie geht der Teig?", fragte Eva.

„Auf hundert Gramm Mehl ein Esslöffel Olivenöl, zwei Esslöffel Wasser und etwas fein gemahlenes Salz. Verkneten, bis nichts mehr an den Händen und am Tisch klebt, dann den Teig in Butterbrotpapier packen, in einen heißen, trockenen Topf einlegen, in dem man zuvor Wasser gekocht hat und eine halbe Stunde zugedeckt darin ruhen lassen."

„Wozu ist das gut?"

„Dann wird der Kleber vom Mehl frei, die Zutaten verbinden sich besser, und der Teig lässt sich besser ausrollen."

„Das ist alles?" Eva staunte nicht schlecht.

„Ja, und wenn du die Teigrolle machst, musst du zusehen, dass die Enden gut verklebt sind. Manchmal hat man noch etwas Eiweiß im Kühlschrank, wenn man zum Beispiel einen *gâteau* gemacht und nur das Eigelb verbraucht hat. Das kann man dann als Klebstoff benutzen."

Eva musste lachen. So einfach war das also.

„Oh, ich habe noch nie einen *gâteau* gemacht, und ich habe in meinem Kühlschrank auch ganz gewiss noch nie ein Eiweiß ohne Eigelb aufbewahrt. Aber was geschieht jetzt mit dem Strudel?", fragte sie.

„Du musst ihn einige Minuten in sprudelnd kochendem Wasser mit etwas Salz kochen. Dann nimmst du ihn heraus und schneidest mit einem scharfen Messer zirka einen Zentimeter breite Scheiben davon ab. Jetzt nimmst du eine Pfanne, brätst darin eine gewürfelte Zwiebel in Olivenöl an, legst die Strudelscheiben dazu, röstest sie kurz an und nimmst sie wieder heraus. Dem heißen Öl mit den Zwiebeln fügst du zwei kleingeschnittene Knoblauchzehen hinzu. Aber Vorsicht, dass der Knoblauch nicht verbrennt, das geht sehr schnell. Dann wird mit etwas Zitronensaft und einem halben Liter Sauerrahm abgelöscht und mit Salz und schwarzem, grob gemahlenem Pfeffer gewürzt. In diese Soße legst du nun die gerösteten Scheiben und lässt sie noch ein paar Minuten darin ziehen. Das ist alles!", erklärte Lore.

„Mmh, lecker!", ergänzte Jockel begeistert und leckte sich die Lippen.

„Sonst nichts!" Eva lachte. „Weißt du was, du lädst mich einfach ab und zu zum Kochen ein, dann kann ich vielleicht eines Tages mitreden."

„Ich denke, Andres hat nichts dagegen, wenn ich dich heute Abend zum Essen einlade, und Jockel sicher auch nicht."

„Au ja!", rief Jockel, aber Eva winkte ab.

„Nein, heute geht nicht. Ich habe noch etwas anderes vor."

Das stimmte nur halb, aber sie wollte nicht unhöflich sein und ohne Andres' Zustimmung zusagen. Doch Lore ließ keine Entschuldigung gelten.

„Keine Panik!", meinte sie. „Andres ist in Ordnung. Und wenn es ihm überhaupt nicht passt, dann rufen wir dich an. *D'accord?*"

„D'accord!"

Und dann beschrieb Lore ihre Idee, die sie zur Grundlage ihres Plans machten. So einfach die Sache war, so genial war sie. Dr. Haselbeck und Andres würden sie einweihen. Dr. Haselbeck musste aktiv mitarbeiten, desgleichen Bettis Mutter und Großmutter. Diese sollten allerdings die wahren Beweggründe vorerst nicht erfahren. Ihnen würde man sagen, es wäre zum Schutz der Schulkameradinnen vor Betti. Der Plan war, dass Betti auf ihrem Schulweg nicht eine Sekunde mehr unbeaufsichtigt wäre. Es wurde vereinbart, dass Jockel sie morgens von zu Hause abholte und mittags entweder zurückbegleitete oder mit ins Försterhaus nahm. Damit Jockel nicht bei seinen Freunden in Verruf kam, wurden auch alle anderen Beteiligten in den sorgfältig ausgearbeiteten Begleitplan miteinbezogen. Auf diese Weise konnte der Geleitschutz mit der Sorge um Karin und ihre Vasallinnen gerechtfertigt werden. Die Eltern würden sich nicht mehr beklagen können, dass seitens der Schule nichts für die Sicherheit ihrer Sprösslinge getan würde; sie mussten sogar noch dankbar sein für die Aktion. Und der Zweck, Betti zu beschützen, war bestens erreicht.

25

Mittlerweile waren mehr als zwei Monate vergangen. Es war Mitte März; noch immer lag Schnee, und noch immer fochten die Nachtfröste mit den ersten Anzeichen des aufkeimenden Lebens. Schon sah man Schneeglöckchen über den Schneerand blinzeln, als erste Vorboten eines milderen Daseins. Dann kam die Schneeschmelze, die großen Frühjahrsregenfälle begannen und schwemmten das Land hinweg. Es schüttete wie aus Kübeln. Nach zwei Tagen ununterbrochenen Regens war die Erde aufgeweicht wie ein Moor. Flüsse traten über die Ufer und rissen entwurzelte Bäume, Hausrat, Möbel und Tierkadaver mit sich. So ungewöhnlich in diesem Jahr die winterlichen Schneemassen gewesen waren, so ungewöhnlich waren die Regenfälle und die daraus resultierenden Überschwemmungen. Ganze Straßenzüge standen unter Wasser. Mehrfach täglich hörte man die Sirenen heulen, um die Männer der freiwilligen Feuerwehr zusammenzutrommeln, die wenig später mit Martinshorn und Blaulicht ausrückten, um Keller leerzupumpen, nicht selten ganze Häuser und Ställe zu evakuieren. Neben dem stumpfen, gleichmäßigen Wummern der elektrischen Pumpen begleitete vielstimmiges Wiehern, Blöken und Muhen die hektische Arbeit der Männer und ihrer zahlreichen Helfer, die einen erbitterten Kampf gegen das Hochwasser kämpften. Wollte man zum Forsthaus, musste man regelrecht durch einen Sumpf waten. Am Ende des Waldwegs, der vom Haus aus zur Straße führte, hatte ein Jagdgehilfe Pflöcke in den Boden gerammt. Darauf platzierten die Bewohner des Forsthauses und die Waldarbeiter ihre Gummistiefel mit der Öffnung nach unten, bevor sie ihre mitgebrachten Straßenschuhe anzogen. Der Regen prasselte derartig gewaltig herunter, dass die Stiefel, wenn sie nach einer Weile wieder von den Pflöcken geholt wurden, blitzblank geputzt waren. Zum Schuhewechseln setzte man sich in eine kleine Hütte, die aus drei Wänden und einem Schindeldach bestand und zur Straße hin offen war. Sie war aus quer aufeinander liegenden Baumstämmen mittleren Umfangs gebaut. Um die Wände im Inneren der Hütte lief eine rohe, fest vernagelte Bretterbank. Hier wurden auch die Straßenschuhe abgestellt.

Jockel freute sich auf den Frühling – auf den Geruch, das Licht und die Farben, die sich nun von Tag zu Tag ändern würden. Allmählich würden die Tage länger, die Nächte kürzer, und bald würde die Sonne ihn wecken. Er könnte dann etwas länger schlafen, denn das Wild würde sein Futter nun wieder selbst finden. Bald schon könnte er an der Seite seines Vaters den Hochsitz erklimmen, um das Jungwild zu betrachten, das tapsig an der Seite der Muttertiere einherwackelte oder sich übermütig in den wärmenden Strahlen der Frühlingssonne balgte. Andres hatte Jockel zu Weihnachten ein eigenes Fernglas geschenkt, und er hätte ihm keine größere Freude bereiten können. Jockel sehnte sich danach, es Betti zu zeigen, wenn er sie demnächst mitnehmen würde in seinen Wald. Er würde ihr die Namen der einzelnen Bäume nennen, ihr zeigen, welche Kräuter und Beeren man essen konnte und welche nicht, und er würde gemeinsam mit ihr auf den Hochsitz steigen und die Tiere beobachten. Dann würden sie zusammen mit den Fahrrädern zum Sandrutsch fahren, im Bach den Forellen und Bachsaiblingen bei ihren übermütigen Sprüngen zusehen. Er würde ihr eine Angel bauen, sie würden fischen, ihren Korb mit Krebsen füllen und diese zu Lore nach Hause bringen, damit sie sie zubereitete. Er würde ihr zeigen, wie man aufgeschnittene Löwenzahnstängel zu Lockenkringeln machte, indem man sie ins kalte Wasser hielt, er würde neben ihr im warmen Sand liegen und mit ihr in den Himmel blicken. Wolkengesichter würden über sie hinwegziehen und zerreißen, wenn ein wütender Wind hineinfuhr, um sich dann gemächlich mit anderen Wolkenfetzen zu neuen Gesichtern und Traumgebilden zusammenzufügen, bis erneut der Wind sie auseinanderjagte. Jockel ersehnte den Tag, an dem er seine Freundin zum ersten Mal morgens abholen würde, um sie zur Schule zu begleiten. Und niemand würde sie mehr schlagen oder verspotten; dafür wollte er ab jetzt sorgen. Lore, Andres, Dr. Haselbeck, den er nun Onkel Willi nennen durfte, und Eva würden ihm dabei helfen. Eva müsste er in der Schule allerdings Frau Berger nennen; er hatte es ihr versprochen, damit die anderen Kinder keinen Verdacht schöpften oder sich benachteiligt fühlten.

26

Eva Berger sprach in diesen Monaten häufig mit der Klasse über Betti. Sie erklärte entschieden, dass nicht Betti die anderen Kinder geschlagen hätte, sondern vielmehr beinahe täglich auf ihrem Schulweg regelrecht überfallen worden wäre. Doch Karin blieb bei ihrer Version, und die anderen vier beteiligten Mädchen unterstützten sie darin. Es war zum Haareraufen. Dann kam Eva ein Zufall zu Hilfe. Sie beobachtete Karin von Weitem, wie sie in der Pause das Schulbrot von Veronika erpresste, und trat hinzu.

„Schmeckt dir dein Brot nicht, Veronika?", fragte sie das Kind.

Den Blick starr auf den Boden gerichtet, bekam Veronika zunächst einen roten Kopf und nickte dann nur still. Eva Berger zog ihr eigenes Brot aus der Tasche, dazu einen Schokoladenriegel und eine Banane und reichte sie Veronika. Schokolade wie Bananen waren in dieser Zeit absoluter Luxus.

„Vielleicht schmeckt dir dies besser. Auf dem Brot ist gekochter Schinken! Ich habe keinen Hunger. Nimm es ruhig!"

Sie konnte förmlich zusehen, wie dem Kind das Wasser im Mund zusammenlief, nickte ihm zu und verließ die beiden. Rasch ging sie ins Haus und sah vom Fenster aus zu, wie Veronika die Speisen an Karin weitergab. Noch bevor diese sie einstecken konnte, war die Lehrerin schon wieder zur Stelle.

„Gib es zurück!", herrschte sie Karin an. „Und dann möchte ich gerne auf der Stelle mit euch sprechen, und zwar im Direktorium in Gegenwart des Schulleiters."

Nun waren beide Mädchen fassungslos; damit hatten sie nicht gerechnet. Karin fing sich schnell wieder.

„Das geht leider nicht. Ich muss zur Toilette. Und das kann länger dauern", sagte sie.

„Dann musst du eben warten oder in die Hose machen", antwortete Frau Berger trocken.

Sie schob die beiden die Treppe hinauf, den Flur entlang und klopfte dann an der Tür zum Direktorium.

„Frau Berger, was gibt es?", fragte Herr Schlenk, der Direktor.

„Wir haben hier einen Fall von Erpressung an der Schule, den wir unbedingt aufdecken müssen."

„Moment, zunächst, wer erpresst hier wen?", fragte er erstaunt. Er wollte keinen Ärger und schon gar nicht mit Frau Hubmann.

„Karin Baierlein erpresst Veronika. Sie lässt sich von ihr die Hausaufgaben machen und nimmt ihr das Pausenbrot ab."

Frau Berger registrierte die Erleichterung ihres Vorgesetzten.

„Ich kann es beweisen!"

Die Mädchen waren verblüfft, und als Veronika zu weinen begann, gab ihr Karin einen derben Tritt ans Schienbein. Herr Schlenk hatte dies gesehen.

„Das lässt du gefälligst bleiben!", sagte er. „Wir sind hier nicht bei den Asozialen im Erlanger!"

Das saß. Nun musste selbst Karin schlucken. Tränen der Wut krochen ihr die Kehle hoch. Sie schwieg, und mit einem Mal fühlte sich Veronika stark. Sie hatte gesehen, dass auch Karin nur ein kleines Mädchen war, dessen Macht mit einem einzigen Wort aus dem Mund des Direktors auf ein Nichts zusammenschrumpfte, und Herr Schlenk war mit ihren Eltern befreundet, das wusste sie. Nun galt es für sie nur noch, heil aus der Sache herauszukommen, zumal sie es satt hatte, täglich auf ihr Pausenbrot verzichten zu müssen. Karin indes saß in einer Zwickmühle, und so sehr sie versuchte, sich mit neuen Lügen aus der Sache herauszulavieren, es war zu spät. Erst stockend, dann immer freier und zügiger erzählte Veronika die ganze Geschichte. Im Lauf ihrer Erzählung brach regelrecht aus ihr heraus, was sich in letzter Zeit in ihrer Seele angestaut hatte. Als sie von der Prügelattacke erzählte, die Betti für mehr als zwei Monate in den Krankenstand versetzt hatte, begann sie zu weinen.

„Betti lag auf dem Boden. Alles war voll mit Blut und Kotze. Ihre Augen waren geschlossen, und ich dachte, sie ist tot, und wir haben sie umgebracht. Ich habe dann der Karin gesagt, dass sie tot ist, und dass sie aufhören soll, dann hat sie sie noch an den Haaren gepackt und ihren Kopf auf das Eis geschlagen", schluchzte Veronika laut. „Karin hat gesagt, umso besser, wenn sie tot ist. Ich bin nicht schuld, wenn ihr sie umgebracht habt. Ich habe solche Angst vor Karin. Alle haben Angst vor ihr. Wenn ich ihr nicht die Hausaufgaben mache, dann geht es mir genauso wie der Betti, hat sie gesagt."

Frau Berger nahm das Kind, das außer sich war vor Gram und Erschöpfung, in den Arm und versuchte, es zu beruhigen. Da schrillte die Schulglocke und verkündete das Ende der Pause. Herr Schlenk begleitete Eva Berger gemeinsam mit Karin und Veronika in ihr Klassenzimmer. Dort wurde offen über die Angelegenheit gesprochen und Karins Gewaltherrschaft, unter der die ganze Klasse zu leiden hatte, öffentlich aufgedeckt. Es stellte sich heraus, dass es nur wenige Kinder gab, die Karin nicht fürchteten. Einzig deren Freundinnen vom Erlanger wollten nichts gegen sie unternehmen, wiewohl auch sie Angst vor ihr hatten. Sie fragten sich, was wäre, wenn Karins Vater davon erfahren würde, und mochten sich die Konsequenzen für sich und ihre Familie gar nicht ausmalen. Was Betti anbetraf, wollte die Klasse sich in Zukunft anders betragen.

Wenn es nur so bliebe!, dachte Eva und war zumindest fürs Erste mit sich zufrieden.

27

Jockel erzählte seiner Freundin, was in der Schule geschehen war.

„Du brauchst jetzt keine Angst mehr zu haben, sie tun dir nichts mehr", sagte er.

„Und alle wissen jetzt, dass die Karin mich geprügelt hat? Auch die Eva? Und auch meine Mama und meine Oma?", fragte Betti erschrocken.

„Alles ist rauskommen", sagte Jockel. „Warum willst du nicht, dass sie es wissen?" Er war erstaunt.

„Weil ich mich schäme und weil ich nicht will, dass meine Oma und meine Mama traurig sind, weil mich keiner mag", sagte Betti, und plötzlich stürzten ihr die Tränen aus den Augen.

„Deine Oma war sehr traurig, als sie dachte, dass du die anderen Kinder schlägst. Deine Mama auch. Jetzt wissen sie, dass du nicht böse bist, und freuen sich."

Betti schluchzte, und Jockel versuchte sie zu beruhigen.

„Außerdem stimmt es gar nicht, dass dich keiner mag. Ich mag dich. Ich mag gar keinen Menschen lieber als dich und meinen Andres und die Lore. Und die Lore hat gesagt, dass du was ganz Besonderes bist, und deine Oma findet das auch, und die Eva findet das auch, und ich finde es, und alle finden es."

Betti hörte auf zu schluchzen und starrte vor sich hin. Dann sagte sie:

„Aber sonst darf es keiner wissen. Du darfst auch nicht sagen, dass ich geweint habe."

Jockel sah ihre mageren Schultern. Er sah, wie sie zitterte, und versprach es.

„Ich will, dass du wieder in die Schule kommst. Ich hole dich zu Hause ab, und ich bringe dich heim, wenn du Angst hast. Du kannst auch mit zu mir, dann zeige ich dir meine Tiere und den Wald und alle Farben und den Bach", stieß er hilflos hervor und war erleichtert, als er spürte, wie sie sich allmählich wieder beruhigte.

Denn das wollte sie gerne, seine Tiere sehen und den Wald, in dem er wohnte. Es dauerte indes noch eine geraume Weile, bis Dr. Haselbeck sein Plazet gab und Betti wieder für fähig erachtete, die Schule zu besuchen. Auch tat Betti alles, um den Krankenstand hinauszuzögern. Sie lag im Bett, was ihr, so schwach sie noch war, gut tat, sie las und schrieb, und wenn sie Schritte auf den knarzenden Flurdielen vor der Tür des Kinderzimmers hörte, steckte sie schnell Buch und Heft unter ihr Kopfkissen, nahm ihre Brille ab und stellte sich schlafend. Nur wenn

Jockel sie besuchte, setzte sie sich aufrecht hin, unterhielt sich mit ihm oder las ihm etwas vor. Sie hatte ihm das Pferdejuppchen vorgelesen, und er hatte geweint und geweint und nicht mehr aufhören können. Er hatte seinen Kopf auf ihre Matratze gelegt, und sie hatte weitergelesen, während sie ihm mit der anderen Hand über den Kopf strich.

„Wie kann es so viel Unglück geben in der Welt?", hatte er schluchzend gefragt, und sie hatte geantwortet:

„Was wissen wir von der Welt? Weißt du, was die Menschen fühlen, warum sie böse sind und manchmal gut? Es ist immer beides da, das Böse und das Gute. Wir müssen uns nur entscheiden, was wir tun."

Dann nahm sie die Blechdose mit den Buntstiften, die Jockel ihr geschenkt hatte, und sagte:

„Kannst du schon bis dreiunddreißig zählen?"

Er schüttelte den Kopf.

„Schau, hier sind dreiunddreißig Stifte drin. Wenn wir uns die teilen wollen, hat immer einer einen mehr, wenn wir nicht einen kaputt machen. Wenn du einen mehr hast, bin ich vielleicht sauer und denke, dass ich auch einen mehr haben will."

„Ich würde dir den einen einfach geben", sagte er überzeugt.

„Vielleicht würdest du das tun, aber die meisten würden es nicht tun. Außerdem wäre das vielleicht ein großer Fehler. Denn wenn du ihn mir gibst, dann denke ich, wenn es so einfach ist, dann kann er mir auch noch einen mehr geben und dann noch einen. Und am Ende hast du noch einen einzigen, und ich habe alle anderen, und dann denke ich, ist doch egal, wenn er nur einen hat, dann kann er mir den auch noch geben. Er braucht ihn nicht, er kann genauso gut mit dem Bleistift malen, der hat auch nur eine Farbe. Dann habe ich alles und du hast nichts. Und wenn es keine Stifte, sondern was zum Essen wäre, dann hättest du Hunger, und ich hätte einen dicken Bauch und wäre stark und könnte dich hauen, damit du den Mund hältst."

Sie schwieg eine Weile und sagte dann:

„Siehst du, so einfach ist das. Wenn jemand nichts hat, ist er neidisch, und wenn er was hat, will er noch mehr. Und wenn er alles hat, ist er auch nicht zufrieden, weil er immer denkt, dass er vielleicht was vergessen hat, und die anderen doch noch was haben, das ihm gehört. Denn wenn er alles bekommen kann, dann glaubt er, dass es ihm gehört."

Jockel blickte seine Freundin bewundernd an. Er war überzeugt dass er ihr alles geben würde, wenn er sie damit glücklich machen könnte, und sagte:

„Wenn aber die Menschen Freunde sind, dann können sie auch miteinander malen, und wenn der eine das Blau hat, kann der andere das Rot nehmen. Oder sie malen einfach zusammen ein großes Bild."

„Aber dann dürfen sie nicht streiten und auseinandergehen, denn wer nimmt dann das Bild?"

Jockel dachte lange nach. Dann sagte er:

„Wenn wir ein Bild zusammen malen, dann bleiben wir immer zusammen."

Sie lächelte. Dann wurde sie schlagartig sehr ernst.

„Und was, wenn die Karin mich trotzdem wieder haut?"

„Dann hauen wir die Karin! *D'accord?*"

„*D'accord!*"

Die Situation in der Klasse hatte sich geändert. Eva und Jockel hatten es Betti berichtet. Dennoch sollte der Plan, sie auf ihrem Schulweg zu begleiten, eingehalten werden. Auch Veronika wurde seit dem Vorfall täglich von ihrer Mutter zur Schule gebracht und mittags wieder abgeholt; Karin war nicht mit einem Mal friedfertig geworden. Es hatte seitens der Schule ein Disziplinarverfahren gegen sie stattgefunden, an dessen Ende ein „Schuldspruch" gegen die Familie stand. Dem Kind wurde eine Art Bewährung eingeräumt, indem man ihm eine Vertreterin des Jugendamtes als Vormund bestellte, die allwöchentlich an eine übergeordnete Instanz ihre Beurteilung abzugeben hatte. Würden die Festlegungen nicht eingehalten und Karins Betragen sich nicht zum Positiven ändern, würde sie aus ihrer Familie entfernt und ins Kinderheim verbracht werden. Dieses war der katholischen Organisation Caritas unterstellt und wurde von Nonnen geleitet. Neben einem Waisenhaus war in zwei Nebengebäuden die „Besserungsanstalt" untergebracht, von der man sich wahre Schauergeschichten erzählte. Die Fenster waren vergittert. Die Mädchen lebten dort wie im Gefängnis. Während die Waisen allmorgendlich zur Schule gingen, um mit den anderen Kindern gemeinsam unterrichtet zu werden, bekam man die „schlechten Weiber" – so die Leute im Dorf – nicht zu Gesicht. Sie waren oft nicht mehr schulpflichtig, doch auch noch nicht volljährig. Ihre Vergehen, die der Grund dafür waren, dass man sie hier kaserniert hatte, waren gravierend. Sie reichten bis hin zu Mord und Totschlag, sodass sie oft nach Erreichen des offiziellen Erwachsenenalters in andere Einrichtungen, zumeist Gefängnisse, verlegt wurden. Im „Bau", wie man den Strafkomplex nannte, wurden sie von Nonnen, die ausgebildete Pädagoginnen waren, in den allgemeinen Fächern und später in Hauswirtschaft unterrichtet, und auch der Gottesdienst fand hier statt. Die jugendlichen Straftäterinnen fristeten abgeschlossen von der Außenwelt ihr Dasein, das erbärmlich genug war. Karin zog alles andere einem derartigen Schicksal vor, und zumindest nach außen hin gelobte sie zunächst Besserung. Im Erlanger herrschte nach wie vor nur das Gesetz des Stärkeren, und die Dorfbevölkerung trug entschieden dazu bei, indem sie die Bewohner des Randbezirks isolierte. Mit „diesem Pack" wollte man nichts zu tun haben. Die meisten von ihnen waren aus ihrer Heimat geflohen, hatten ihren gesamten Besitz verloren, wollten nichts weiter, als ein normales Leben mit ihren Kindern führen, und litten am meisten unter der mafiösen Struktur in ihrer Siedlung. Als hätten sie nicht schon genug

Unbill erdulden müssen, lebten sie hier am Rand der Gesellschaft, fühlten sich wie Aussätzige und waren es auch.

28

Willi Haselbeck wusste sehr gut, wie groß Bettis Angst vor den Mitschülerinnen war, und hatte es lange gut vertreten können, ihren Eltern zu raten, sie, als sie nicht mehr bettlägerig war, noch eine Weile zu Hause zu lassen. Doch konnte es auf Dauer keine Lösung sein, sie von den anderen Kindern fernzuhalten. Sie brauchte die sozialen Kontakte so dringend, wie sie Bewegung brauchte und frische Luft. Und dann war es so weit. Sie musste die Schulsachen in ihren Ranzen packen und nach dem Abendessen früh zu Bett; denn am nächsten Morgen hieß es zeitig aufzustehen und den Weg zur Schule anzutreten. Pünktlich um Viertel vor Acht klingelte Jockel an ihrer Haustür, um sie abzuholen. Sie schien ihm heute noch kleiner und schmächtiger als je zuvor. Er verglich sie mit den Klassenkameraden und begriff nicht, wie jemand glauben konnte, dass sie in der Lage wäre, ein anderes Kind zu attackieren? Aber Betti sagte ihm, dass die kleinen Piranhas in Sekundenschnelle riesige Tiere fressen könnten. Und die Heuschrecken fräßen alles, was ihnen vor die Augen komme, egal, wie groß es sei, und die Termiten seien noch winziger, einfach nur große Ameisen, und doch könnten sie ganze Baumstämme von innen her aushöhlen oder fällen.

„Aber nur wenn sie in einem großen Schwarm zusammenbleiben!", erwiderte Jockel, denn das hatte Andres erzählt, als sie zusammen mit Lore den Nürnberger Zoo besucht hatten.

„Die Maus frisst nicht den Fuchs, sondern umgekehrt."

„Ja, aber eine Viper kann ein Pferd töten, wenn sie sich bedroht fühlt", meinte Betti. „Und ich werde bedroht."

„Aber du bist keine Viper", entrüstete sich Jockel, „und sie sind keine Pferde, und nicht du bist es, die sie verletzt, sondern sie verletzen dich."

„Sie haben auch nur Angst", meinte Betti. „Vielleicht glauben sie, dass ich stark bin."

Jockel betrachtete sie ungläubig und schüttelte insgeheim den Kopf. Sie waren am Tor zum Schulhof angelangt. Und mit einem Mal sah sie ihn wild an und sagte:

„Ich bin stark. Ich bin sogar wahnsinnig stark. Viel stärker als alle zusammen. Keiner weiß es, und du weißt es auch nicht, wie stark ich bin. Ich werde sie alle schlagen!"

Damit rannte sie die Stufen zur Eingangstür hinauf, und er folgte ihr erstaunt.

29

Und sie schlug alle. Sie las und schrieb und rechnete, und mit jedem Buch, das sie las, wusste sie mehr, konnte in der Klasse darüber reden und verblüffte alle mit ihrem Wissen. Doch war sie nicht altklug; sie überlegte, wog ab, zweifelte, kam zu eigenen Schlüssen und verwarf sie wieder. Sie konnte stundenlang über ein Wort, seine Bedeutung und seine Herkunft nachdenken. So hatte sie in einem Gespräch ihrer Eltern das Wort „Sakrileg" aufgeschnappt und fragte:

„Was ist ein Sakrileg?"

„Wenn man eine Sache, die als heilig gilt, beleidigt und damit entweiht, dann begeht man ein Sakrileg", erklärte ihr der Vater.

„Aber wo kommt es her?", insistierte Betti.

„Aus dem Lateinischen. Aus den Worten *sacer* für heilig und *lex* für Gesetz."

„Ist doch unlogisch", meinte sie.

„Warum unlogisch?", begehrte ihr Vater zu wissen. Er liebte die Gespräche mit seinem ungewöhnlichen Kind.

„Weil es dann eigentlich das Gegenteil sein müsste, nämlich

ein heiliges Gesetz und kein beleidigtes oder entweihtes heiliges Gesetz. Wenn man ein heiliges Gesetz beleidigt, nennen sie es Sakrileg; wie nennen sie dann das heilige Gesetz? Vielleicht ist die Beleidigung das heilige Gesetz", erklärte sie. „Das würde zu den Menschen passen."

„Inhaltlich oder zu ihrer Ungenauigkeit?", fragte der Vater sie so amüsiert wie interessiert.

„Beides", entschied sie.

Er dachte darüber nach und gab ihr recht. Noch am selben Tag belehrte sie ihn eines Besseren. Sie hatte im Fremdwörterbuch nach dem Wort gesucht und war fündig geworden. Sie las ihm vor, was dort stand: „lateinisch *sacrilegium* = Tempelraub, zu: *sacrilegus* = gottlos, verrucht, zu: *sacra* = Heiliges und *legere* = auflesen, sammeln, stehlen. Also bedeutet Sakrileg wohl tatsächlich, dass etwas Heiliges entweiht wird", erklärte Betti.

Eines Tages wurde sie in die Bäckerei geschickt, um fünf Brötchen zu holen. Ein Brötchen kostete damals neun Pfennige, und Lore hatte ihr fünf Groschen mitgegeben. Nachdem sie die Brötchen in Empfang genommen hatte, reichte sie der Bäckerin ihr Geld, das diese nahm, und sich dann anschickte, die nächsten Kunden zu bedienen. Betti blieb stehen und hielt der Frau die offene Hand hin.

„Was gibt es noch?", fragte die Bäckerin.

„Ich kriege noch Geld", sagte Betti.

„Du hast die Brötchen gekriegt, und ich habe das Geld gekriegt. So ist das nun mal. Man muss schließlich zahlen, wenn man was will, und kann nicht alles haben."

Die Bäckerin wurde ungeduldig, die anderen Kunden lachten, der Laden war voll. Sie hatten so wenig wie die Bäckersfrau darauf geachtet, wie viel das Kind bezahlt hatte. Natürlich dachten sie, die Mutter hätte ihr das Geld genau abgezählt mitgegeben, wie sie es als Eltern mit ihren Kindern getan hätten.

„Ein Brötchen kostet neun Pfennige, ich habe fünf Groschen

bezahlt, also kriege ich noch fünf Pfennige, weil fünf mal neun fünfundvierzig ist", rechnete Betti laut und hielt der verblüfften Bäckerin weiter die geöffnete Hand hin. Nun lachte keiner der Kunden mehr. Betti sagte noch:

„Du musst dich nicht entschuldigen, so was kann passieren", steckte die fünf Pfennige in ihre Manteltasche und rauschte hinaus.

Eine Stunde später war die Szene bereits Dorfgespräch. Betti war noch keine sieben Jahre alt, und ihr erstes Schuljahr neigte sich dem Ende zu. Die anderen Kinder kamen nicht umhin, sie zu bewundern und zu beneiden, doch war sie nie in eine der Mädchengruppen integriert. Ihr einziger Freund war Jockel, für den sie das schönste und klügste aller Kinder der Welt war. Oft versuchte er, sie in eines der gemeinsamen Spiele mit einzubeziehen. Doch Betti wollte nichts mehr von den anderen wissen. Und so sollte es bleiben. Karins Hass ihr gegenüber war noch erbitterter als zuvor. Sie war randvoll mit Aggressionen gegen den Liebling der Lehrerin, der ihr nichts als Verachtung entgegenbrachte. Wenn es ihr möglich gewesen wäre, hätte sie noch heftiger auf Betti eingedroschen, nur um ihr, die alles besser wusste und konnte, „das verdammte Maul zu stopfen". Auf dem Schulweg trat sie Betti einmal in den Weg und fragte:

„Gehst du mit dem?" Dabei sah sie zu Jockel hin. Als Betti nicht antwortete, sagte Karin:

„Gib mir eine Antwort, wenn ich dich was frage!"

„Warum denn?"

„Ich kann dich immer noch hauen. Glaubst du, dass ich Angst vor dir habe?"

Betti entgegnete:

„Du willst mich schlagen, weil du sonst nichts kannst. Ich würde mich schämen, wenn ich so blöd wäre wie du."

Das saß. Und hätte nicht Jockel daneben gestanden und sich vor Betti gestellt, dann hätte Karin die Beherrschung verloren und zugeschlagen. An diesem Tag war Betti im Forsthaus zum Mittagessen eingeladen. Danach wollten die Kinder gemeinsam ihre Hausaufgaben machen und den Nachmittag miteinander verbringen. Auf dem Nachhauseweg war Jockel ungewöhnlich still. Betti fragte:

„Hast du was?"

„Ja."

Es fiel ihm nicht leicht, darüber zu sprechen; doch Lore hatte ihm gesagt, dass man Freunden gegenüber die Wahrheit sagen müsste, und so rang er sich schließlich zu einer Erklärung durch.

„Du hast Karin verletzt", sagte er leise.

„Ja, und? Sie wollte mich hauen."

Betti war sich nicht der geringsten Schuld bewusst.

„Sie wollte nur wissen, ob du mit mir gehst. Du bist es, die nichts mit ihr zu tun haben will", entgegnete er.

„Kannst du das nicht verstehen?"

„Schon, aber du musst sie nicht demütigen. Wenn du ihr sagst, wie blöd sie ist, dann ist sie beleidigt."

„Es war überhaupt keine Beleidigung, es war die Wahrheit."

„Aber es war gemein. Du hast mir gesagt, es ist arrogant, wenn man den Leuten zeigt, dass man was besser kann und nichts mit ihnen zu tun haben will."

„Dann bin ich halt arrogant", verteidigte sie sich. „Jeder wehrt sich, so gut er kann."

„Aber du hast mir auch mal gesagt, dass man nicht die gleichen Mittel anwenden darf wie die anderen, sonst ist man auch nicht besser."

„Ich habe sie nicht geschlagen, und ich habe ihr auch keine Prügel angedroht wie sie mir."

„Aber du hast ihr deine Macht gezeigt, und sie hat nichts anderes getan."

Jockel war verzweifelt. Er wusste nicht, wie er ihr sagen sollte, dass ihr Verhalten ihm Angst machte.

„Aber die Macht ist nicht das Mittel. Ich bin stolz auf meine Macht. Ich übe sie doch nicht aus. Ich will einfach nur meine Ruhe und nichts mit ihnen zu tun haben. Außerdem haben sie mich beleidigt und verletzt und gedemütigt und nicht ich sie."

„Du tust es jetzt. Wenn du Karin sagst, wie blöd sie ist, dann tut ihr das weh. Außerdem hast du gesagt, es ist dumm, wenn man auf seine Macht stolz ist. Man muss sich hüten vor der Macht, hast du gesagt."

„Ja, aber erstens ist Macht was anderes als Machtausübung, zweitens kommt es auf die Wahl der Mittel an und ..."

„Wörter können auch Waffen sein, das hast du selber mal gesagt", unterbrach er sie.

„... drittens bedeutet Macht noch lange nicht Gewalt", vervollständigte sie ihren Satz.

„Warum hast du ihr nicht einfach gesagt, dass wir Freunde sind?"

„Weil das die Karin nichts angeht und weil sie wirklich blöd ist, wenn sie das noch nicht gemerkt hat."

Nun musste er lachen.

„Ich glaube, du bist echt arrogant."

Da nahm sie seine Hand, schwenkte seinen Arm durch die Luft und schrie:

„Ja, ja!"

Und dann drückte sie ihrem erschrockenen Freund den ersten Kuss auf den Mund.

30

Andres war ein gut aussehender Mann. Groß und schlank, mit vollem braunen Haar und hellbraunen Augen, glich er in nichts seinem Sohn, der mit seinen blonden Locken und den blauen Augen seiner Mutter ähnlich sah. Lore war Christines Freundin und auf dem Weg von Frankreich nach Wuppertal gewesen, da sie ihr versprochen hatte, bei der Geburt ihres Kindes zugegen zu sein. Als Lore in Wuppertal den Zug verlassen hatte, waren weder Andres noch Christine am Bahnhof gewesen. Auch hatten sie niemanden geschickt, um die Freundin abzuholen. Tief beunruhigt hatte Lore ein Taxi genommen. Vor Andres' und Christines Haus hatten mehrere Autos gestanden. Lore hatte den Fahrer gebeten, ihr die Koffer ins Haus zu tragen, und war nur mit Handtasche und Mantel die Stufen zur Haustür hinaufgejagt. Niemand war ihr entgegengeeilt, selbst dann nicht, als sie klingelte. Aus dem Obergeschoss war ein geschäftiges Treiben zu hören gewesen und dann das Geschrei eines Säuglings. Nichts Schlimmes war geschehen, das Baby war einfach nur eine Woche zu früh geboren, dachte Lore. Als sie ihr Taxi bezahlt und dem Fahrer noch ein Trinkgeld für seine Hilfe gegeben hatte, war sie leise die Treppe hinaufgeschlichen, um die junge Familie zu überraschen. Sie hatte sich der Tür genähert, hinter der der Säugling schrie, und hatte Andres schluchzen gehört. In diesem Moment wusste sie, dass ihre einzige, beste Freundin, mit der sie die halbe Kindheit verbracht, mit der sie in Paris studiert hatte, tot war. Sie riss die Tür auf. Andres kauerte neben Christine auf dem Bett, sein Gesicht an ihre Brust gedrückt, haltlos schluchzend. Hinter dem Bett wiegte die Hebamme das schreiende Neugeborene in ihren Armen. Zwei Männer waren noch im Raum. Der eine war unschwer als Priester zu erkennen, der andere wohl der Arzt. Lorraine hatte sich die Hand auf den Mund gepresst, um nicht laut aufzuschreien, während die Tränen über ihr Gesicht strömten. Sah so der Tod aus? Christine lächelte und sah aus wie immer, nur blasser. Lore dachte, dass sie gleich die Augen aufschlagen und *bonjour, ma chère* sagen würde. Es war ihr wie eine Ewigkeit vorgekommen, bis Andres endlich den Kopf hob und ihr sein tränennasses Gesicht zuwandte.

„*Lorraine, Lorraine! Elle est morte, ma vie,* sie ist tot!"

Sie hatte ihm über den Kopf gestrichen, sich dann über Christine gebeugt und ihre geschlossenen Augen geküsst. Auf Christines lächelndem Gesicht mischten sich Lorraines Tränen mit denen von Andres. Das Kind hatten sie beide völlig vergessen. Nach einer Weile war Lorraine aufgestanden und hatte sich von der Hebamme den Säugling in den Arm legen lassen. Es war ein Junge, der augenblicklich zu weinen aufhörte und sich an Lorraines Brust schmiegte. Dies war der Moment, in dem sie sich unsterblich in Jockel verliebt hatte.

„*Mon bébé*", hatte sie geflüstert und sein Köpfchen gestreichelt. „*Je reste ici, mon bébé!*"

Damit war entschieden, dass Lorraine du Barre ihre Zelte in Paris abbrechen und eine vielversprechende Universitätslaufbahn als Literaturwissenschaftlerin an der Sorbonne aufgeben würde, um nach Deutschland überzusiedeln und ihr weiteres Leben mit Jockel zu verbringen – und seinem Vater.

31

Mittlerweile lebte Lorraine mit Andres und Jockel in der fränkischen Schweiz, sprach perfekt Deutsch und wurde von allen nur Lore genannt. Sie liebte ihren kleinen Jockel, der so sehr seiner Mutter glich; und sie liebte Andres, der nicht ein einziges Mal den Versuch unternommen hatte, sich ihr zu nähern. Vermutlich wusste er gar nichts von ihren Gefühlen, über die das ganze Dorf sprach. Wie konnte ein junger Mann mit einer so schönen Frau zusammenleben, ohne sie zu begehren! Er war doch nicht „andersrum"! Doch man achtete seine Gefühle zu Jockels Mutter. Eine Aura von stiller Wehmut umgab Andres, der dadurch noch an Attraktivität gewann. Er war bei Jockels Geburt neunundzwanzig Jahre alt gewesen; Lore war zwei Jahre jünger als er. Auch für sie war eine Beziehung zum Mann ihrer verstorbenen Freundin lange Zeit undenkbar gewesen, und als sie spürte, dass sie sich in ihn verliebt hatte, wollte sie es lange Zeit nicht akzeptieren. Doch je länger sie mit ihm zusammen lebte, desto heftiger wurden ihre Gefühle für ihn. Sie sehnte den Tag herbei, an dem er in ihr die Frau erkennen würde. Niemals bedrängte sie ihn, doch zeigte sie ihm ihre Liebe in allem; in kleinen wie in großen Handreichungen, mit kleinen Geschenken, einem besonders gelungenen Kuchen oder seinem Leibgericht. Sie war nicht nur seine Haushälterin. Ihr Verhältnis kam dem einer Ehe sehr nahe. Sie kochte fantastisch, sie sorgte dafür, dass das ganze Haus stets vor Sauberkeit glänzte, sie war die Mutter seines Sohnes, den sie vorbildlich zweisprachig erzog, sie kümmerte sich um die Tiere, den Garten und half bei der Organisation der Forstarbeiten. Niemals kam ein böses Wort über ihre Lippen. Jedem Wesen, jedem Ding versuchte sie, mit Achtung zu begegnen. Zumeist gut gelaunt, sang sie den ganzen Tag. Jeder mochte sie, und Jockel liebte sie abgöttisch. Sie war seine Mama. Sie sprach neben ihrer Muttersprache Französisch mehrere Sprachen fließend und übersetzte englische und deutsche Literatur für einen französischen Verlag; außerdem schrieb sie Kochbücher, verdiente also ihr eigenes Geld. Obwohl sie sich stets weigerte, von ihm Geld anzunehmen, hatte Andres ihr ein Konto eingerichtet, auf das er regelmäßig etwas überwies. Dieses Geld rührte sie nie an. Andres schätzte und mochte sie und war ihr unendlich dankbar, aber auf die Idee, dass daraus mehr entstehen könnte, kam er nicht.

32

Neben ihrer „Familie" gingen Lore Bücher über alles. Sie hatte im Forsthaus einen Raum zur Bibliothek gemacht, in dem schon mehr als fünftausend Bände in den Regalen standen, alle säuberlich geordnet und sorgsam gehegt und gepflegt. In der untersten Reihe standen Jockels Bilder- und Märchenbücher sowie Lores französische Bücher aus ihrer eigenen Kindheit. Direkt davor hatte sie einen kleinen Tisch, zwei alte Fauteuils und einen schon etwas zerschlissenen Ohrensessel aus dunkelbraunem Leder gruppiert. Wenn die Sonne schien, fiel ein milchiger Lichtstrom schräg durch das Fenster in den Raum, in dem Tausende von Staubpartikelchen tanzten. Auf den geölten Holzdielen lag ein Teppich, dessen vorherrschende Farbe ein tiefes, warmes Rot war und der ein Übriges tat, um sämtliche störenden Geräusche zu dämpfen. Der ganze Raum war von andächtiger Stille erfüllt, die sich, sofern man ein wenig darin verweilte, wohltuend auf die Seele legte und den Körper zur Ruhe kommen ließ, um ihn kurz darauf frisch gestärkt die Arbeit wieder aufnehmen zu lassen. Hier saßen sie alle drei oft einträchtig zusammen und jeder ging seiner augenblicklichen Passion nach. Jockel malte, machte seine Hausaufgaben, sah sich Bilderbücher an oder versuchte deren Texte zu entziffern, Andres las, machte Dienst- und Organisationspläne für sich und seine Untergebenen, teilte die Hege-, Jagd- und Forsthelfer ein. Auch Lore las, wenn sie nicht gerade mit einer Übersetzung beschäftigt war oder an einem neuen Kochbuch arbeitete. Sie sammelte neue Rezepte, die sie teils erfand, teils neu kombinierte, ausprobierte und niederschrieb. Als Betti zum ersten Mal im Forsthaus zu Besuch war und die Bibliothek betrat, blieb sie überwältigt mitten im Raum stehen, drehte sich langsam um die eigene Achse und rief:

„Lauter Bücher, nur Bücher; die ganzen Wände sind Bücher! Darf ich hier lesen?"

Als Lore die Kinder dann an den Mittagstisch rief, reagierten die beiden nicht. Sie saßen nebeneinander im Ohrensessel. Jockel hatte den Arm um Bettis Nacken geschlungen, und sie las ihm vorn. Sie merkten nicht, dass Lore die Tür geöffnet hatte und dann leise wieder schloss. Sie eilte zu Andres und bedeutete ihm mit dem Zeigefinger auf den Lippen, ihr zu folgen. Gerührt hatten sie die Kinder gemeinsam betrachtet. Als Andres sah, wie Lore sich verstohlen eine Träne aus dem Auge wischte, legte er seinen Arm um ihre Schulter. Sie erschauerte, doch er bemerkte es nicht. Stattdessen sagte er:

„Aber Lorraine, du weinst ja!" Und sie hatte ihren Kopf an seine Brust gelegt und richtig geweint. Dann hatte sie sich die Nase geputzt, die Tränen getrocknet und gesagt:

„Es geht schon wieder. Lass uns essen."

Als sie sein erschrockenes Gesicht sah, musste sie mit einem Mal laut lachen.

„Na komm schon", sagte sie. „Es ist alles in Ordnung. Ich bin einfach nur ein sentimentaler alter Knochen, den die Rührung überwältigt hat."

Die Kinder hatten das Lachen gehört, klappten das Buch zu und folgten Lore und Andres in die Küche.

33

Mittlerweile war der Mai fast zu Ende. Am Waldrand blühte bereits der Holunder, dessen duftende, cremefarbene, nach oben hin geöffneten Tellerblüten von Weitem aussahen wie mit einem flachen Pinsel auf die Büsche getupft. Auch die Akazien ließen ihre weißen Blüten sprießen, die dem Flieder ähnlich in dicken Dolden nach unten hingen und zwischen den parallel und paarweise angeordneten hellgrünen Blättern ihren überwältigenden Geruch verströmten. Ungewöhnlich für einen Mai, hatte drei Wochen lang Tag für Tag die Sonne heruntergebrannt, und kein einziger Wassertropfen war vom Himmel gefallen. In diesem Jahr schien alles außergewöhnlich zu sein. Nach dem großen Schnee waren die Unwetter über das Land hereingebrochen, hatten die Täler überschwemmt und einen Erdrutsch nach dem anderen verursacht. Pünktlich zum dreißigsten April waren die Wolken verschwunden, und nach einer sternenklaren Nacht hatte die Sonne am mittelmeerblauen Firmament gehangen, als wäre es nie anders gewesen. Die Menschen waren in den Mai hineingetanzt und hatten nach einem harten Winter und einem ungemütlichen Frühlingsbeginn den ersten lauen Abend genossen. Auf der großen Wiese, die das Forsthaus zum Wald hin abgrenzte, grasten nun Bruno und Rosinante und ließen sich die saftigen Wiesenkräuter schmecken. Sie wieherten vor Freude, aus der Dunkelheit ihres Stalles in eine strahlende, nach Frühling duftende Welt entflohen zu sein.

Doch bald schon verfluchten die Leute die Hitze, die man ansonsten erst im August erwartete, und sehnten wenigstens einen kurzen Regen herbei, damit sich die Luft abkühlte und die sprießende Saat nicht verdorrte. Zwei Wochen zuvor war gemäht worden, eine Woche später hatten die Leute das Heu gewendet und am Vortag zu vielen kleinen Haufen zusammengerecht. Noch heute sollte Bruno vor den Wagen gespannt und von einem Heuhaufen zum nächsten geführt werden. Dann würden die langzinkigen Gabeln in die Haufen hineinfahren und in hohem Schwung das mittlerweile ausgetrocknete Heu auf den Wagen werfen; denn zum Abend hin hatte der Wetterbericht im Radio Gewitter und Hagelschauer vorhergesagt. Die drückende Schwüle ließ dies bereits erahnen. Das Heu würde in den großen Schober verbracht, um im Winter dem Wild sowie den beiden Pferden als Nahrung zu dienen. Dem Wagen folgten Schäferhündin Bluff, eigentlich Blita von der Erlach, der Dackelrüde Dackelwackel, Tüttelütt, die Katze, der dreibeinige Fuchs Friedel, der in eine Falle geraten, von Andres ins Forsthaus gebracht und gesund gepflegt worden war, sowie Rudi Reh, ein von seiner Mutter verstoßenes Rehkitz. Als wollte er mit seiner Nase jeden Zentimeter ertasten, kroch Dackelwackel im Zickzacklauf schnüffelnd über die weite Grasfläche. Plötzlich machte der kleine Rüde Halt und begann, mit beiden Vorderpfoten zu graben, dass das Erdreich nur so aufstob. In

Windeseile legte er Löcher frei, in denen eng aneinandergedrückt winzige Mäuse lagen, die nackt, noch blind und voller Vertrauen auf ihre Mutter warteten. Im nächsten Augenblick, noch bevor sie hinter den geschlossenen Lidern den ungewohnten Lichteinfall gewahrten, hatte Friedel oder Bluff, die sich die Leckerbissen friedlich teilten, sie schon hinuntergeschlungen. War die Mutter im Nest zugegen und nicht rasch genug entflohen, ereilte sie das gleiche Schicksal wie ihre Brut. Jockel war jedes Mal entsetzt, wenn er diese Grausamkeit der Natur sah, doch Betti sagte:

„Dann darfst du auch keine Wurst essen!"

Jockel freute sich, als Mensch und nicht als Feldmaus geboren worden zu sein.

Am ersten Juni war Jockels Geburtstag, und er hatte sich von Lore eine Holunderblütentorte gewünscht. Daher wollte Lore mit den Kindern Blüten pflücken, um daraus Gelee zu kochen. Als die Kinder von der Schule kamen, holten sie eine Karre aus dem Schuppen, in die sie zwei Wäschekörbe stellten. Dann zogen sie mit Lore zum Waldsaum, und sämtliche Tiere folgten ihnen. Es war eine seltsame Prozession, die sich da über die Wiese bewegte. Lore und Jockel zogen gemeinsam die Karre, im vorderen Korb saß Betti, im hinteren standen drei Henkeleimer. Dahinter stampfte Bruno, der alte gutmütige Kaltblüter, gemessenen Schrittes einher. Rosinante eilte wiehernd voraus, um dann wieder zurückzugaloppieren und Bruno mit dem Kopf anzustoßen, der sich indes nicht aus seinem Trott bewegen ließ. Rosinantes oftmals ungestüme Art machte Betti Angst, und sie wäre nie auf die Idee gekommen, die Wiese alleine zu betreten. Das Pferd schien sich einen Spaß daraus zu machen, Betti zu ärgern. Sie stupste das Kind mit dem Kopf an, um jedes Mal, wenn Betti entsetzt aufschrie, laut wiehernd davonzupreschen. Es folgten schwanzwedelnd die beiden Hunde und Friedel, der dreibeinige Fuchs, die alle drei einträchtig nebeneinander her liefen. Manchmal schoss einer davon, wenn er etwas Interessantes entdeckt hatte, und die beiden anderen folgten ihm nach, doch kamen auch sie alsbald zurück, um ihren Platz in der Gruppe wieder einzunehmen. Auch Rudi, das Reh, lief mit; allerdings mit einem gewissen Sicherheitsabstand, denn es hatte noch Angst vor Betti und würde etwas Zeit brauchen, bis es auch ihr gegenüber handzahm wäre. Selbst Tüttelütt, die Katze, hatte ihre Jungen im Pferdestall zurückgelassen, um sich dem Zug anzuschließen. Ein Korb war für die Holunder- und einer für die Akazienblüten gedacht. Lore zeigte den Kindern, wie und an welcher Stelle sie die Blüten mit ihren Scheren von den Stängeln abschneiden sollten, um sie in ihre Henkeleimer fallen zu lassen. Lore schnitt den Holunder und die beiden Kinder die Akazienblüten. Wenn sie ihren Eimer gefüllt hatten, leerten sie ihn in den jeweiligen Korb. Als beide Körbe voll waren, zog die Karawane zum Forsthaus zurück, nur die beiden Pferde stoben kurz vor dem Haus zurück auf ihre Wiese. Lore und die Kinder trugen die Körbe in die Küche. Dort wurden die Blüten einzeln unter fließendem Wasser gewaschen und – die Holunderblüten mit den Stielen nach oben – auf ein sauberes Moltontuch gelegt. Die Kinder durften die grünen Stiele abschneiden, bis nur noch die weißen Blüten zu sehen waren. Währenddessen schichtete Lore die Akazienblüten zusammen mit Zitronenschalen in zwei große gusseiserne Töpfe, presste sie fest und übergoss sie mit Wasser. Die Töpfe wurden auf den Herd gestellt und der Inhalt langsam zum Kochen gebracht; nach drei Stunden siebte Lore die heiße Akazienbrühe ab, stellte den Saft mit Gelierzucker, unreifen Kläräpfeln und einer Zitrone wieder auf den Herd und kochte ihn so lange, bis er gelierte. Sodann wurde das heiße Gelee in Marmeladengläser gefüllt und diese sofort verschlossen. Die Gläser sowie die dazugehörigen Schraubdeckel hatte Lore zuvor mit kochendem Wasser sterilisiert und je eine Scheibe Zitrone und einige frische Minzblätter hineingelegt. Ein kleiner Rest des Gelees blieb übrig und wurde sofort auf einer Brotscheibe mit Butter probiert. Es schmeckte wunderbar. Betti hatte bis dahin nicht gewusst, dass man Derartiges essen konnte, und war begeistert. Jockel versprach, ihr bald den ganzen Wald zu zeigen und ihr die essbaren, ungenießbaren und giftigen Pflanzen zu erklären. Er war stolz und glücklich darüber, dass es etwas gab, das er besser wusste als sie, und Betti bewunderte ihn dafür und freute sich darauf, all diese Dinge von ihm zu erfahren.

Während das Akaziengelee kochte, wurden die Holunderblüten in einem irdenen Krautfass ebenfalls mit Zitronenscheiben und einem Hauch wilder Melisse geschichtet, mit Wasser übergossen und mit einer Steinplatte, dem sogenannten Krautstein, beschwert. Dann wurde das Fass in den kühlen Keller gestellt. Der Stein würde immer tiefer sinken und das Aroma aus den Blüten ins Wasser pressen. Nach zwei Tagen würde das Wasser mit Zucker, Zitronensaft und unreifen Kläräpfeln zusammen gekocht, bis es gelierte; die Holundermaische käme auf den Kompost. Betti und Jockel schichteten die Holunderblüten und wässerten sie. Das Wasser durfte nicht auf einmal darauf gekippt werden, sondern musste behutsam aus einem Krug darübergegossen werden. Langsam sank es ab, während Blasen aufstiegen, und erst wenn die Blüten zur Gänze mit Wasser bedeckt waren und keine Luftblasen mehr nach oben kamen, wurde der Stein darauf gelegt, auch er nun von Wasser bedeckt. In zwei Tagen würde Betti wieder ins Forsthaus kommen, um das erste Holunderblütengelee ihres Lebens zu kosten, bei dessen Entstehung sie sogar assistiert hatte.

Lore hatte einige der Holunderblüten beiseite gelegt, bevor sie die grünen Stiele entfernt hatten. Sie zauberte schnell einen Biskuitteig, ließ etwas Butterschmalz in einer Pfanne zerlaufen und goss kleine Flecken von dem Teig hinein, die sich auf dem heißen Eisenboden auf einen Durchmesser von etwa zwanzig Zentimetern ausbreiteten. Da hinein drückte sie die Blütenteller des Holunders und schnitt schnell mit der Schere die Stiele ab. Nun kam noch etwas Teig obendrauf, dann wurden die mittlerweile von unten goldgelb gebratenen Plätzchen umgedreht, noch etwa eine Minuten von der anderen Seite gebräunt, aus der Pfanne geholt und zunächst auf ein sauberes Tuch gelegt. Lore bestreute die heißen Küchlein mit Zimt und Vanillezucker und richtete sie dann auf einem großen, schnörkelig verzierten Kuchenteller in der Mitte des Tisches an. Dann kochte sie eine Kanne Kaffee und eine mit Kakao. Sie schlug frische Sahne steif und stellte sie in einer Glasschüssel daneben. Der betörende Duft war über den Hof hin bis in Andres' Nase gedrungen und hatte ihn in die Küche gelockt. Man setzte sich an den Tisch und aß, und Betti hatte das Gefühl, in ihrem ganzen Leben noch nie etwas Besseres gegessen zu haben als Lores Holunderküchlein. An diesem Tag durfte sie im Forsthaus übernachten; und als sie schließlich abends in ihrem Bett lag, das Andres extra für sie in Jockels Zimmer aufgestellt hatte, fiel ihr auf, dass sie schon lange nichts mehr in ihr Bäschkässä- und Betti-Buch geschrieben hatte. Überhaupt standen da nur traurige Sachen drin, und bevor der Schlaf sie entführte, dachte sie: Mir fällt gar nichts Trauriges mehr ein.

34

Jockels Geburtstag war der Todestag seiner Mutter, also kein ungetrübter Freudentag für Andres und Lore, die beide den Verlust von Christine betrauerten. Jockel sah Christine von Tag zu Tag ähnlicher und lange Zeit hatte Andres nicht in das Gesicht seines Sohnes sehen können, ohne dass ihm Tränen in die Augen stiegen. Tatsächlich war es mehr als nur das blonde Haar und die großen, blauen Augen; es war der Ausdruck, der Andres an Christine erinnerte. Die Art, wie Jockel schon als

Säugling die Lippen schürzte, wenn er etwas Neues wahrnahm, oder die Stirne kraus zog. Schon als er noch nicht sehen konnte, hatte er diese Angewohnheit gehabt, seine Verwunderung auszudrücken, und nachdem er das Wahrgenommene als unbedrohlich eingestuft und in den stetig wachsenden Schatz seiner Erfahrungen integriert hatte, verzog sich sein Gesichtchen zu einem breiten, geräuschlosen Lachen. Dieses Lachen, das mit weit geöffnetem Mund nichts als Freude signalisierte, ließ ihm die Herzen seiner Umwelt zufliegen und schnitt Andres lange Zeit tief in die Seele. So hatte auch Christine gelächelt.

„Meine Sonne ist erloschen", hatte Andres gedacht, als Christine gestorben war.

Sechs schwarz gekleidete Männer hatten sie abgeholt, um ihr Lächeln für immer in die Dunkelheit zu verbannen, in der ihr Körper nun seine Metamorphose zu vollziehen hatte, gemäß dem biblischen Imperativ: Staub sollst du werden. Sie hatten den Sargdeckel geschlossen und die verzweifelten Angehörigen endgültig von Christines Anblick getrennt. Dies war der Moment, an dem Andres vor Kummer fast zusammengebrochen wäre und der ihn begreifen ließ, dass es vorbei war. Dann war der Sarg in den Leichenwagen geschoben und, gefolgt vom Konvoi der Freunde und Verwandten, in die Provence gebracht worden. Lore hatte darauf bestanden, den Säugling mitzunehmen, und Jockel, der warm und wohlig in ihrem Arm gelegen hatte, hatte die gesamte Fahrt über, während der Trauerzeremonie in der Kirche sowie der anschließenden Beisetzung beständig gelächelt und mit diesem Lächeln schließlich die Menschen getröstet, ihnen den Abschied, der unumstößlich bereits vollzogen war, ein wenig erleichtert.

Andres war als Erster dem Sarg gefolgt. An seinem Arm Christines Mutter, die ihr einziges Kind darin wusste. Dann kam Lore mit Jockel auf dem Arm, und in pietätvollem Abstand die Freunde und Verwandten. Sie alle hatten Christine geliebt. Als die Männer den Sarg hinunterließen in das ausgehobene Erdloch, ging ein einmütiges Stöhnen durch die Trauergemeinde. Andres stützte seine Schwiegermutter und ließ ihr den Vortritt, um etwas Erde und einen Strauß roter Rosen auf die hölzerne Kiste hinunterfallen zu lassen. Dann nahm er selbst die kleine Schaufel zur Hand.

Das hohle, schwere Pochen hatte in ihm ein Entsetzen ausgelöst, an das er sich sein Leben lang erinnern würde und das ihn sowohl im Traum als auch in schlaflosen Nächten heimsuchte. Außer sich vor Schmerz hatte er sich umgedreht und direkt in das Gesicht seines Sohnes geblickt.

„Ich liebe dich, ich liebe dich!", hatte er geflüstert, Lore das Kind abgenommen und es an seine Brust gedrückt.

Das alles ging Lore durch den Kopf, als sie Jockels Geburtstag vorbereitete. Jockel war in der Schule, und wenn er nach Hause käme, sollte die Holundertorte fertig sein. Obwohl er sich diese alljährlich wünschte, wurde sie heimlich gebacken, als wäre sie immer noch eine Überraschung. Neu war jedes Mal die Verzierung sowie die Form. Dieses Jahr sollte es ein Herz sein. Lore hatte auf dem Markt eine gläserne Form gefunden, die sich hervorragend eignete. Die würde sie heute einweihen. Jockel wollte bei Betti zu Mittag essen, danach mit ihr gemeinsam Hausaufgaben machen und später mit ihr ins Forsthaus radeln. Betti wollte hier in Jockels Geburtstag hineinschlafen, um die Erste zu sein, die ihm gratulierte. Am Nachmittag erwartete Lore Eva, die ihr mittlerweile zur Freundin geworden war. Eva hatte versprochen, ihr bei den Vorbereitungen zum Kinderfest zu helfen. Lore legte sich die Zutaten für ihren Biskuit zurecht: Eier, Vanille, Zitrone, Mehl, Butter. Sie bereitete den Teig zu und goss ihn in die gebutterte Springform, die sie sofort in den Backofen schob. Man konnte förmlich zusehen, wie sich hinter der Glasscheibe in der Ofenhitze der Teig nach oben schob, einer Kuppel ähnlich, ein ganzes Stück über den Rand der Form hinaus, und allmählich sanft goldbraun verfärbte. Anschließend bereitete Lore die Holundercreme zu und setzte sich hin, um die kleinen Änderungen, die sie jedes Jahr einbaute in ihr Kochbuch einzutragen. Aus dem fertig gebackenen Biskuit schnitt sie Scheiben, die sie mit der Creme in die Herzschale schichtete. Mit der Zahl Sieben und Jockels Namen bestückt, war sie nun die schönste und köstlichste Holundertorte, die jemals auf einem Geburtstagstisch gestanden hatte.

35

Die großen Ferien wollte Lore mit Jockel in der Provence bei ihrer Schwester und ihrer Mutter verbringen. Andres, der nur drei Wochen Urlaub hatte, wollte zusammen mit seiner Mutter erst Anfang August mit dem Zug anreisen. Am elften August hatte Lores Mutter ihren sechzigsten Geburtstag, und ihre beiden Töchter planten ein großes Fest für sie. Natürlich würde auch Christines Mutter zugegen sein. Lore freute sich auf diesen Tag, auf ihre Familie, auf die Sprache, und sie freute sich darauf, ihren Jockel in die Provence mitzunehmen. Im letzten halben Jahr hatte sie den Führerschein gemacht und eine Woche vor Ferienbeginn ein Auto gekauft. Auch Jockel freute sich riesig auf die großen Ferien. Er freute sich auf Lores Schwester Estelle und seine drei Großmütter, die er nun schon ein ganzes Jahr nicht mehr gesehen hatte. Er freute sich auch auf Estelles Töchter, Zwillinge, die einander so ähnlich sahen, dass selbst ihre Eltern oft Schwierigkeiten hatten, sie zu unterscheiden. Dorine hatte einen kleinen Leberfleck auf ihrer linken, Sandrine auf ihrer rechten Wange. Mitunter machten sie sich, um ihr Gegenüber zu verwirren, einen Scherz daraus, sich auf der jeweils anderen Seite einen dunkelbraunen Punkt zu malen, und trafen damit jedes Mal ins Schwarze. Denn manch einer hatte sich endlich eingeprägt, wo die beiden den Flecken hatten, und war nun so verunsichert wie zuvor. Sie waren dreizehn Jahre alt und schon große hübsche Mädchen, die als Doppel noch reizvoller wirkten. Sie gingen stets im Gleichschritt, und neigte Sandrine den Kopf nach rechts, dann tat dies auch Dorine; neigte sie ihn nach links, dann machte zeitgleich und synchron Dorine die nämliche Bewegung. Oft sprachen sie im Chor, ohne dass sie sich zuvor darüber verständigt hatten. Sie hatten einfach nur den gleichen Gedanken und drückten ihn mit der gleichen Geste und denselben Worten aus. Jockel freute sich sehr auf die beiden freundlichen Mädchen, aber am meisten freute er sich darüber, dass Bettis Eltern ihr erlaubten mitzukommen.

Schon jetzt stand fest, dass Betti die Klassenbeste war und mit Ausnahme von Sport in allen Fächern nur Einsen bekommen würde. Sie wusste, dass das Schulamt ihren Eltern geraten hatte, sie das zweite Schuljahr überspringen zu lassen, doch dazu war sie allenfalls bereit, wenn Eva Berger ihre Lehrerin bliebe und Jockel mit ihr in die Klasse wechselte. Auch er war ein sehr guter Schüler, der vieles von Betti gelernt und übernommen hatte, doch war weder sein Leistungs- noch sein Wissensstand mit dem ihren vergleichbar. Eva war davon überzeugt, dass man die beiden Kinder nicht auseinanderreißen durfte, sodass die Schulleitung ihr Einverständnis gab, Betti zunächst in ihrem Klassenverbund zu belassen. Nach den Ferien würde man dann weitersehen. Betti wäre nicht ungern in eine andere Klasse versetzt worden. Sie hegte nichts als Verachtung für ihre Mitschüler, insbesondere die Mitschülerinnen, die ihr so übel mitgespielt hatten; auch hatte sie immer noch Angst vor ihnen und traute dem trügerischen Frieden nicht so recht. Obwohl die Situation sich mittlerweile von Grund auf geändert hatte, wusste sie um die Schwäche der Klassenkameraden, die je nach Macht und Mehrheit ihre Meinung an der vermeintlich stärkeren Vorgabe ausrichteten. Als das Verfahren gegen Karin stattgefunden hatte, waren auf einmal alle Schüler auf die andere Seite geschwenkt, und keiner wollte jemals daran beteiligt gewesen sein, Betti zu ärgern. Fast hatte sie nun

Mitleid mit Karin, die außer den Freundinnen vom Erlanger niemanden mehr auf ihrer Seite fand und sich sicherlich nicht weniger elend fühlte als Betti, die seinerzeit in ihr Tagebuch geschrieben hatte: „Ich will allein sein, aber das Alleinsein frisst mich auf." Nein, Betti hatte nicht den geringsten Zweifel daran, dass je nach Umstand die Kinder sofort wieder zurückschwenken würden, um sie erneut und nicht weniger erbittert als zuvor zu verhöhnen. Jockel war der Einzige, den sie ausnahm. Er war ihr schöner, lieber, ehrlicher Retter, der sich auch mit Kritik an ihr nicht zurückhielt. Doch wusste Betti, was sich in der anderen Klasse zutragen würde? Wenn man sie, die bei der Einschulung erst fünf Jahre alt gewesen war, schon in der alten Gruppe hasste, weil sie angeblich anders war, würde man sie in der neuen Gruppe vielleicht noch mehr hassen. Denn um wie viel anders wäre sie dort? Sie wäre dann die Einzige, die ein Schuljahr übersprungen hatte, sie wäre nicht ein, sondern zwei Jahre jünger und wäre nicht weniger isoliert als zuvor. Vermutlich sogar noch mehr, denn ihre Lehrerin wäre nicht Eva Berger; sie würde der Klasse von Herrn Birkel zugeteilt werden. Dieser war ein prinzipientreuer Geradeausdenker, den sie und Jockel nach einer Vertretungsstunde nur noch Prinz Piep nannten und der ihr vom Anblick her schon zuwider war. Sie hatte über ihn in ihr Buch geschrieben:

Prinzip
Ich bin der Prinz Piep
Im Prinzip
Ich sehe nur stur vor mich hin
Denn ich bin
Der Prinz Piep
Im Prinzip

Und es gäbe in der Klasse keinen Jockel. Es gab überhaupt nur einen Jockel auf der ganzen Welt, und Betti konnte sich nicht vorstellen, dass sie jemals einen anderen Freund so gerne haben könnte wie ihn. Am letzten Schultag wurden die Zeugnisse ausgeteilt. Eva wünschte den Kindern eine schöne Zeit, gute Erholung und entließ sie in die Ferien. Betti wurde von ihrer Großmutter abgeholt, die außerordentlich stolz auf ihr kleines Mädchen war, und Jockel wurde von Lore abgeholt, die heute ihr Auto geliefert bekommen hatte. Sie hatten verabredet, dass Betti am Abend mitsamt ihrem Gepäck ins Forsthaus kommen sollte. Bettis ganze Familie war ins Forsthaus zum Abendessen eingeladen. Heute Abend würde gefeiert werden. Für die vier Kinder hatte der Forstgehilfe Maxl auf der Wiese hinter dem Haus ein Zelt aufgestellt, in dem sie auf Matratzen in Schlafsäcken übernachten durften. Auch Eva Berger und Willi Haselbeck sowie Maxl, der keine Angehörigen mehr hatte und, seit seine Frau wenige Monate zuvor gestorben war, im Forsthaus lebte, wären zugegen. Am nächsten Tag würde das Auto gepackt. Abends würden Betti und Jockel dann früh zu Bett gehen, denn am Morgen darauf hieße es früh aufstehen. Um fünf Uhr morgens wollte Lore mit Jockel und Betti nach Frankreich aufbrechen. So war es geplant.

36

Bereits um sechs Uhr wurde ein Aperitif serviert. Für die Erwachsenen gab es Champagner, für die Kinder eisgekühlte Fruchtbowle, die mit schwarzem Tee angesetzt war und den Kindern hervorragend schmeckte. Auf den Einwand von Bettis Großmutter, die Kinder könnten hinterher vielleicht nicht schlafen, meinte Lore nur lachend, es gäbe Tage, an denen es besser wäre, wach zu bleiben, weil man feiern müsse, und heute sei solch ein Tag. Dann setzten sich die Gäste im Garten hinter dem Forsthaus an eine eindrucksvolle Tafel, für die man mehrere Tische zusammengeschoben hatte. Sie war mit weißen

Damasttischtüchern bedeckt, und Lore hatte Rosen- und Kornblumenblüten über den ganzen Tisch verstreut. Es gab gegrillte Lammkoteletts mit Salbei und Rosmarin an einer leichten Rotweinsauce. Dazu wurden gebackene Rosmarinkartoffeln und ein großer Salat gereicht, der mit Olivenöl und Balsamessig, Pfeffer, Salz und einer Handvoll gehackter Kräuter gewürzt war. Außerdem gab es Brokkoli, der *al dente* gedämpft und mit nichts als Olivenöl, Salz und frisch gemahlenem schwarzen Pfeffer angerichtet war, kleine Buschbohnen in Knoblauchbutter geschwenkt, sowie hauchdünn gehobelte Zucchini in Zitronen-Olivenöl-Knoblauchbeize und mit Petersilie und schwarzem Pfeffer bestreut. Salat, Gemüse und Kräuter waren frisch aus dem Garten und erst kurz vor der Zubereitung geerntet worden. Als Dessert gab es Kirschparfait. Während die Gäste auf das Essen warteten, hatte Lore als Vorspeise einen Teller mit in der Pfanne gebratenen Baguettecroutons vorbereitet. Einige waren mit nichts als gewürfelten Tomaten, Olivenöl, Pfeffer, Salz und gehackten Basilikumblättern belegt, andere waren mit der Brennnesselpaste oder frischer Wildkaninchenleberpastete bestrichen, auf wieder anderen gab es eingelegte, fein filetierte Steinpilze auf Lores sensationeller Knoblauchmayonnaise. Die Gäste waren begeistert. Betti kannte Lores Kochkünste bereits, doch ihre Geschwister Ingrid und Thomas, hatten Derartiges noch nie zuvor gegessen und hielten erst dann zu essen ein, als Andres ihnen sagte, dass dies erst der Anfang sei, und sie noch ein wenig Platz im Magen lassen sollten. Dann kam das Lamm. Lore hatte beim Schäfer zwei Lammrücken erstanden und Koteletts daraus geschnitten. Immerhin waren sie acht Erwachsene und vier Kinder. Die Koteletts wurden nun auf den glühenden Grill gelegt, bis sie kross waren. In der Zwischenzeit zauberte Lore die Rotweinsoße. Während die Soße mit der Sahne eindickte und das Fleisch briet, wurde in einer anderen Pfanne in Scheiben geschnittener Knoblauch sanft gebräunt und über die angerichteten Koteletts gestreut, die zart und knusprig gegrillt, nur mit etwas grobem Kristallsalz, schwarzem Pfeffer und Rosmarin gewürzt wurden. Auch die Kartoffeln waren nun fertig. Sie waren samt Schale in Stücke geschnitten, auf dem Backblech verteilt, mit Olivenöl satt beträufelt, leicht gesalzen, zusammen mit Rosmarinzweigen und einigen ganzen ungeschälten Knoblauchknollen in die Backröhre geschoben und goldbraun gebacken worden. Dazu wurde die köstliche Soße gereicht und jede Menge Frankenwein getrunken. Als Lore fragte:

„Wer will Nachtisch?", hatte keiner mehr wirklich Appetit, bis auf die Kinder und Andres, der die Kochkünste seiner Lore kannte.

Denn nun wurde das Kirschparfait, die Sensation des Abends aufgetischt. Und als Lore das Rezept verriet, mochte keiner glauben, dass es so einfach zuzubereiten war. Ganz zum Schluss gab es für die Erwachsenen einen kleinen schwarzen Kaffee, Beerenschnaps, den Maxl selbst gebrannt hatte, und alternativ dazu einen Kräuterlikör, ebenfalls aus „Maxls Giftküche", wie er lachend sagte. Der Likör war von einer schweren, bitteren Süße, leicht sämig und wirkte nach dem reichhaltigen Mahl ausgesprochen wohltuend.

Die Sonne hatte schon ab sechs Uhr morgens geschienen. Mit Temperaturen bis zu dreißig Grad war es ein heißer Tag gewesen, der auch zum Abend hin kaum abgekühlte. Und nun zog ein glutroter Vollmond auf, der alsbald den Wald in ein strenges, stilles Licht tauchte. Alle waren glücklich und zufrieden. Andres zündete die Dochte der Petroleumlaternen mit den bunten Glasscheiben an, die überall im Garten und Hof hingen. Die Lampen funktionierten nicht nur als Lichtspender, sondern hielten zudem Stechmücken fern. Maxl holte sein Akkordeon, Andres packte die Gitarre aus, Lore ihr Saxophon, und bald wurde musiziert, gesungen, gelacht und getanzt, bis die Kinder vor Müdigkeit umfielen und die Gäste sich erschöpft und glücklich in die Arme nahmen und schließlich voneinander verabschiedeten.

37

Andres hatte im Wald auf Maxls Idee hin einen kleinen Fischteich anlegen lassen, in dem sich bald zahlreiche Arten, vornehmlich aber Forellen und Saiblinge tummelten. Er hatte mit Genehmigung der Forstbehörde eine Baufirma beauftragt, mit dem Bagger eine große Mulde auszuheben, und Maxl hatte den Bach hindurchgeleitet. Dieser speiste sich aus einer nie versiegenden Quelle im tiefen Felsgestein der Fränkischen Schweiz und führte viele Mineralien mit sich. Das Wasser war so klar, dass man auch im Abwärtslauf des Baches, selbst an dessen tiefster Stelle, bis auf den Grund sehen konnte. Der Weiher profitierte davon und hatte sich bald zu einem der fischreichsten Gewässer weit und breit entwickelt. Im Laufe der Zeit war aus ihm ein richtiger kleiner See geworden, der zur Zeit der Schneeschmelze im Frühjahr dem Bach auch als Überlaufbecken für das alljährliche Hochwasser diente. Die Schilffelder am Ufer waren nicht nur Nistplatz für Wildenten, Reiher und seltene Vögel, wie die mittlerweile vom Aussterben bedrohten Rohrdommeln, sondern boten manch anderem Tier Unterschlupf und Tarnung. Selbst Fischotter lebten hier und kreischten und pfiffen wie übermütige Kinder. In Sommernächten vernahm man daraus das eintönige Gequake der Frösche, das mitunter vom trällernden Gejubel der Nachtigall unterbrochen wurde. Dann verstummte der Balzgesang der Frösche, um nach wenigen Sekunden erneut einzusetzen. Manchmal jagte ein Hecht durch den See und störte das friedliche Leben der Bewohner, bevor er dem Flusslauf folgte oder in den Angelhaken biss, den Maxl oft stundenlang reglos am Ufer sitzend ins Wasser hielt, als hätte er schon vorher gewusst, welch fette Beute es heute zu erlegen gab. Häufig saß Jockel daneben, schweigend auch er, und sah fasziniert zu. Kam ein Fisch der Angel zu nahe, wollte er ihm jedes Mal zurufen: „Bleib weg, flieh, schwimm weiter!" Doch hatte er mittlerweile gelernt, dies zu unterlassen, nachdem er daraufhin Maxls verärgertes Gesicht gesehen hatte.

Außerdem verhieß der geangelte Fisch ein gutes Gericht, auf das sich Jockel nach wenigen Sekunden des Mitleids und der Trauer freute, und besonders Lores Hechtpastete hatte es ihm angetan. Doch vermied er es ängstlich, den Tieren, die oft noch eine Weile zappelten, auch wenn Maxl versicherte, sie wären tot, in die Augen zu sehen. Mitunter stach plötzlich von ganz unten aus dem schlammigen Grund ein Karpfen hoch und trübte das Wasser in wolkigen Wellen, bevor es sich langsam wieder beruhigte, um bald wieder genau so klar zu sein wie zuvor. Oftmals war dies der Moment, in dem ein Fisch der Angel zum Opfer fiel, da er im trüben Gewässer den Haken nicht erkannte, sondern lediglich den verlockenden Wurm, der daran hing, und nach ihm schnappte. Maxl setzte die Karpfen jedes Frühjahr aus und stellte befriedigt fest, dass sie in seinem See laichten. Auch der von Lore in der Pfanne goldbraun gebackene Karpfen schmeckte wunderbar – ganz besonders mit Aioli und frischem Kopfsalat. Allerdings wurde er mit dem Netzkäscher gefangen und musste mindestens eine Woche im klaren Wasser schwimmen, bevor er geschlachtet und zubereitet wurde. Der Karpfen hatte die Angewohnheit, sich im Schlamm einzuwühlen, um solcherart getarnt auf seine Beute zu warten. Ein Raubfisch, der allerdings entsetzlich nach Schlamm schmeckte, wenn man ihn direkt, nachdem man ihn aus dem Teich gefischt hatte, verzehrte.

Auch baden durfte man im kleinen Waldsee, wie er von der Bevölkerung genannt wurde, und Jockel hatte hier das Schwimmen gelernt. Allerdings durfte man kein Sonnenschutzmittel benutzen, damit keine chemischen Substanzen ins Wasser gelangten, die das natürliche Gleichgewicht stören würden. Lore rieb Jockel, bevor er sich auf den Weg an den See machte, mit etwas Olivenöl ein, in das sie zuvor etwas Zitronensaft geträufelt hatte, und davon wurde Jockel braun und hatte noch nie einen Sonnenbrand bekommen. Maxl achtete streng darauf, dass alle Badegäste sich an diese Vorschrift hielten. Viele kamen ohnehin nicht hierher. Zum einen gab es ein Freibad in der Nähe, zum anderen gab es im Wald keine Liegewiesen, dafür um so mehr Zecken, Ameisen, Stechmücken, Bremsen und andere lästige Insekten. Mit Andres' Hilfe hatte Maxl einen hölzernen Steg gebaut und zwei kleine, abgeschälte Birkenstämme rechts und links als Geländer befestigt. Ein kleines Ruderboot lag daneben vertäut. Und gleich daneben am Ufer stand eine Holzhütte, in der die Angeln, Eimer, Netzkäscher und Körbe verstaut wurden.

Am Morgen nach dem Sommerfest standen die Kinder schon um sechs Uhr auf. Die Sonne stach auf das Zelt herunter und sie beschlossen, im See zu baden. Bettis Geschwister hatten ihre Badesachen und Handtücher dabei und rannten als Erste los. Natürlich hatte auch Betti einen Badeanzug dabei, doch sie wäre viel lieber ins Forsthaus gegangen, um in der Bibliothek ein Buch weiterzulesen. Im Gegensatz zu ihren Geschwistern und Jockel konnte sie nicht schwimmen und durfte nicht ohne die Anwesenheit Erwachsener in den See, denn es ging recht schnell in die Tiefe, und kaum einen Meter vom Ufer entfernt hätte sie schon nicht mehr stehen können. Betti hatte Angst vor dem Wasser und fürchtete sich vor den Fischen. Dennoch ging sie mit, setzte sich auf den Holzsteg, las, schrieb in ihr Buch und sah den anderen Kindern beim Umhertollen im Wasser zu. Bereits um neun Uhr war es heiß, und als die Kinder um zehn ins Forsthaus zum Frühstück gingen, war Betti im Gegensatz zu ihren Geschwistern schon tief gebräunt. Auch Jockel hatte bereits eine gesunde Bräune, schließlich hielt er sich die meiste Zeit im Freien auf, doch neben Betti wirkte auch er blass. Betti liebte im Sommer das glühende Gefühl auf ihrer Haut. Die Sonne kriecht in mich hinein, dachte sie und genoss es.

Auch den Schnee hatte sie geliebt, doch seit Karin ihr das Gesicht in das kalte Weiß hineingestoßen hatte, hatte sie Albträume, in denen sie ertrank. Sie fror entsetzlich in diesen Träumen. Zumeist begann es damit, dass ihre Nase und ihr Mund voll Schnee waren. Auf ihrem Brustkorb saß ein Mensch, den sie nicht als Karin erkannte, denn er war gesichtslos. Der Schnee schmeckte nach Blut und Erbrochenem, und sie wusste mit einem Mal: Es war Blut und Erbrochenes, das nicht aus ihr hinaus, sondern durch Mund und Nase in sie hineinlief. Sie bekam keine Luft mehr und versuchte zu schreien. Doch je mehr sie sich anstrengte, desto entsetzlicher wurde ihre Atemnot, und unaufhörlich lief der dickflüssige Brei in sie hinein, bis er nur noch aus Blut bestand.

„Ich werde ertrinken!"

Mit einem Rest an Energie gelang ihr schließlich ein kläglicher Schrei, den die Eltern oder Geschwister hörten, die Betti aus ihrem Entsetzen rüttelten. „Betti, wach auf!"

38

Es war ein wunderschöner Tag. Die Geschwister durften bis nach dem Abendessen bleiben, das heute schon früher als sonst eingenommen wurde, da es am nächsten Morgen früh aufstehen hieß. Nach dem Abendessen kamen die Großmutter und die Mutter, um Ingrid und Thomas abzuholen und ihrer kleinen Betti, die sie nun sechs Wochen nicht sehen sollten, einen letzten Kuss zu geben.

„Pass gut auf dich auf, mein kleiner Liebling!", sagte die Großmutter.

Betti sah, dass ihr dabei eine Träne aus dem Auge purzelte und über die Wange hinweg bis ans Kinn rollte. Dort hing sie noch ein paar Sekunden, löste sich dann und fiel mit einem zarten Plumps nach unten.

„Ihr seht euch doch bald wieder", beruhigte die Mutter sie. „Unsere Betti ist nur sechs Wochen in Frankreich. Das ist nicht aus der Welt, und sechs Wochen vergehen wie im Flug. Braun wie ein Afrikaner wird sie sein, wenn sie wiederkommt."

Die Mutter lächelte, und auch ihre Augen waren feucht. Sie drückte Betti einen Kuss auf die Stirn und umarmte sie lange.

„Mein kleines Mädele", flüsterte sie.

Betti küsste die beiden Frauen und versprach:

„Ich bringe euch auch was Schönes mit, *d'accord?*"

„*D'accord!*"

Alle lachten.

„Wenn sie wiederkommt, kann sie Französisch", sagte Thomas. Auch er und Ingrid waren traurig. Am liebsten wären sie mitgefahren.

„Eigentlich vermisse ich dich jetzt schon, du kleine Nervensäge", sagte Ingrid und gab ihrer kleinen Schwester einen dicken Kuss. Bettis Geschwister, die Mutter und Großmutter verabschiedeten sich auch von Lore, Jockel und Andres und verließen das Forsthaus. Betti stand noch lange am Zaun neben Jockel und winkte, und die vier drehten sich immer wieder um und winkten zurück.

„Ich habe euch lieb, und auch den Papa!", schrie sie laut.

„Wir dich auch! Schreib uns mal! Schöne Ferien!", riefen sie zurück.

„Mach ich!" Aber Betti war sich nicht sicher, ob die anderen ihre Worte noch gehört hatten.

39

Es war wirklich ein sehr schöner Tag gewesen, und Betti schrieb am Abend in ihr Tagebuch:

„Ich bin glücklich. Ich bin voller Glück. Ganz in mir drin ist alles warm und weich. Die Sonne hat mich heute zerglüht, bis alles in mir geantwortet hat und warm und weich geworden ist. Wenn ich einmal groß bin, dann will ich so werden wie die Lore, und ich will genauso gut kochen können wie sie. Dann lebe ich mit dem Jockel im Forsthaus und wir sind immer glücklich. Ich will nicht schwimmen lernen, aber ich kann immer an den See und zusehen, wie Jockel und Inki und Tom ins Wasser springen und lachen und sich freuen, weil das Leben schön ist. Und ich werde mich freuen, dass sie sich freuen. Aber vielleicht werde ich auch so wie die Mama. Und wenn ich alt bin, werde ich wie die Oma, oder wie mein Papa oder der Papa vom Jockel. Der Jockel sagt, das geht nicht, weil ich keinen Pimmel habe, aber der Jockel muss noch so viel lernen. Ich meine doch in der Seele. Da, wo man die Liebe fühlt und den Schmerz. Nicht den Schmerz, den man fühlt, wenn man sich verletzt hat oder geschlagen worden ist, sondern den Schmerz, den man spürt, wenn man allein ist, oder einen Freund verloren hat, oder wenn das Leben so schön ist, dass man weinen möchte, und es brennt wie ein Schmerz. Es ist ein Schmerz, und ich spüre ihn jetzt, aber ich will nie mehr leben ohne diesen Schmerz, der genauso zieht in der Brust, wie wenn man furchtbar traurig ist. Ich glaube, ich bin verliebt in den Jockel. Aber ich bin auch in die Lore verliebt und in den Andres. Aber auch der Maxl ist lieb und Bluff und Dackelwackel und die Tüttelütt. Und der Friedel ist ein richtig schlauer Fuchs, und Rudi ist ein scheues Reh. Jetzt weiß ich, woher das kommt, dass man sagt: ein scheues Reh, wenn ein Mensch still ist. Ich war auch immer still, aber mich haben sie die böse Betti genannt. Jetzt stimmt das alles nicht mehr. Ich bin jetzt nicht mehr still, weil ich jetzt nicht mehr weinen muss. Das andere hat auch vorher nicht gestimmt, aber ich habe immer gedacht, dass die Mama und die Oma und der Papa traurig sind, wenn keiner ihr Mädele mag und es immer nur gehauen wird. Ich habe meine Mama und meinen Papa so lieb und die Oma auch. Aber auch den Tom und die Inki, auch wenn die mir auf den Sack gehen. Der Wolfgang Sorsche hat gesagt, dass Mädchen keinen Sack haben und mir gar keiner auf den Sack oder auf die Eier gehen kann, aber ich weiß, dass ich einen Nabelsack habe und ganz viele Tausend Eier mehr als er. Aber das versteht der Wolfgang noch nicht, deswegen habe ich auch nichts dazu gesagt. Ich habe den Bruno und die Rosinante vergessen. Der Bruno ist lieb, aber die Rosinante ist ganz schön frech. Aber ich glaub, sie hat sich an mich gewöhnt. Als der Andres mich heute auf ihren Rücken gesetzt hat, hat sie sehr erstaunt geschaut. Das war schon fast zum Lachen. Ich will keine Angst mehr haben. Ich will, dass mein Papa und meine Mama und die Oma und Inki und Tom glücklich sind. Alle sollen glücklich sein. Auch meine liebe Eva und der Haselbecks Willi. Ich glaube, der würde die Eva gerne heiraten und eine Familie gründen. Sagt jedenfalls die Oma, und die hat immer recht. Die Oma sagt auch, der Andres ist ein alter Depp, weil er nicht merkt, dass so eine schöne Frau ihn liebt. Alle lieben den Andres, aber die Oma meint damit die Lore. Und sie meint auch, dass die beiden endlich heiraten sollen, aber der alte Depp merkt ja nix. Ich finde, dass der Andres kein Depp ist und schon gar kein alter. Aber die Oma mag ihn auch und will doch nur das Beste für ihn. Ich habe auch ganz viele Fotos von der Mama vom Jockel gesehen. Die hat genauso ausgesehen wie der Jockel. Aber der Jockel hat gesagt, dass seine Mama die Lore ist, weil er seine Mama gar nicht gekannt hat. Und einmal hat er mir gesagt, dass er für seine Mama im Himmel betet. Wenn sie im Himmel ist, braucht er ja nicht mehr für sie zu beten, weil man immer nur betet, dass die Leute in den Himmel kommen. Er spricht mit seiner Mutter, und manchmal bittet er sie um was. Dass sie ihm hilft zum Beispiel. Der Jockel hat gesagt, dass das immer was genützt hat. Ich habe auch seine Mama gern, weil ohne sie kein Jockel in der Welt wäre. Und den Onkel Uibl, mein altes Übel, der gemacht hat, dass ich eine Brille habe, und der mich durch das Mikroskop schauen lässt, den mag ich auch, und den Rudi auch. Der hat gar keine Eltern mehr und meine Oma sagt: „Das arme Wurm!" Hallo, Oma, wenn schon armer Wurm, dann „der"! Aber die Oma sagt, das ist Umgangssprache. Auch die Karin soll glücklich sein. Die ist viel trauriger, als ich es mal war, denn keiner mag sie wirklich. Sie macht den anderen Kindern nur Angst, und Angst ist nicht Liebe, und eigentlich schlägt sie nur sich selbst. Sie soll auch glücklich sein, die arme, große, alleinige Karin, dann haut sie die anderen Kinder nicht mehr, und dann sind die auch nicht mehr traurig. Ich will auch nicht mehr so eingebildet sein. Der Jockel sagt, ich bin eingebildet, weil ich mich besser finde als die anderen. Stimmt. Hört aber jetzt auf. Weil alle Menschen Schwestern und Brüder sein sollen, und jeder kann halt was anderes. Die Karin ist stark und könnte eigentlich alle beschützen, die nicht so stark sind. Und ich bin gut im Schreiben und kann lesen. Ich habe einen Satz in meinem Traklbuch gelesen: „Alle Straßen münden in schwarze Verwesung." Jetzt weiß ich, was er damit meint. Dass wir alle sterben müssen und dass unser Körper verwest. Dann sind wir alle gleich. Aber das wär auch ziemlich langweilig, wenn wir im Leben alle gleich wären. Das Buch macht mir ganz viel Angst, obwohl ich eigentlich nicht viel davon verstehe. Fast nix. Na ja. Halt, den Prinz Piep habe ich ganz vergessen. Das ist auch ein ganz schön armes Wurm. Und drum kann er auch gar nix dafür. Aber er wird schon nicht traurig sein, wenn ich nicht in seine Klasse will. Wenn ich sterbe, dann fliegt meine Seele davon und setzt sich auf den Kopf vom Jockel, und dann gehe ich mit ihm bis ans Ende der Welt. Und er wird mich noch verfluchen, weil ich so eine Nervensäge bin und ihm sage, wie man was richtig schreibt. Ich schlafe schon fast. Lieber Gott, mach, dass ich gute Träume habe wie die anderen, oder gar nicht träume, aber das wäre bestimmt sehr langweilig, gar nicht zu träumen. Fällt mir ein, dass ich zum ersten Mal in meinem Leben was Schönes in mein ‚Bäschkässä- und Betti-Buch' geschrieben habe."

Es war ihr erster glücklicher Eintrag, und es war ihr letzter.

40

Auch für Jockel war es ein schöner Tag gewesen. Zuerst waren sie im See schwimmen und Wasserballspielen gewesen. Dann hatte Lore im Garten den Frühstückstisch für sie gedeckt. Sie hatte Croissants gebacken, die vorzüglich schmeckten, vor allem mit dem neuen Akaziengelee und Honig von Maxls Bienen. Und dann hatten alle tatkräftig geholfen, als Lore den Tisch abdeckte und spülte. Später hatten alle gemeinsam das Auto gepackt, das nun abfahrbereit in der Einfahrt stand. Danach hatte Jockel Betti endlich seinen Wald gezeigt. Sie würden noch viele Tage benötigen, bis sie alles kennengelernt hatte, doch heute war der Sandrutsch dran mit dem Bach, der unter der Sandwand dahingurgelte, in den See mündete und auf der anderen Seite wieder heraustrat. Er hatte ihr die einzelnen Bäume erklärt und ihr die Schlehen gezeigt, die wie harte, graublaue Kugeln an den Büschen hingen. Sie hatte nicht glauben wollen, dass sie abscheulich schmeckten, schließlich hatte sie zum Frühstück leckere süße Schlehenmarmelade gegessen. Sie hatte in eine Frucht gebissen, sie sofort ausgespuckt und das Gesicht voller Ekel verzogen.

„Der Maxl sagt, da zieht es dir das Hemd aus, wenn du da so reinbeißt", sagte Jockel. „Ich hab's auch mal versucht. Die Holunderbeeren schmecken auch nur mit Zucker gekocht lecker."

Er zeigte ihr die wilden Heckenrosen, an denen im September, wenn sie aus Frankreich wiederkämen, lauter rote Hagebutten hängen würden, die dann zu genau der Marmelade gekocht würden, die Betti auf dem *gâteau* gegessen hatte. Am Bach hatten sie sich die Badesachen angezogen und sich nebeneinander in den heißen Sand gelegt. Während Thomas und Ingrid Federball spielten, sahen Betti und Jockel in den Himmel und beschrieben, was sie in den vorüberziehenden Wolkenbildern sahen. Betti sagte: „So wie die Wolken, so ist das ganze Leben. Es ändert sich von Minute zu Minute, und alles, wovon wir glauben, dass es wahr ist, geschieht jetzt. Immer ist jetzt. Und morgen kommt nie."

„Morgen Abend sind wir in Frankreich."

„Das wissen wir erst morgen. Und dann ist es nicht mehr morgen, sondern heißt heute, und jeder Moment heißt jetzt. Und das jetzt von jetzt ist dann gestern, und vielleicht werden wir uns dann gar nicht mehr daran erinnern. Aber das wissen wir erst morgen, das dann nicht mehr morgen ist."

Jockel war das entschieden zu kompliziert. Er sagte:

„Schau mal das Gesicht da oben, das sieht aus wie du."

„Und jetzt ist es verschwunden und wird gerade ein Eisbär. Und vielleicht bin ich einfach nur wie eine Wolke, und morgen, das dann heute ist, bin ich nicht mehr da."

„Aber das wissen wir erst morgen", sagte Jockel und beide lachten.

„Die Betti redet immer so daher", hatte Thomas gerufen und seinen Federball geschlagen. „Wir haben uns schon daran gewöhnt."

„Aber manchmal nervt's ganz schön", hatte Ingrid gemeint, „weil sie einfach nicht aufhört."

„Ich werde schon irgendwann mal aufhören", hatte Betti eingeschnappt gesagt, aber dann hatte auch sie gelacht.

Jockel hatte einen Löwenzahnstängel genommen, dessen gelbe

Blüte sich in weiße puderige Samen verwandelt hatte. Er fragte Betti:

„In welche Richtung sollen wir sie blasen? Dort werden dann im nächsten Jahr neue Löwenzahnblumen wachsen."

Betti hatte die Augen geschlossen und gepustet.

„Ich will gar nicht wissen, wohin sie fliegen. Außerdem bleiben sie da, wo sie jetzt hinfallen, gar nicht liegen. Der nächste Windstoß trägt sie sowieso, wohin er will", hatte sie gesagt.

„Stimmt!"

„Stimmt nicht", überlegte sie. „Weil der Wind keinen Willen hat. Der Wind ist nichts als schnell bewegte Luft."

„Und was bewegt die Luft? Vielleicht der liebe Gott?"

„Nein, es ist der Luftgeist Antelos, der hockt im Universum auf einem winzigen Stern, verbrennt sich den Hintern und schiebt die Erde an, damit alle mal ihr Gesicht in die Sonne halten können." Sie lachte.

„Du spinnst", sagte er. „Komm, ich zeig dir den Hochsitz. Vielleicht sehen wir wilde Tiere."

Jockel hatte Betti hinter sich hergezogen, während Thomas und Ingrid noch einmal zum See gegangen waren, um sich abzukühlen. Und auf dem Hochsitz hatte er sie in den Arm genommen und ihre zerbrechlichen Schultern gespürt. Lange Zeit hatten sie dort oben gesessen und auf Wild gewartet, aber es war keines erschienen.

„Das nächste Mal", hatte er sie getröstet.

„Das wissen wir erst dann."

Zum Abendessen gab es diesmal nur einen großen Salat mit Tomaten, Radieschen, Gurken und Olivenöl-Vinaigrette, dazu Baguette sowie eisgekühltes Zitronenwasser gegen den Durst und zum Nachtisch etwas Käse. Es war immer noch heiß, und nach dem ausgiebigen Abendessen vom Vortag hatte heute keiner so richtig Appetit. Nachdem Ingrid und Thomas abgeholt worden waren, schickte Lore Betti und Jockel früh zu Bett, damit sie am nächsten Morgen ausgeschlafen wären und die schönen Landschaften, durch die sie fahren würden, genießen könnten. Jockel hatte noch eine Weile gelesen und zugesehen, wie Betti in ihr Buch schrieb. Als er das Lächeln auf ihrem Gesicht sah, dachte er: Jetzt ist sie glücklich! und schlief ein.

Als er am nächsten Tag von Lore geweckt wurde, war Betti fort.

41

Andres war ein Frühaufsteher. Er liebte es, zu nachtschlafender Zeit durch den Wald zu streifen, die Sonne rotgolden am Horizont aufsteigen zu sehen und seinen Gedanken nachzuhängen. Im Osten sah er bereits den hellen Streif, der ihren Aufgang ankündigte, und im Geäst hörte er schon die Lerche trällern. Heute wollte er zum See, um das Gelege der Haubentaucherfamilie zu inspizieren, das er von oben mit Ästen und Blättern abgedeckt hatte, um es vor den Raubzügen der Eichelhäher und Elstern zu schützen. Mitten auf dem See sah er einen weißen Ballon dahintreiben und nahm sich vor, später mit dem Ruderboot hinauszufahren, um ihn aus dem See zu bergen. Vorgestern hatten sie auch Ballons aufgeblasen, aber dass auch weiße darunter waren, hatte Andres nicht bemerkt. Er konnte sich auch gar nicht erinnern, weiße Luftballons gekauft zu haben. Es waren blaue, rote, gelbe gewesen, aber keine weißen. Vielleicht hatte eines der Kinder einen weißen Ballon mitgebracht. Er dachte an das Sommerfest. Wie schön Lore alles gestaltet hatte. Er konnte sich ein Leben ohne sie gar nicht mehr vorstellen. Ihre Heiterkeit, die sie den ganzen Tag singen und lachen ließ, ihre Zuversicht, mit der sie alles anpackte, und ihr unermüdlicher Einsatz rührten ihn. Vor allem ihr Witz, der mitunter nicht ohne boshafte Ironie daherkam, brachte ihn nicht selten zum Lachen. Sie füllte sein Haus mit Liebe. Dabei war sie eine begabte Übersetzerin und Autorin. Er wusste, dass sie nebenher mit ihren Kochbüchern eine Menge Geld verdiente, und fragte sich oft, ob er sie auf Dauer würde halten können. Sicher, sie liebte den Kleinen. Er war ihr Kind, ihr Stern, den sie um alles in der Welt nicht verlassen würde, doch konnte Andres wirklich auf Dauer ihrem privaten Glück, das vielleicht einen Ehemann und eigene Kinder vorsah, im Wege stehen? Sie war hübsch und schlank, hatte ein exotisches Gesicht, braune Haut, dunkle Augen, schwarze Augenbrauen und die längsten schwarzen Wimpern, die er je an einem Menschen gesehen hatte. Die dunklen Locken ließen sich nur schwer bändigen, und manchmal hing ihr eine über die Stirne bis in die Augen. Dann schob sie die Unterlippe nach vorn und blies die widerspenstige Locke aus dem Gesicht. Sie flatterte nach oben, blieb eine Weile liegen, um einen Moment später wieder nach unten zu fallen, als wollte sie Lore verhöhnen. Wie genau sich Andres an alle diese Einzelheiten erinnerte! Wie sich die Haut auf ihrer Stirn straffte, wenn sie wütend war, das nahm er trotz ihrer üppigen Haarpracht wahr. Wenn sie wie ein Pferd die Nüstern weitete, dann musste man sich vor ihr in Acht nehmen, doch das kam nur selten vor. Als sie damals erfahren hatte, wie die Klasse mit Betti umgegangen war, war sie auf und ab gegangen, hatte die Nüstern gebläht, die Stirn glatt nach hinten gezogen. Alarmstufe eins. Ihr Gerechtigkeitssinn war so phänomenal wie ihre Kochkunst und hatte auf Jockel einen bleibenden pädagogischen Eindruck gehabt, denn Jockel war diesbezüglich genau wie sie. Er hätte keine bessere Mutter haben können als seine wirkliche Mutter, die Andres immer noch nicht vergessen hatte und die in seiner Erinnerung immer jung und schön geblieben war. Manchmal nahm er alte Fotoalben heraus und sah sie an. Er sah sich mit ihr in Frankreich am Strand sitzen, in einem Restaurant, auf dem Fahrrad, in einem Boot. Doch wenn er kein Bild zur Hand hatte, konnte er sich ihr Gesicht immer weniger vorstellen. Stattdessen quälte ihn die Phantasmagorie ihres Anblicks auf dem Totenbett. Dieses Lächeln, das immer entrückter wurde, bis nicht mehr sie es war, die da lächelte, hatte in ihm eine tiefe Verzweiflung ausgelöst, unter der er heute noch litt. Es war, als hätte es sie nicht gegeben. Sie war durch sein Leben geweht und hatte dieses Loch in ihm hinterlassen, und alles, was er sich nun ohne die Hilfe von Fotoaufnahmen vorstellen konnte, war ihr Antlitz im Tod. Anfangs hatte er sie in Jockels Anblick gesehen, doch mittlerweile kam er immer seltener auf die Idee, Christines Augen in Jockels zu erkennen. Das machte ihm zu schaffen. Er fühlte sich schuldig, als verriete er sie und als wäre sie nicht gestorben, sondern als hätte er sich von ihr losgesagt. Und nun, als er durch den Wald strich und sich dem Badesteg näherte, dachte er plötzlich intensiv an sie. Er dachte an den Tod. Am Himmel war noch der Mond riesengroß zu sehen, obwohl die Sonne schon ihren Kopf über die Berge schob und bald den Mond vertreiben würde. Er sah den Ballon nun auf sich zukommen. Er sprang ins Boot, löste den Strick und stieß den Kahn mit dem Ruder vom Steg ab. Und noch bevor er den Ballon erreicht hatte, wusste er bereits, was da im Wasser trieb.

42

Der Vollmond hatte hoch am Himmel gestanden, als Betti sich aus ihrem Bett erhob und im Nachthemd, auf bloßen Füßen, auf den Weg machte. Der Wind war in ihr weißes Gewand gefahren und hatte es gebläht. Sie war gegangen, wie von einem unsichtbaren Faden gezogen. Der hatte sie direkt ins Wasser geführt, wo sie schon einen Meter hinter dem Ufer nicht mehr stehen konnte; und schwimmen hatte sie nicht gelernt. Warum wachte sie nicht auf, als ihr Körper mit dem nachtkalten Wasser in Berührung kam? Oder wachte sie erst auf, als es schon zu spät war? Hatte sie den Weg über den Steg genommen oder war sie direkt vom Ufer aus durch das Schilf in den Tod gegangen? Der Waldboden hatte ihre Füße verletzt. War sie wieder von einem ihrer Erstickungsträume heimgesucht worden? Normalerweise stöhnte sie im Schlaf, wenn sie schlecht träumte. Sie schrie und schlug um sich, bis jemand sie weckte. Doch wenn sie schlafwandelte, war sie still. Kein Laut löste sich aus ihrer Brust, die sich sonst im Traum unter ihrem schweren Atem hob und senkte, als wollte sie die Angst hinauspressen aus dem Körper. Schlafwandler darf man nicht wecken, so heißt es. Bei Vollmond ließen die Eltern stets die Tür zum Kinderzimmer offen, aus Angst, dass sie sich verletzte oder einen irreparablen Schaden anrichtete. Eines Tages hatte sie ihr Federbett in den Ofen gestopft, das sofort Feuer gefangen hatte; und wäre damals nicht ihr Vater genau in diesem Augenblick dazugekommen, hätte schnell das Haus in Flammen gestanden. Betti hatte sich die Hände verbrannt, als sie die Decke in den Ofen stopfte, und diese hing noch halb aus der Ofenklappe heraus, als sie sich bereits umgedreht hatte, um in ihr Bett zurückzuschweben. Schnell hatte der Vater die Decke vollständig in den Ofen gepackt. Als sie am nächsten Tag die Brandflecken auf den Holzdielen sah, hatte Betti nicht glauben wollen, dass sie deren Verursacherin gewesen sein sollte. In ihrem Tagebuch las man später:

Was treibt mich? Wohin treibt es mich? Das Wasser erinnert sich an mich. Ich habe Angst vor dem Wasser.

Ihr Nachthemd, vom Wind gebläht, trieb wie ein großer, weißer Luftballon auf dem Spiegel des Sees. Andres näherte sich ihr und sprang ins Wasser. Vielleicht lebte sie noch, vielleicht konnte er sie retten! Er hob sie in das Boot und ruderte mit einigen schnellen Stößen zum Holzsteg. Dort legte er sie hin. Er bewegte ihre Arme wie Brunnenschwengel, um das Wasser aus ihren Lungen zu pumpen.

„Wach auf", schrie er.

Und während ihm die Tränen aus den Augen stürzten, arbeitete er fieberhaft weiter. Da schoss ein Wasserschwall aus ihrem Mund, dann noch einer, der mit blutigen Fäden und weißen Flöckchen durchsetzt war. Plötzlich hatte er das Gefühl, dass sich ihre Augenlider zitternd bewegten. War es möglich, dass sie noch am Leben war? Er hielt ihr mit einer Hand die Nase zu, atmete tief ein, presste seinen Mund auf den ihren und versuchte sie wiederzubeleben. So fanden ihn die anderen, die nach Betti suchten. Sie hatten um das Forsthaus herum bereits jeden Winkel durchkämmt und suchten nun im Wald. Andres hatte die Rufe nicht gehört, so sehr war er damit beschäftigt, das Kind zum Leben zu erwecken, und als Lore ihn erreicht und eine Weile zugesehen hatte, sagte sie:

„Elle est morte."

Und Jockel, der dabei war, schrie fassungslos:

„Lorraine, elle est morte, ma vie, elle est morte?"

Jockel beugte sich schluchzend über Betti, nahm ihren Kopf in seinen Arm und küsste ihr Gesicht. Andres war aufgestanden. Mit hängenden Schultern stand er weinend vor Lore und bekam kein einziges Wort heraus.

„Je t'aime, Je t'aime!", flüsterte sie und er hielt es aus.

Er blieb einfach nur stehen und ließ sich von ihr umarmen. Es war der Moment, in dem ihm bewusst wurde, dass auch er sie liebte.

43

Bei der Beerdigung waren alle Kinder der Klasse mit ihren Angehörigen zugegen, sofern sie noch nicht in den Urlaub gefahren waren. Einige hatten ihre Abreise verschoben, um daran teilzunehmen. Aus Frankreich waren Lores Verwandte und Christines Mutter angereist, um dem Kind, das sie einige Tage zuvor hätten kennenlernen sollen, das letzte Geleit zu geben. Sie taten es Jockel zuliebe, der außer sich war vor Kummer und eine lange Zeit benötigen würde, um das schreckliche Ereignis zu verarbeiten. Als man den Sarg hinabgelassen hatte, las Eva Bettis letzten Tagebucheintrag vor. Die gesamte Trauergemeinde hielt während Evas Lektüre den Atem an. Alle waren zutiefst erschüttert, ab und an stahl sich ein Lächeln auf eines der Gesichter, und Herr Birkel musste laut lachen, als er merkte, dass er mit „Prinz Piep" gemeint war. Er war vielleicht doch nicht so schlimm. Zumindest schien er über Humor zu verfügen. Als Eva an die Stelle kam: „weil ich keinen Pimmel habe", ersetzte sie Bettis Worte mit: „weil ich ein Mädchen bin", und dachte dabei: Verzeih mir, meine Kleine.

Das Tagebuch hatten Bettis Eltern Jockel geschenkt, nachdem die Mutter es abgeschrieben hatte. Es war nicht leicht für die Frau gewesen, zu lesen, wie sie und alle anderen Betti Unrecht getan hatten. Wie oft hatte sie ungehalten reagiert, wenn Frau Baierlein mit einer Forderung auf sie zugekommen war, oder wenn sich Leute beschwert hatten, dass Betti angeblich schon wieder eines ihrer Kinder vermöbelt hätte. Nun standen sie alle vor ihrem Grab und weinten. Als im Text Karin erwähnt wurde, sahen alle zu ihr hin. Sie blickte nach rechts und dann nach links, sagte dann kleinlaut: „So ein Quatsch!", und rannte davon.

Frau Baierlein war peinlich berührt und wollte ihr folgen, die anderen Trauergäste waren über Karins Verhalten empört. Doch Eva sagte:

„Lassen Sie ihr etwas Zeit. Auch sie ist traurig und muss lernen, mit ihrem Schmerz umzugehen. Machen wir denselben Fehler nicht noch einmal, ein Kind zu verteufeln, nur weil es verzweifelt ist. Als sie dies sagte, sah sie Willi Haselbeck in die Augen.

Als Eva den alten Depp beschrieb, färbte sich Andres' Gesicht krebsrot, und schallendes Gelächter ging durch die Trauergemeinde. Wenn in diesem Augenblick jemand den Friedhof passiert hätte, wäre ihm alles in den Sinn gekommen, nur nicht, dass hier ein Kind begraben wurde.

„Nach der Beerdigung", sagte Eva „sind alle zu einem kleinen Imbiss im Forsthaus eingeladen."

Der Pfarrer, warf drei Schaufeln Erde ins Grab, sprach ein Gebet dabei und reichte Bettis Mutter die Schaufel. Diese ließ Jockel den Vortritt vor der Familie, und hocherhobenen Hauptes trat er an das Grab – schließlich war ihre Seele auf seinen Kopf geflogen – und sagte:

„Ich gehe mit dir bis ans Ende der Welt."

Bis dahin war er sehr gefasst gewesen. Doch mit einem Mal brach er regelrecht zusammen, stürzte in die Arme seines Vaters und schluchzte, dass alles an ihm bebte.

„Das ist ungerecht", schrie er, „ungerecht! Und morgen ist gekommen, und dann war es gestern, und nun ist sie weg! Das ist ungerecht!"

Eva ging unbemerkt von allen bis auf Willi weg. Er ahnte, was sie vorhatte, und er hatte recht. Sie suchte Karin, die sie schließlich mit den Händen vor dem Gesicht hinter einem Grabstein kauern sah. Ihre Schultern zitterten. Sie weinte. Leise hockte Eva sich daneben und wartete. Das Kind hatte sie weder gehört noch gesehen. Es vergingen ein paar Minuten, bis Karin ihre Lehrerin bemerkte und erschrak. Eva legte ihre Hand auf Karins Arm und sagte:

„Hab keine Angst!"

„Ich habe keine Angst!", schrie Karin. „Und meine Mama hat mich lieb und mein Papa, auch wenn sie mich hauen. Meiner Mama geht's schlecht, und mein Papa haut auch meine Mama."

„Ja, sie haben dich sicher sehr lieb. Komm wir gehen an Bettis Grab und verabschieden uns von ihr. Sie wird sich freuen, glaubst du nicht?", sagte sie, nahm das Kind bei der Hand und führte es ans Grab. Die anderen Gäste waren schon ins Forsthaus aufgebrochen. Nur Willi stand unweit von Bettis Grab entfernt und sah, wie Eva Erde und einige Blumen hinunterwarf auf Bettis Sarg. Er sah, dass Karin den Kopf schüttelte. Sie wollte ganz offensichtlich keine Erde hinunterwerfen. Sie stand vor der Grube, sah hinunter und sagte dann:

„Weißt du noch, du hast mal gesagt, ‚Lach nicht so blöd!'", und dann habe ich dich das erste Mal gehauen. Ich bin nicht blöd, auch wenn ich sitzengeblieben bin."

Dann nestelte sie in der Tasche ihres Kleids, zog einen arg zerrupften kleinen Teddybären hervor und weinte.

„Mach's gut, du doofe Nuss. Das ist mein Teddy. Pass gut auf ihn auf! Er heißt Halseimer. Mein Opa hatte Halseimer und hat ihn mir geschenkt. Er gibt dir Macht. Ich brauch ihn nicht mehr."

Sie gab ihrem Teddy einen Kuss und warf ihn hinunter.

44

Nun wollte Jockel nicht mehr nach Frankreich in die Ferien. Er wollte zu Hause in der Bibliothek sitzen und Bettis Buch entziffern. Das war nicht leicht, denn Betti hatte schon richtig geschrieben und keine Druckbuchstaben mehr gemalt. Vieles hatte sie durchgestrichen, sie hatte eingesetzt, überschrieben, und ihre Schrift war für Jockel zunächst nicht weniger verständlich, als wenn es Chinesisch gewesen wäre. Lore hatte versprochen, ihm zu helfen, und hatte das gesamte Tagebuch mit ihrer Schreibmaschine abgetippt; nun war es zwar immer noch schwer zu verstehen, aber immerhin leichter zu lesen. Lore hatte ihm auch versprochen, es ihm Stück für Stück vorzulesen, ihm beim Zusammensetzen der Wörter helfen und ihm die Bedeutung der Wörter, die er nicht kannte, zu erklären, wenn er mit ihr und Andres wenigstens die letzten drei Ferienwochen nach Frankreich käme. Sie hatte es versprochen, bevor sie den Inhalt gekannt hatte, und wusste nun nicht mehr, ob es gut wäre, den Kleinen mit einer derartig drastischen Einsamkeit und Verzweiflung zu konfrontieren. Denn das war keine erfundene Geschichte, es waren Bettis reale Empfindungen. Lore war bei der Lektüre sehr erschrocken und spontan versucht, viele der Einträge abzumildern. Doch hatte sie Jockel nie belogen, und wollte dies auch gar nicht erst beginnen. Sie fragte Andres, der ähnliche Bedenken hatte, und dann fragte sie Eva. Die war Pädagogin, und wenn es jemand wusste, dann sie. Eva sagte:

„Lass es ihn selbst lesen. Entscheide du, welche Einträge du ihm vorlesen willst – nicht alle sind so entsetzlich – und wenn er sich die Mühe macht, es im Lauf der Zeit selbst zu schaffen, hat er was geleistet, wird stolz auf sich sein und ihr so auf ganz andere Weise näher kommen. Aber es wird eine Weile dauern, und wenn es schließlich geklappt hat, wird er allmählich hineingewachsen sein in ihre seltsame Gefühlswelt. Vielleicht wird er dann auch schon ein bisschen reifer und in der Lage sein, viele Dinge zu relativieren. Aber lass ihn niemals alleine damit. Sprich mit ihm darüber."

Das wollte Lore tun, doch gab es keinen Eintrag, der nicht traurig war, und Jockel weinte oft schon beim ersten Satz. Indes, wenn Lore die Lektüre beenden wollte, rief er:

„Nein, ich will weinen! Die Betti hat gesagt, dass das hilft, wenn man traurig ist."

Also fuhr Lore fort zu lesen. Auch ihr kamen nicht selten die Tränen. Bettis kurzes Leben war von unerklärlichen Ängsten durchsetzt. Am schlimmsten jedoch war das Martyrium, das sie in der Schule zu erdulden gehabt hatte. Sie hatte geschrieben:

„Ich will nicht, dass die Oma und Mama und Papa traurig sind. Sie sollen denken, dass ich stark bin und dass mich die Kinder mögen."

Seltsame Lüge eines kleinen Kindes, das ganz offenbar litt. Nicht selten waren es nur kurze Sätze, die sie scheinbar ohne Zusammenhang aufgeschrieben hatte.

„Tränen waschen die Seele – stimmt!"

„Was ist das, Fühlen? Mit der Seele denken?"

„Die Oma sagt, auch die Traurigkeit hat ihren Wert, und sie braucht ihre Zeit. Wenn du der Traurigkeit die Zeit nicht gibst, dann zwingt sie dich dazu, und es kommt ein Schicksalsschlag nach dem anderen oder sie ballt sich in dir zusammen und macht einen Knubbel in der Seele, und dann ist auf einmal alles hart innen drin. Und wenn das platzt, sagt die Oma, dann Gnade Gott!"

„Die Stehbrille heißt Mikroskop, und die Oma hat gesagt, dass das so viel heißt wie: tausendmal mehr sehen. Also, Stehbrille ist schon richtig. Ich kann mit meiner Brille auch tausendmal besser sehen. Aber die Kinder haben gesagt, ich seh' wie ein Frosch aus. Und die Lydia hat gesagt, die Brille sieht scheiße aus. Ich finde, die Lydia sieht scheiße aus."

An dieser Stelle mussten Jockel und Lore lachen, und Jockel sagte:

„Stimmt, die sieht echt scheiße aus! Die Betti hat gesagt, dass das alles Lemuren sind."

„Und hat sie dir auch gesagt, was Lemuren sind?"

„Klar, Arschkriecher! Leute, die keine eigene Meinung haben und immer nur ‚Ja' schreien, wenn der Anführer was will. Wie die Leute im Krieg. Die Betti hat gesagt, dass ein kranker Idiot gebrüllt hat, dass die Leute tun sollen, was er sagt, und das Volk hat ‚Ja' geschrien. Aber ihr Papa hat gesagt, dass ein paar reiche Leute den kranken Idioten auf den Thron gesetzt haben, weil sie dann noch reicher werden konnten. Der hat nämlich Krieg gemacht, und dann haben sie Waffen gebraucht, und die Reichen haben die Waffen verkauft, aber die Leute, die die Waffen gebaut haben, haben gar nicht mehr verdient, die sind nur ausgebeutet worden, nur die Industrie hat verdient. Und dann mussten die Arbeiter in den Krieg und dann haben sie in anderen Ländern Leute gefangen, die die Waffen bauen mussten, und Juden, bevor sie umgebracht wurden. Der Idiot hat nämlich die Juden umgebracht, weil er gedacht hat, dass die alle reich sind und dass er dann das ganze Geld von denen nehmen kann. Aber die Oma von der Betti hat gesagt, dass alle die Juden umbringen wollten, und deshalb ist sie auch abgehauen mit ihrer Familie, obwohl die schon in die Kirche gegangen sind und genauso katholisch waren wie alle anderen auch."

Er schwieg erschöpft. Und nach einer Weile fragte er:

„Lore, was ist die Industrie? Und was ist ausbeuten?"

Lore war sprachlos. Kein Wunder, dass Betti sich von innen verzehrt hatte. Sie hatte all diese Dinge gehört und gelesen und gedacht und musste sie irgendwie verarbeiten, während Lore zur selben Zeit an Jockels Bett die Geschichte vom Häschen Schnuppernas vorgelesen hatte.

„Und das Häschen Schnuppernas hoppelt durch das grüne Gras."

Das war damals Jockels Welt gewesen. Und Jockel hatte geschnuppert wie ein Hase. Sie hatten zusammen gelacht. Sie schüttelte den Kopf. Nein, Betti hatte die Dinge vorweg gedacht. Vielleicht wusste sie, dass sie nicht viel Zeit haben würde. Ein anderer Eintrag lautete:

„Als wär' meine Seele ganz alt und eingesperrt in einem Körper, der nicht dazu passt und viel zu klein ist. Wer bin ich? Was bin ich? Wo komme ich her? Wo gehe ich hin?"

Diesen Eintrag hatte sie kurz vor ihrem Tod gemacht.

„Die Industrie, das sind alle Fabriken zusammen, und ausbeuten ist so was Ähnliches wie ausnützen", erklärte Lore.

„Dann hat die Karin die Vroni ausgebeutet, weil die ihr die Hausaufgaben machen und ihr das Pausenbrot geben musste. Die Betti hat gesagt, das war Erpressung oder so ähnlich. Die Betti hatte immer Abkürzungen für die Leute, die Karin war BE, das heißt brutale Erpresserin, und die Lydia war LS, das war Lemurenschiss!"

45

Nach den Ferien waren Eva und Willi verlobt. Auch Lore und Andres hatten sich ihre Liebe endlich eingestanden. Sie waren im August mit Jockel nach Frankreich gefahren, hatten den sechzigsten Geburtstag von Lores Mutter gefeiert und waren für drei Tage allein nach Saintes-Maries-de-la-Mer gefahren. Dort waren sie stundenlang Hand in Hand oder eng umschlungen am Strand entlang gelaufen, hatten abends in einer kleinen Fischerkneipe gegessen oder waren mit Pferden durch die Camargue geritten. Lore hatte gesagt:

„Keine Kultur, keine Besichtigungen, nur leben, lieben, Sonne, Meer und wir!" Und Andres war damit einverstanden gewesen.

Sie wollten es beide genießen, doch es mochte so recht nicht gelingen. Es gab Momente, in denen sie die letzten Monate vergaßen, doch immer noch schwebte die Melancholie wie ein Damoklesschwert über ihnen, und eines Tages saßen sie beide still nebeneinander am Strand und sahen die Sonne im Meer untergehen, da sagte Lore plötzlich:

„Alles ist unwirklich geworden. Ich habe das Gefühl, in etwas verstrickt zu sein, das ich nicht kenne und eigentlich auch nicht kennenlernen will. Ich habe Angst davor. Ich habe Angst vor der Melancholie. Sie hat uns zusammengebracht. Ich liebe dich schon lange, es war mit einem Mal da und ließ sich nicht mehr leugnen. Du hast es nicht gemerkt, aber ich bin sicher, dass es dir ganz genauso ergangen ist. Manches geschieht, ohne dass wir es wollen, und doch geschieht es. Es geschieht, weil es geschieht. Ich habe Angst vor dem Schatten, den Betti wirft. Jockel ist so traurig, und ich hätte es ihm gerne erspart. Ich liebe ihn, er ist mein Kind, mein einziges, geliebtes Kind. Aber er ist auch ein kleines Kind, und nun hat er Dinge erfahren, die ihn belasten, Dinge, die ein Mensch nicht unbedingt erfahren muss, und ein kleines Kind auf gar keinen Fall. Wir müssen ihn beschützen, und ich bin nicht sicher, ob wir das können. Ich fühle mich so schwach, so geschwächt."

Er blickte sie erstaunt an.

„Du bist nicht schwach. Ich kenne überhaupt niemanden, der stärker ist als du."

„Betti war auch stark. Und sie ist von ihrer eigenen Stärke erdrückt worden. Auch Karin … im Grunde genommen hat bei Karin ein ähnlicher Mechanismus gegriffen. Ich habe kürzlich ein Gedicht gelesen:

Drauf habe ich gewartet
Drum kams auch
Sag einer ich hätt
Keine Macht

Ich weiß nicht mehr, von wem es ist, aber es hat mich beeindruckt. Richten wir nicht alle unser eigenes Scheitern ein?"

„Aber es ist ein Unterschied, ob man darauf wartet, oder ob man es einrichtet."

„Nicht wirklich, indem wir darauf warten, richten wir es ein."

„Dann warte nicht darauf", sagte er und nahm ihre Hand. „Komm her, lehne dich an mich. Lass uns auf Schönes warten. Unser Sohn wird wachsen, er wird uns eines Tages zu Großeltern machen."

„Und eines Tages wird es hinabgehen in den Orkus."

„Ja, weil wir jetzt leben. Und wenn es eines Tages hinab geht in den Orkus, dann ist es allemal besser, wenn man vorher vielleicht zumindest das eine oder andre Mal glücklich gewesen ist."

„Sieh mal, ich habe in meinem verschlafenen französischen Dorf nicht viel vom Krieg mitbekommen. Ich habe meinen Vater nie kennengelernt, aber meine Mutter hat mir gesagt, dass er durch seine Erlebnisse im Ersten Weltkrieg schwer traumatisiert war. Er hat sich sechs Wochen nach meiner Geburt erhängt. Meine Mutter wäre daran fast zugrunde gegangen.

Meine Schwester war vier und hat die Sache verdrängt. Sie erinnert sich nicht an ihn. Und dann gleich der nächste Wahnsinn mit diesem nächsten verfluchten Krieg. Als würde man von einem Haufen von Idioten regiert, den wir allerdings regelmäßig selber wählen. Als der Zweite Weltkrieg vorbei war, war ich gerade mal vierundzwanzig. Christine war einundzwanzig; und wenn du mit deiner Einheit niemals nach Frankreich gekommen wärst, hättet ihr, Christine und du, euch nie kennengelernt. Ich weiß noch, wie wir dich versteckt haben. Niemand im Dorf durfte wissen, dass wir einen Deserteur im Haus haben."

„Sie hätten kurzen Prozess mit mir gemacht, so viel ist sicher … und mit euch auch!"

„Und sie hätte sich nicht in dich verliebt. Sie wäre dir nicht nach Deutschland gefolgt, es hätte keinen Jockel gegeben, und ich wäre in Frankreich geblieben. Verdammte sind wir, die Basis unseres Glücks ist das Unglück. Vielleicht wäre Christine nicht gestorben, wenn es keinen Krieg gegeben hätte. Vielleicht wäre sie dann aber auch nicht so glücklich gewesen … und wenn sie nicht gestorben wäre, wäre ich jetzt nicht so glücklich."

„Bist du denn glücklich?"

„Ich glaube, sogar sehr", sagte sie, aber sie hatte gezögert, und das war ihm nicht entgangen.

„Ohne Bettis Tod wären wir vielleicht gar nicht zusammen gekommen."

„Früher oder später ganz bestimmt."

„Eher später."

Dann lachte sie und sagte:

„Mein alter Depp!"

46

Jockels Alltag ging weiter, doch ohne Betti. In allen Dingen fehlte sie ihm. Er wurde stiller und zog sich zunehmend von der

Außenwelt zurück. Andres und Lore, die, was ihre Liebe anging, viel nachzuholen hatten, machten sich große Sorgen um ihn, gingen jedoch davon aus, dass sein verändertes Verhalten einzig auf den plötzlichen Tod seiner Freundin zurückzuführen war. Der Schmerz würde noch eine Weile andauern und sie dachten, die Schule, der normale Lauf des Lebens und seine anderen Freunde, die er vernachlässigt hatte, um die Zeit mit Betti zu verbringen, würden ihn rasch wieder zu dem unbeschwerten, fröhlichen Menschen machen, der er zuvor gewesen war. Lore schlief nun bei Andres im Schlafzimmer, und der Raum, in dem sie zuvor die Nächte allein zugebracht hatte, war zu ihrem Arbeitszimmer umfunktioniert worden, in dem sie ihre Manuskripte, Ordner und Materialien aufbewahrte.

Eigentlich war Jockels Leben nun genau so, wie er es sich immer gewünscht hatte, seit er seine Freunde, deren Eltern ein gemeinsames Schlafzimmer hatten, zum ersten Mal zu Hause besucht hatte. Doch nun war das Zimmer geschlossen, und wenn er nachts aus dem Schlaf schreckte, was seit Bettis Tod häufiger geschah, konnte er nicht mehr einfach nur eine der beiden Türen öffnen und ohne zu fragen entweder im Arm seines Vaters oder Lores weiterschlafen. Nachdem er sie einmal überraschend aufgeschreckt hatte, musste er fortan zuerst an ihre Schlafzimmertür klopfen, und es dauerte eine Weile, bis sich ihm Schritte näherten und der Schlüssel im Schloss gedreht wurde. Freilich, es war schön mit beiden gemeinsam im Bett zu liegen, doch hatte er oft das Gefühl, gestört zu haben und nicht willkommen zu sein. Auch dies belastete ihn. Warum hatte nicht alles so bleiben können, wie es war? Jockel hatte das Gefühl, doppelt verloren zu haben. Der letzte Eintrag in Bettis Buch war wie ein Abschiedsbrief. Dass ihre Seele ihm auf den Kopf fliegen würde, nahm er als Versprechen von ihr sehr ernst und forderte es ein. Er sprach mit ihr. Er dachte daran, dass sie ihm einmal gesagt hatte, die Sprache der Seele sei tonlos, doch wenn man sich anstrenge, könne man sie verstehen. Er strengte sich an, doch er mochte einfach nichts vernehmen. Er wollte Lore fragen.

„Ich glaube, sie sitzt auf meinem Kopf", begann er.

„Fühlst du es denn?"

„Ja, aber ich glaube, sie kann mich nicht hören."

„Warum, glaubst du, kann sie es nicht?"

„Weil sie nichts sagt", antwortete er. „Sie hat mir mal gesagt, dass man die Sprache der Seele nicht hören kann, man kann sie nur verstehen oder nicht. Ich glaube, dass ich zu den Menschen gehöre, die die Sprache der Seele nicht verstehen."

Jockel war verzweifelt.

„Warum kann man denn die Sprache der Seele nicht hören?", fragte Lore.

„Na, weil die Seele keinen Mund und keinen Körper hat. Ohne Körper keine Stimme, hat Betti gesagt."

„Nun", meinte Lore, „dann hat sie auch keine Ohren, um zu hören, und du musst vielleicht versuchen, sie mit deinen Gedanken zu erreichen. Die Gedanken hört man nicht und sieht man nicht, und doch sind sie da."

„Betti hat gesagt, dass man zum Denken ein Gehirn braucht. Nur das Fühlen passiert in der Seele, und deshalb muss ich versuchen, ihre Gefühle zu spüren. Aber es geht nicht. Ich kann das nicht. Ich kann nicht fühlen, ohne zu denken."

Er schien darüber sehr traurig zu sein.

„Sieh mal", sagte sie und nahm ihn in den Arm, „die Seele braucht zum Fühlen das Gehirn, wenn sie in einen Körper eingesperrt ist. Du kannst tatsächlich nicht fühlen, ohne zu denken, denn dein Gehirn hilft dir, deine Gefühle zu erkennen und verleiht ihnen Ausdruck. Die befreite Seele hat das alles nicht nötig. Denn sie ist frei, zu fühlen, was immer sie will. Denk an Betti, spür deine Gefühle für sie, und sie wird dir antworten, und du wirst spüren, dass sie dir antwortet."

„Wie kann ich an sie denken, wenn ich ihr Gesicht nicht

mehr finde? Ich strenge mich an. Ich sehe ihre Brille, und ihre Augen sehen so groß aus, als wären sie daraufgemalt. Ich habe ihr das mal gesagt, und dann hat die Betti gesagt, dass es vielleicht auch ein bisschen so ist, weil, wenn sie die Brille runternimmt, dann ist das so, als ob sie ihre Augen wegnimmt. Aber ihre Augen waren so schön. Und in der Schule steht sie nicht mehr neben mir beim Gebet, und ich kann nicht mehr sehen, wie es klopft an ihrer Schläfe. Das Klopfen sehe ich auch, wenn ich mich anstrenge. Ich kann auch ihren Mund sehen und ihre Nase, und ich kann ganz genau die große Narbe sehen, wo dann immer ihre Haare drüber hingen. Ich sehe ihre Schultern und ihre Hände und Beine, aber ich kann das alles nicht mehr zusammen sehen."

Jockel schmiegte sich in Lores Schoß und weinte.

„Siehst du, wie gut es dir gelingt, an sie zu denken? Und siehst du auch, wie sie dir antwortet? Du fühlst es bereits. Sie will dir sagen, dass sie nun nur noch Seele ist, dass ihre Augen und ihre Schultern und die Narbe und selbst das Pochen in der Stirn nicht mehr wichtig sind. Ihr Aussehen, das sich in unserem Leben noch so oft verändert hätte, ist unwichtig geworden. Es war gestern. Und jetzt ist jetzt. Das will sie dir damit sagen. Es pocht kein Leben mehr in ihrer Schläfe. Aber ihre Seele ist bei dir, denn du denkst an sie, und deine Gefühle bedanken sich bei deinem Gehirn, und auch sie zeigen es dir, indem sie deine Augen weinen lassen, denn auch die Trauer braucht ihre Zeit. Und Betti hat gesagt, dass Tränen die Seele waschen, weißt du noch?"

Jockel nickte. All diese Dinge hatte Betti in ihr Buch geschrieben. Wie recht sie hatte!

„Ja", flüsterte er. „Lore, wirst du mich immer lieb haben?"
„Und ob ich das werde!"
„Lore, hast du den Papa lieber als mich?"
Jetzt war es raus. Jockel war eifersüchtig. Er hatte Betti verloren, und er fühlte sich verlassen.

„Nein, nun sind wir eine richtige Familie mit Papa, Mama und Kind. Du warst immer mein geliebtes Jockelchen, und du warst es auch immer für deinen Papa. Aber jetzt fühlen dein Papa und ich das Gleiche für einander. Es ist einfach nur ein Kreis, der sich geschlossen hat. Und mitten in dem Kreis schwebt die Seele deiner Mama. Als sie gestorben ist, habe ich mich genauso gefühlt, wie du dich jetzt fühlst. Andres wäre an dem Kummer fast gestorben. Aber zum Glück ist er das nicht. Und die Seele deiner Mama ist all die Jahre bei uns gewesen und hat uns beschützt. Kannst du es fühlen, wie sehr sie uns geholfen hat?"

„Ich habe gebetet, dass sie Betti glücklich zaubern soll. Aber dann ist Betti gestorben."

„Aber deine Mama hat das Lächeln in ihr Gesicht gezaubert. Weißt du denn nicht mehr, wie glücklich sie war? Ihr letzter Eintrag ins Buch war so glücklich und so lustig! Und dann ist sie einfach nur eingeschlafen und hat dabei gelächelt wie Christine es getan hat. Und dann ist ihr Körper aufgebrochen, um ihre Seele zu befreien. Vielleicht müssen wir es so sehen. Sei wieder ein bisschen fröhlich, mein Liebling!"

Und Jockel seufzte. Eine Weile hörte sie ihn noch weinen, und dann war er in ihrem Arm eingeschlafen.

47

Der Sommer ging zu Ende. Man merkte es nicht nur an den Bäumen und Büschen, deren Blätter sich allmählich verfärbten. Es kamen die Spätsommerregen und ließen warmen Dampf aus dem Moos aufsteigen. Mit einem Mal war der Wald erfüllt vom Geruch der Steinpilze, Butterpilze, Braunkappen und Pfifferlinge. Schon im August war der Boden übersät gewesen mit Blaubeeren und Preiselbeeren, die Maxl einholte, wusch und neben den wilden Himbeeren, die er eine Woche zuvor geerntet hatte, einfror. Jedes Jahr brannte er seinen berühmten Beerenschnaps, der zwar illegal hergestellt, doch weithin geschätzt war. Die restlichen Beeren würde dann Lore, wenn sie mit Andres und Jockel aus Frankreich zurückkehrte, verarbeiten. Im Juli hatten sie die kleinen Walderdbeeren gepflückt, und Lore hatte Sorbets, Torten und vor allem ihre wunderbare Erdbeermarmelade daraus gemacht, mit einem Schuss von „Maxls Waldgeist", wie alle ihn nannten. Und bereits in der ersten Septemberwoche waren die Hagebutten, Schlehen und Holunderbeeren reif. Die Kirschen waren schon Ende Juni geerntet und verarbeitet worden. Dabei hatte Betti noch tatkräftig mitgeholfen. Die herzförmigen Früchte, die wie poliertes Holz glänzten und von Weitem schon wie frische Bluttropfen durch die Blätter leuchteten, waren zusammen mit ihren Stielen einzeln vom Baum gepflückt und in geflochtene Weidenkörbe gelegt worden, bevor die Vögel sie hatten stibitzen können. Was nicht in Kuchen, Sorbets und andere Süßspeisen gelangte, wurde eingekocht, zu Marmelade oder zu Fruchtsäften verarbeitet. Nach einem derart schnee- und regenreichen Beginn, konnte man mit einem obstreichen Jahr rechnen und für künftige, weniger fruchtbare Zeiten die Vorratskammern füllen. Birnen, Pflaumen, Mirabellen und Äpfel, all das Baumobst, das im Garten reifte, würde später auf die gleiche Weise verarbeitet werden. Maxl brachte es auf den Punkt, als er sagte:

„Wir fressen uns durchs Jahr."

Dies war sein Standardsatz, mit dem er nicht nur die daraus resultierende Lust, sondern auch die damit verbundene Mühe beschrieb; denn bis auf die Kräuter- und Blumenbeete war er es, der den Garten bearbeitete. Alles, was der Boden hergab, hatte er angepflanzt, und es konnte, den Anteil, den Vögel, Mäuse und Wildkaninchen für sich beanspruchten, abgezogen, geerntet, eingelegt, zubereitet und gegessen werden. Es steckte sehr viel Arbeit dahinter, die Maxl indes Spaß machte. Schon längst hätte er ein mehr oder weniger beschauliches Rentnerdasein führen können, doch zog er es vor zu arbeiten, bis er – wie er es nannte – eines schönen Tages den Spaten in andere Hände legen würde. Mit seinen fast achtzig Jahren, die man ihm keineswegs ansah, war er ein rüstiger Vertreter des vorigen Jahrhunderts. Im Jahre 1877 war er geboren, 1900 hatte er dreiundzwanzigjährig die gleichaltrige Nachbarstochter Käthe geheiratet, die vor einiger Zeit verstorben war. Maxl sagte:

„Sie ist mir in den Tod vorausgegangen."

Doch Andres meinte dazu:

„Du wirst noch so manchen jungen Menschen überleben!"

Maxl war ein Mann mit vielen Talenten. Er war ein begnadeter Zeichner mit einer besonderen Liebe zu Flora und Fauna, dessen zahlreiche detailgetreue, mit Akribie gezeichnete Bilder von Blüten, Pflanzen sowie Tieren in verschiedensten Bewegungsabläufen auch im Forsthaus hingen und Bewunderung auslösten. Bereits unter dem alten Forstmeister hatte er als Jagdgehilfe gearbeitet und seine reguläre Amtszeit unter dessen Leitung beendet. Als sich dann Andres, der junge Mann aus Wuppertal, um den Posten beworben hatte, war Maxl es gewesen, der sich für ihn eingesetzt hatte, obwohl die Mitglieder des Forstverwaltungsrats lieber einen Einheimischen angestellt hätten. Von Anfang an hatten Maxl und seine Frau, denen Kinder versagt geblieben waren, sich dieser „Familie" zugehörig gefühlt, und als Käthe gestorben war, hatte sofort festgestanden, dass er ins Forsthaus umziehen würde. 1914, als der erste Weltkrieg ausgebrochen war, war Maxl einer der Wenigen gewesen, die sich partout nicht dafür begeistern mochten, und keiner erfuhr je, wie es ihm dauerhaft gelungen war, sich vor dem Dienst als Soldat zu drücken. Sicher, sein rechtes Bein war im Knie versteift, nachdem es bei einer Treibjagd ein Schuss aus der eigenen Schrotflinte gestreift hatte, doch war seinerzeit jeder eingezogen worden, der noch einigermaßen auf den Beinen hatte stehen können, und wer noch einen Hintern zum Sitzen gehabt hatte, hatte zum Dienst in der Schreibstube antreten müssen. Als Andres ihn einmal darauf angesprochen hatte, hatte er ihm zur Antwort gegeben:

„Ich war halt immer ein alter Feigling und wollte nicht jung sterben."

Dabei kniepte er bedeutungsvoll mit einem Auge. Das musste als Antwort genügen. Um am „zweiten Schwachsinn", wie er den Zweiten Weltkrieg nannte, teilzunehmen, war er „Gott sei's gepfiffen" zu alt gewesen, so bräuchte er sich jetzt auch keine Gewissensfrage zu stellen. Aber Maxl war kein Feigling. Er war zwar in keiner Widerstandsgruppe organisiert gewesen, aber er hatte sein zeichnerisches Talent genutzt, um die Nazis auf seine Weise zu bekämpfen. Maxl hatte Pässe gefälscht, was erst nach dem Krieg ans Tageslicht gelangt war. Dank seiner Fertigkeit konnten viele Menschen ausreisen oder als „gute Deutsche" im Land bleiben und untertauchen. Er musste zahlreichen Menschen so das Überleben möglich gemacht haben, doch hatte er nie viel Aufhebens um die Sache gemacht. Stets hatte er das einfache Leben eines Jagdgehilfen einem Leben im Wohlstand vorgezogen.

„Danke, mir geht's gut, ich hatte meine Käthe, genug zu essen, mein Bier, meinen Schnaps, ein Dach über dem Kopf und einen Stuhl unterm Hintern. Das ist mir lieber als ein Haufen Geld und ein Brett vor dem Kopf", sagte er, wenn man ihn fragte, warum er nicht mehr aus seinem Talent gemacht habe.

48

Innerhalb von einer Woche starben der Fuchs, die beiden Hunde und das Reh. Das war nicht weiter verwunderlich, denn die Tiere waren allesamt überdurchschnittlich alt gewesen. Friedel, der Fuchs, schon kein junges Tier mehr, als er in die Falle geraten war, hatte dank der guten Pflege und Ernährung noch fast sechs Jahre in seinem Gehege gelebt, das er, sofern er wollte, allezeit verlassen konnte. Als er starb, schätzten Maxl und Andres ihn auf sechzehn bis siebzehn Jahre, was in freier Wildbahn selbst mit vier Beinen kaum denkbar gewesen wäre. Eines Morgens, als Maxl mit dem Futter an seinen Stall trat, lag er tot in der Ecke. Am Abend zuvor war er noch so verspielt gewesen wie stets und ausgesprochen munter.

„Gell Buale, wir Alten sind noch lang nicht reif für die Kiste, stimmt's?", hatte Maxl stets gescherzt, wenn er morgens mit dem Futter kam.

Er wartete, bis Jockel aus der Schule kam, um gemeinsam mit ihm das Tier zu begraben. Einerseits hätte er ihm den Schmerz gern erspart, doch war er der Ansicht, dass der Tod nichts Trauriges war, sondern Bestandteil des Lebens, und für ihn war es das gute Recht eines alten oder kranken Geschöpfs, sterben zu dürfen. Außerdem würde Jockel sowieso von Friedels Tod erfahren. Es wäre also besser, ihn offen damit zu konfrontieren und ihm die Möglichkeit zu geben, sich von dem stets vergnügten Dreibeiner zu verabschieden. Am nächsten Tag starb Bluff, und Dackelwackel lag zwei Tage nur in der Ecke hinter Maxls Werkstatt, weigerte sich zu fressen und zu saufen und folgte seiner Gefährtin noch am Abend des zweiten Tages. Beide Hunde waren schon alt gewesen, als sie sechs Jahre zuvor im Forsthaus aufgenommen worden waren, nachdem ihre Besitzerin, eine alte Dame, verstorben war. Bluff war damals vierzehn Jahre alt gewesen und Dackelwackel zwölf. Für einen reinrassigen Schäferhund und einen nicht minder reinrassigen Rauhaardackel ein recht hohes Alter, und Andres hätte den beiden allenfalls noch zwei Jahre gegeben. Einmal jährlich wurden die Tiere zum Dorfveterinär gebracht, um die üblichen Impfungen zu erhalten. Und jedes Mal wurden sie von ihm mit den Worten begrüßt:

„Was, ihr lebt noch?"

Nun, im Alter von zwanzig und achtzehn Jahren, hatten sie sich – so Maxl – ihren Tod redlich verdient. Am Nachmittag, bevor Bluff starb, waren Maxl und Jockel mit den beiden Hunden „auf Streife" gegangen und hatten insgesamt mehr als sieben Kilometer zurückgelegt. Bluff und Dackelwackel immer vorneweg. Schließlich kannten sie den Weg. Als Jockel das Gartentor zum Forsthof öffnete, sprang Bluff hinein, kippte zur Seite und stand nicht mehr auf. Er, der eigentlich eine Sie gewesen war, war auf der Stelle tot. Und Rudi Reh lag genau wie Friedel, der Fuchs, eines Morgens tot in seinem Gehege.

„Alles, was auf der Erde liegt, wird von ihr allmählich aufgefressen", sagte Maxl. „Schließlich frisst sie uns alle, und es wird so sein, als hätte es uns nie gegeben. Der Mensch ist nichts, und außer einer Handvoll Dreck bleibt nichts von ihm übrig."

Jockel versuchte, an etwas anderes zu denken, wenn er den alten Mann so sprechen hörte. Doch immer wieder stahlen sich dessen Worte in sein Gehirn, machten ihm die Seele schwer und ließen sich nicht verscheuchen. Er dachte an seine Mutter, an Maxls Frau und an Betti, deren Grab er von Zeit zu Zeit besuchte. Er mochte sich immer noch nicht damit abfinden, dass er sie nie wieder sehen würde. Bestimmt würde sie gleich mit ihrem Fahrrad um die Ecke biegen, um ihn zu besuchen. Er wollte daran glauben, dass sie auf seinem Kopf saß, um mit ihm durch das Leben zu gehen. Oft glaubte er, die vermeintliche Last zu spüren, die er da trug. Er quälte sich mit Schuldgefühlen und machte sich Vorwürfe. Auch mit Betti haderte er. Wenn er gewusst hätte, dass sie bei Vollmond im Schlaf wandelte, hätte er vielleicht auf sie aufpassen können. Warum hatte sie es ihm verschwiegen? Hatte sie ihm denn nicht vertraut? Schon einmal hatte er sie nicht beschützt; damals war er davongelaufen, als die Mädchen auf sie eindroschen. Er schämte sich, wenn er daran dachte. Und schnell ging er in Gedanken mit Betti in seinen

Wald, an den Sandrutsch im warmen Licht der Sonne, Wolkenbilder betrachtend. Doch da war wieder der Tag, an dem er sie verloren hatte. Es war ein so schöner Tag gewesen und ein genauso schöner Abend. Abends hatte sie gelächelt und glücklich ausgesehen. Er hatte sie durch die schon halb geschlossenen Augen gesehen, wie sie in ihr Buch schrieb. Dann hatte sie es zugeklappt und unter ihr Kopfkissen gelegt. Er wusste nicht mehr, ob und wann sie das Licht neben ihrem Bett gelöscht hatte. In seiner Erinnerung sah er den Mond hell ins Zimmer leuchten, sah, wie sie sich noch einmal aufrichtete und das Bett verließ, um den Vorhang zuzuziehen, um dann auf nackten Füßen ins Bett zurückzuschleichen. Er hatte gespürt, wie sie zuerst an sein Bett getreten war, gespürt, wie sie ihn eine Weile betrachtet und ihm dann über den Kopf gestrichen hatte. Auch daran erinnerte er sich ganz genau. Er hatte sich schlafend gestellt; und als sie sehr leise, um ihn nicht zu wecken, in ihr Bett geklettert war, hatte er die Augen leicht geöffnet und ihr nachgesehen. Es war das letzte Mal, dass er sie lebend gesehen hatte. Dieses Bild hatte sich in ihm eingenistet und okkupierte ihn und seine Träume. Das war nun schon mehr als ein Jahr her. Der Oktober war fast vorbei und bald würde der erste Nachtfrost den nahenden Winter ankündigen. Schon war des Morgens, wenn Jockel aus dem Fenster sah, die Wiese zum Wald hin mit Raureif überstäubt. Er besuchte nun die dritte Klasse und konnte mittlerweile schon recht gut lesen und schreiben; er war sogar einer der besten Schüler in der Klasse, aber noch immer wusste er bei Weitem nicht, was Betti gewusst hatte. Er hatte sich sehr verändert im letzten Jahr und war viel ernster geworden. Allmählich hatte er sich durch Bettis Buch gearbeitet, doch vieles verstand er noch nicht, selbst wenn er Lore fragte und sie es ihm zu erklären versuchte. Er hatte sie kürzlich zu Andres sagen hören:

„Er ist einfach noch nicht so weit, und ich hoffe, dass es noch eine Weile dauert, bis er das alles begreift."

Vieles wollte Jockel gar nicht begreifen. Manche der Einträge ängstigten ihn, und oft dachte er, wie entsetzlich Bettis Leben gewesen sein musste, und wie groß ihre Furcht. Vielleicht war sie nun glücklicher auf seinem Kopf, auch wenn ihm dieser immer schwerer wurde. Er hatte im Wald das Gerippe eines Hasen gesehen und sich vorgestellt, wie Bettis Gerippe nun in dieser Holzkiste unter der Erde lag. Ein entsetzlicher Gedanke! Wo waren die Gefühle des Hasen? War es denn bei Menschen anders als bei Tieren? Er wusste, wie Tiere leiden oder sich freuen können. Sie hatten Hunger und Durst wie die Menschen. So wie die Menschen nahmen sie Nahrung zu sich und schieden ebenso aus. Wenn sie sich verletzten, empfanden sie Schmerz. Aus ihren Wunden strömte Blut derselben Farbe wie der seines eigenen Blutes. Er stellte sich tausend Fragen, deren Beantwortung er als nicht möglich erachtete und die zu stellen, ihm bereits Panik bereitete. Wozu lebte man denn? Welchen Sinn hatte das Leben und warum ging es eines Tages zu Ende? Warum wurde ein Mensch geboren? Warum war Betti geboren worden, wenn sie so früh wieder hatte gehen müssen? Er dachte, ihre Mutter wäre schuld an ihrem Tod; denn wenn sie sie nicht geboren hätte, wäre sie auch nicht gestorben. Auch hätte sie dann nicht all die Jahre so leiden müssen. Jockel dachte an die Träume, die Betti beschrieben hatte, und er dachte an ihre Ängste. Woher kam die Angst? Woher kam ihre furchtbare Trauer? Jockel sah nicht den geringsten Sinn in ihrem Tod und begann, den Sinn des Lebens, auch des eigenen, anzuzweifeln.

Lore machte sich Sorgen um ihn. Anfangs dachte sie, er bräuchte nur etwas Zeit, um den Schmerz des Verlustes und seine erste, bewusst erlebte Konfrontation mit dem Tod seelisch zu verarbeiten, doch nun hatte sie den Eindruck, dass es ihm zusehends schlechter ging und er, je mehr Zeit verstrich, desto niedergeschlagener wurde. Lore war für ihn da. Sie beantwortete seine Fragen und sie liebte ihn, da er so schwer litt, fast noch inniger als zuvor. Doch spürte sie, wie er sich allmählich immer mehr zurückzog, als wollte er in sich selbst hineinkriechen. Eines Tages beobachtete sie, wie er in der Bibliothek saß und Bettis Buch las. Er hörte sie eintreten und sah nicht auf. Als sie ihn ansprach, schluchzte er kurz auf und sagte dann:

„Es wird nie mehr so werden, wie es früher war. Alles ist so leer auf einmal."

Da setzte sich Lore neben ihn in den Sessel, in dem er dereinst neben Betti gesessen hatte und zog ihn auf ihren Schoß. Sie umarmte und wiegte ihn wie ein Baby. Und er ließ seinen Tränen freien Lauf.

49

Nachdem Lore eine Waschmaschine angeschafft hatte, hatte Maxl die Waschküche im Untergeschoss hinter dem Treppenaufgang mit Wänden unterteilt und aus dem großen Raum drei gemacht. In den Holzbottichen und Zubern, in denen zuvor die Wäsche bearbeitet worden war, wusch und zerstampfte er nun die Früchte, um Wein, Most und Hochprozentiges entstehen zu lassen. Selbst den Kochkessel, der auf einen Spezialofen aufgesetzt und durch dessen schmiedeeiserne Klappe mit Holz und Koks beheizt wurde, benutzte er, um Säfte zu erhitzen und Gefäße zu sterilisieren. Der Waschraum war nun der kleinste der drei Kammern. Hier stand neben der Waschmaschine lediglich eine kleine Schleuder, und in der Ecke mit dem Waschbecken ein länglicher Tisch, der auch vorher schon da gestanden hatte. Unter der niedrigen Zimmerdecke waren Leinen von Wand zu Wand gespannt, um an Regentagen und im Winter die Wäsche aufzuhängen. Über dem Tisch war ein einfaches Regal angebracht, auf dem vom Bügeleisen bis zum Waschpulver sämtliche Utensilien standen, die zur Wäschepflege benötigt wurden. Daneben hingen an Mauerhaken die alten Waschbretter, die nicht mehr benutzt wurden, ein Bügelbrett, das bei Bedarf ausgeklappt wurde, und zwei verschieden große Ärmelbretter. Die Meiergoblerin kam zweimal in der Woche, um bei der Hausarbeit zu helfen, und vor allem, um zu bügeln, eine Arbeit, die Lore hasste. Im hintersten und größten Raum hatte Maxl nach seinem Umzug ins Forsthaus seine Werkstatt eingerichtet. Von hier aus führte eine Tür in den Wirtschaftshof, die Tür hatte er verbreitert, um das neben dem Haus gestapelte Holz mit Hilfe eines Flaschenzugs bequemer in seinen Arbeitsraum hieven zu können. An der hinteren Wand unter dem Fenster stand eine lange Werkbank, in der Mitte des Raumes die Tischkreissäge und an der linken Seitenwand eine Bandsäge. Auf diese Maschinen, die er beide selbst konstruiert hatte, war er stolz, und eines seiner zahlreichen Hobbys war es, aus den Baumstämmen, Bretter zu schneiden, zu hobeln, zu schleifen und zu Möbeln, Hausrat und Gattern weiterzuverarbeiten. Im Keller hatte er Regale für die Winteräpfel und späten Birnen gebaut, die nach der Ernte einzeln nebeneinandergelegt werden mussten. Damit sie nicht faulten, hatten sie von unten Luft zu bekommen und durften nicht flächig aufliegen. Anstelle von Brettern hatte Maxl die Regalwände mit dünnen Stäben verbunden und jeden einzelnen in den Seitenwänden verzapft. Auch Weinregale hatte er gezimmert und anstelle der Stäbe senkrecht aufgestellte Bretter eingepasst, in die er unterschiedliche Auskerbungen für Flaschenhals und -korpus eingeschnitten hatte. Hier lagen, in einzelne Fächer sortiert, diverse Traubensorten und Jahrgänge unterschiedlichster Herkunftsregion und Qualität. Andres und Lore tranken gern einen guten Wein. Während Lore Wein und Sekt aus Frankreich bevorzugte, sprach Andres mehr dem Frankenwein zu, der hauptsächlich im etwa hundert Kilometer entfernten Maintal angebaut wurde. Maxl trank lieber das bayrische Bier und seinen von ihm selbst in der Waschküche, die er seine Giftküche nannte, gekelterten Apfelwein sowie den halb vergorenen Apfelmost. Der Keller war eine Felsenhöhle unter dem Haus, die über einen Zugang von außen verfügte. Winter wie Sommer herrschte in dem Gewölbe stets die gleiche Temperatur von etwa zwölf Grad, eine ideale Voraussetzung zur Weinlagerung. Über eine steile Sandsteintreppe gelangte man hinunter zu der schweren Tür aus Eichenholz, aus der, sobald sie geöffnet wurde, ein betörender Apfelgeruch strömte. Der war so stark, dass er den Geruch der Kartoffeln aus dem Höhlenraum daneben überbot. Erst nachdem man über die Fortsetzung der Außentreppe nach hinunter gelangt war auf den Grund der Höhle, konnte man die Gerüche unterscheiden. Im Kartoffelkeller hatte Maxl mehrere Kisten aus Holzlatten gebaut, in die durch eine Kellerluke die Knollen über eine ebenfalls von Maxl gezimmerte Rutsche geschüttet wurden. Auch einen Kohlenkeller gab es, doch dieser war ebenerdig und kein richtiger Keller. Er befand sich neben der Werkstatt und war gleichzeitig der Heizraum für das gesamte Forsthaus. Hier wurde im Winter das Wasser im großen Kessel erhitzt und dann durch ein Rohrsystem in die gusseisernen Heizkörper in den einzelnen Räumen geleitet.

Maxls selbst geschreinerte Möbel waren funktional, so einfach wie möglich gearbeitet, lediglich satt mit reinem Bienenwachs eingerieben, was ihnen einen feinen, matten Glanz verlieh, und sie strömten einen Duft aus, der das ganze Haus erfüllte. Auch das Mobiliar in Jockels Zimmer sowie die Einrichtung in Lores neuem Arbeitsraum und dessen geölte Fußbodendielen waren sein Werk. Der Wald war Staatsforst, der Ertrag, den die Stämme einbrachten, floss in die Kassen des Freistaats Bayern. Doch jedes Mal, wenn gerodet wurde, suchte Maxl sich einen Stamm aus, den er mit der Genehmigung der Forstverwaltungsbehörde behalten und verarbeiten durfte. Er half, ihn zu fällen, auf einen Rost von quer liegenden dünneren Stämmen zu legen, damit er von unten her Luft bekam und nicht verrottete, und schälte und wässerte ihn, damit er nicht zu schnell austrocknete und Risse bekam. Äste, Zweige und für die Schreinerei weniger brauchbares Holz, das noch in großen Mengen übrig blieb, wurde in kleinere Stücke zersägt, auf einem alten Baumstumpf mit der Axt kleingehackt und als Kaminholz für den Winter aufgeschichtet.

50

Neben Maxl war die Meiergoblerin die wichtigste Helferin im Forsthaus. Sie besaß einen kleinen Bauernhof in der Nähe und verdiente sich ihren Lebensunterhalt damit, dass sie die Erzeugnisse aus ihrer Landwirtschaft verkaufte und im Forsthaus zur Hand ging. Sie sammelte Blaubeeren, Preiselbeeren, wilde Himbeeren und Brombeeren und ging damit von Haus zu Haus, um sie zu verkaufen. Auch Pilze, die sie besser kannte als irgendjemand sonst im Dorf, sammelte sie. Dann stellte sie eine Waage auf den alten Holztisch in ihrem Hof, daneben die Körbe mit den Pilzen, und verkaufte auch diese. Wenn jemand selbst Pilze suchen war, besuchte er zunächst die Meiergoblerin, um die Unbedenklichkeit seiner Beute überprüfen zu lassen. Wenn sie einen Pilz einwandfrei genießbar fand, dann war er es; darauf konnte man sich hundertprozentig verlassen. Wie alle Menschen hatte sie an Jockel einen Narren gefressen. Auch ihr Mann hatte Jakob geheißen, was zunächst Jockel und dem regionalen Dialekt gemäß allmählich zu Gobel geworden war. Ihren Vornamen kannte in der Gegend kaum jemand. Viele erfuhren erst als sie etliche Jahre später beerdigt wurde, dass sie Maria geheißen hatte. Nur Lore hatte sie nach ihrem Namen gefragt und nannte sie Marie oder liebevoll Marie-Chérie, denn sie schätzte die Frau sehr. Sprach man jedoch ansonsten mit ihr, war sie die Frau Meier, und sprach man über sie, war sie die Meiergoblerin. Lange Jahre war sie die älteste Frau weit und breit.

Klein, drahtig und rüstig, tat sie ihre schwere Arbeit bis ins hohe Alter. Sie starb schließlich mit einhundertundvier Jahren beim Stallausmisten. Sie stach mit der Gabel in den Mist, warf ihn auf die Karre, steckte mit einem Ruck die Gabel hinein, um sie abzustellen, zog ein Taschentuch aus der Tasche, schnäuzte sich und verschied. Doch das war seinerzeit noch lange hin. Als Betti starb war die Meiergoblerin gerade mal dreiundachtzig. Jeden Dienstag und jeden Freitag, manchmal auch samstags, wenn sie am Tag zuvor mit der Arbeit nicht fertig geworden war, radelte sie ins Forsthaus, um dort zu waschen, zu putzen, zu bügeln und alles andere, was im Haushalt anstand, zu verrichten. Ihr Tag begann mit dem ersten Hahnenschrei, und bis auf ein zehnminütiges Nickerchen nach dem Mittagessen, das sie stets auf die Minute genau um Punkt zwölf Uhr einnahm, hatte er mehr als fünfzehn Arbeitsstunden. Sie aß wenig und trank sehr viel Wasser. Beständig trug sie eine Flasche in der aufgesetzten Tasche ihrer schwarzen Kittelschürze, die sie bei Bedarf mit Wasser aus dem Kran füllte. Dies war Grund genug für manche vorlaute Kinder, sie „Känguru" zu rufen, was sie allerdings nicht im geringsten anfocht.

„Na, wenn sonst nichts ist. Ein Känguru ist ein anständiges Tier", entgegnete sie selbstbewusst und lachte. „Ich habe schon ganz andere Dreckspatzen tschilpen hören."

Abends trank sie gerne ein Glas Wein und war auch Maxls Waldgeist gegenüber nicht abgeneigt. Oft ging sie mit Maxl in die Beeren. Mit ihrem alten Hopfenkorb, einer sogenannten „Strenze", die sie sich mit einem breiten Ledergurt über die Schulter warf, stapfte sie ihm voran durchs Gebüsch und wurde oft ungeduldig, wenn ihr der fünf Jahre jüngere Freund zu langsam war. Sie hatte den Hof, einen armen Tagelöhnerhof, von ihrem Vater geerbt. Ihre Kindheit verlief in bitterster Armut. Der Ertrag aus der Landwirtschaft hatte gerade mal ausgereicht, um eine Kuh, ein Pferd und etwas Geflügel zu halten, und oft hatte es nicht gereicht, um das wenige für den eigenen Lebensunterhalt heranzuschaffen. Maria konnte kaum lesen und schreiben. Doch war sie nicht dumm. Ihre Mutter war an Tetanus gestorben, als sie fünf gewesen war, ihr Vater war daraufhin in Schwermut gefallen, sodass sie zwangsläufig eher für ihn als er für sie zu sorgen hatte. Wenn andere Kinder spielten, musste sie die Gänse hüten, dem Gaul die Hufe sauberkratzen, Stroh aufschütten oder das Haus besorgen.

„Ich war schon mit zehn der einzige Mann im Haus", sagte sie stets.

Bald hatte ihr Vater nur noch vor sich hin gestarrt, alles über sich ergehen lassen und mit keiner Menschenseele mehr, selbst mit seinem einzigen Kind, auch nur ein Wort gesprochen. Schließlich hatte sie ihn sogar füttern müssen, um ihn vor dem Verhungern zu bewahren. Dies hatte sie mit sehr viel Geduld getan, denn sie hatte ihren Vater stets geliebt und sich nie beklagt. Gobel war als Knecht auf den Hof gekommen und geblieben.

Die Leute erzählten sich zahlreiche Geschichten über den Mut der Meiergoblerin und ihre Zivilcourage. Als beispielsweise eine Horde von Nazis in ihren Hof gestürmt war, um gegen ihren Jakob, dessen Vater Jude gewesen war, vorzugehen, hatte sie sich mit der erhobenen Mistgabel vor die Haustür gestellt und gebrüllt:

„Traut euch ruhig rein, wenn ihr aufgespießt werden wollt, ihr Banditen!"

Da zogen die wieder ab und kamen nie wieder. Die Meiergoblerin kannte jede Pflanze und deren Wirkung. Sie vertraute auf die heilenden Kräfte der Natur und auf die Heilkraft des Wassers. Oft kamen die Leute zu ihr, wenn sie krank waren, und selbst Willi Haselbeck beriet sich mit ihr, wenn er nicht mehr weiterwusste. Vieles von dem, was er therapeutisch anwendete, hatte er bei ihr gelernt und nicht an der Universität.

51

Mittlerweile waren schon fast zwei Jahre vergangen, seit Betti im Waldsee ertrunken war. Eva Berger und Willi Haselbeck hatten in der Wallfahrtskirche von Gößweinstein geheiratet und waren, da Osterferien waren, am nächsten Tag nach Frankreich aufgebrochen, um bei Lores Mutter in der Provence ein paar Tage Urlaub zu genießen.

Lore und Andres waren immer noch verlobt. Nicht, weil sie der Ehe misstrauten – an ihrer Lebenssituation hätte sich ohnedies nichts geändert – sondern einzig aus Gründen der Organisation. Es gab vieles zu erledigen, und immer wieder scheiterte es an der Langsamkeit der Behörden zwischen Frankreich und Deutschland, denn Lore hatte nie die deutsche Staatsangehörigkeit beantragt, und niemand hatte sie je danach gefragt. Sie hatte es aufgegeben, die Sache, die sie und Andres ohnedies so wenig aufwändig wie möglich durchziehen wollten, zu beschleunigen. Sie stellte die Anträge und ließ den Dingen ihren Lauf. Schließlich hatten sie es nicht eilig. Zwei Tage bevor die Osterferien zu Ende gingen, brach beim Aufstieg auf den Hochsitz unter Jockels Fuß eine morsche Leitersprosse in der Mitte durch, und er stürzte fast drei Meter tief auf den Waldboden. Dabei verletzte er sich das Knie. Lore sah durch das Küchenfenster wie Maxl ihn zum Forsthaus trug, warf ihre Geräte auf den Tisch, wischte sich die Hände an der Schürze ab und rannte ihnen entgegen.

„*Mon bébé!*", schrie sie. „Was ist passiert?"

Schlagartig drängte sich ihr die Erinnerung an jenen entsetzlichen Sommertag auf, den sie seither erfolglos versuchte zu vergessen. Unauslöschlich in ihr Gedächtnis eingebrannt, würde sie diese Bilder wohl niemals loswerden. Wie schnell der Tod gekommen war, wie rasch ein glücklicher Moment von Grauen und Verzweiflung abgelöst werden konnte, als hätte es ihn nie gegeben. Wie leblos die Beine ihres Lieblings über die angewinkelten Arme des alten Mannes hingen! Hatte nicht in Bettis Gesicht ein ganz ähnlicher Ausdruck von friedlicher Starrheit gelegen, als die Sanitäter sie auf die Bahre gehoben und zum Ambulanzfahrzeug getragen hatten? Niemals würde sie diesen Ausdruck vergessen können. Da schlug Jockel die Augen auf und lächelte sie an. Nein, er war nicht tot. Er nicht. Auch ohnmächtig war er nicht; er hatte lediglich die Lider geschlossen wegen der Sonne, die ihm direkt auf das Gesicht schien. Lore nahm ihn vorsichtig aus den Armen des alten Mannes entgegen und trug ihn, sein Gesicht beständig mit Küssen bedeckend, zum Haus.

„Ist doch gar nichts passiert, Lore. Ich bin von der Leiter am Hochsitz gefallen und habe mir am Knie weh getan. Der Maxl hat gesagt, besser, wenn ich nicht laufe. Das ist alles", beruhigte er sie und ertrug die seiner Meinung nach übertriebenen Zärtlichkeitsbekundungen, deren er sich allerdings nicht erwehren konnte.

„He, Lore, ich bin doch nicht tot!"

„*Mon bébé,* was machst du nur für Sachen? Deiner armen Lorraine so eine Angst einzujagen!"

Sie versuchte zu lachen, doch noch immer hatte sie den Schreck nicht überwunden. Tränen liefen ihr über das Gesicht und ließen sich nicht aufhalten. Darüber musste sie lachen, und Weinen und Lachen vermischten sich und wurden eins. Er war nicht tot. Die Verletzung war unspektakulär. Jockel hatte großes Glück bei seinem Sturz gehabt. Als er später auf dem kleinen Sofa in der Küche lag und Lore beim Möhrenschaben zusah, kam Willi, untersuchte sein Bein, legte einen Stützverband an und versicherte ihm, dass er spätestens in einer Woche nichts mehr spüren würde. Der Knochen sei nicht gebrochen, allenfalls eine Stauchung, die zwar schmerzhaft, doch nicht halb so langwierig bei der Heilung sei wie ein Bruch. Allerdings dürfe er in den nächsten Tagen das Bein nicht belasten, er müsse es hochlegen und so wenig wie möglich bewegen. Auch mit dem Schulbesuch solle er so lange warten, bis er keinen Schmerz mehr verspüre.

52

Jockel wurde die Zeit zunächst nicht lang. Eine Weile genoss er es sogar, auf dem Küchendiwan zu liegen, Lore beim Kochen und Backen zuzusehen oder sich von ihr vorlesen zu lassen. Er half ihr, das Gemüse zu schälen, Eier aufzuschlagen, Früchte zu schneiden und vieles mehr. Manchmal nahm er ein Buch und las. Wenn der Bote morgens die Zeitung brachte, las er ihr daraus vor. Auch im Schreiben hatte er große Fortschritte gemacht und eine Kladde mit linierten Blättern zu seinem Tagebuch gemacht, genau wie Betti. Allerdings hielt er seine Eintragungen niemals geheim. Jedes Wort trug er sowohl Lore als auch Andres vor, sobald er etwas geschrieben hatte. Oft las er immer wieder, bis inklusive Maxl und der Meiergoblerin ein jeder im Haus Jockels Buch auswendig kannte. Jockel hatte keine Geheimnisse. Auch Willi, der täglich bei ihm vorbeisah, und Eva mussten sich seine Aufzeichnungen mehrfach anhören, so stolz war er darauf. Er eiferte Betti nach, wollte ihr gefallen und ihr nah sein. Er war davon überzeugt, dass ihre Seele auf seinem Kopf mit ihm durchs Leben ging. Wenn die Sonne schien, wurde Jockel in den Liegestuhl vor dem Haus gebettet, wo sein Bein steif ausgestreckt auf der Fußablage liegen konnte. Und Lore versuchte weitgehend, ihre Hausarbeit draußen auf der Terrasse vor der Küche zu erledigen. Zum einen wollte sie sicher sein, dass er nicht aufstand, zum anderen gefiel es ihr, in seiner Nähe zu sein. Sie war besorgt um ihn. Es war das erste Mal in all den Jahren, dass er ernsthaft ans Bett gefesselt war, denn Jockel war nie wirklich krank gewesen. Ab und an ein leichter Schnupfen oder Schluckbeschwerden, die zumeist am nächsten Tag schon wieder von alleine oder mit der Hilfe eines starken Kräutertees verschwunden waren. Auch war er geschickt in seinen Bewegungen und ein guter Sportler, sodass er sich bis auf geringfügige Blessuren bislang keine Verletzungen zugezogen hatte. Nach etwa einer Woche war er beinahe schmerzfrei. Er verspürte das dringende Bedürfnis, sich zu bewegen, hinauszugehen in den Wald, ein erstes Bad im See zu nehmen oder mit dem Boot hinauszurudern, sich treiben zu lassen, die Fische zu beobachten oder einfach nur vor sich hin zu träumen. Und noch eine Woche später brachte Lore ihn morgens zur Schule und holte ihn mittags wieder ab. Er schien die Verletzung überstanden zu haben. Maxl war erleichtert. Er sah es als seine Aufgabe an, die Leitern zu den Hochsitzen sowie Steg und Geländer am See, die Futterkrippen, Geräteschuppen und Vorratshütten zu inspizieren und gegebenenfalls instand zu setzen. Er fühlte sich schuldig an Jockels Sturz und mochte sich gar nicht ausdenken, was hätte passieren können. Wie leicht hätte das Kind sich die Wirbelsäule brechen können. Solange er lebte, würde er den Moment nicht mehr vergessen, als er das Geräusch des aufschlagenden Körpers hörte. Er hatte sich umgedreht und Jockel nicht mehr gesehen. Ungeachtet seines Alters und der quer über den Weg verlaufenden Baumwurzeln war er zurückgerannt und hatte Jockel schließlich gefunden. Sein Körper war leicht verdreht gewesen. Doch hatte er noch genauso dagelegen, wie er unten aufgeschlagen war; denn er war noch ein wenig benommen gewesen. Der erste Gedanke, der dem alten Mann hell durch den Kopf geschossen war: „Tot!" Jetzt auch er, der Kleine, sein Liebling. Und er selbst, Maxl, trüge die Schuld. Auch an Bettis Tod gab er sich die Schuld. Schließlich hatte er den See angelegt. Um Nistplätze für seltene Vögel zu schaffen, hatte er Menschenleben riskiert. Was waren schon ein paar Rohrdommeln und Haubentaucher gegen ein kleines Mädchen, das noch so viel hätte erleben können, das begabter gewesen war als jedes andere Kind. Wer weiß, was aus ihr noch hätte werden können, wenn er nicht den verflixten Weiher hätte ausheben lassen. Und nun auch noch Jockel! Maxl hatte sich zu ihm hinuntergebeugt, gesehen, wie er die Augen geöffnet und gegen die Sonne geblinzelt hatte. Erleichtert hatte er sein Lächeln erwidert.

„Nichts passiert, Maxl, Glück gehabt, uff!"

Als Maxl ihm beim Aufstehen hatte helfen wollen, hatte Jockel vor Schmerz aufgeheult. Da hatte er ihn hochgehoben und nach Hause getragen, als wöge er nichts gegen die Schuldgefühle in seiner Brust.

53

Am ersten Schultag nach seiner Zwangspause hatten die Kinder ihm einen großen Empfang bereitet. Mit Kakao, Limonade und Kuchen, die Eva unter Lores Anweisung und mit Hilfe der gesamten Klasse zubereitet hatte. Den Unterrichtsraum hatten sie mit Luftballons und Girlanden geschmückt. Statt Rechnen und Schreiben stand Feiern auf dem Stundenplan. Die Kinder erzählten einander pantomimisch, was sie in den Ferien erlebt hatten. Auch Eva spielte ihre Hochzeit und die Reise nach Frankreich vor, und die Kinder mussten raten, was es war, und errieten auf Anhieb alles richtig, da sie natürlich längst Bescheid wussten. In einer so kleinen Ortschaft gab es keine Geheimnisse. Die meisten Kinder waren zu Hause geblieben; eine Urlaubsreise war für eine normale Familie unerschwinglich. Außerdem waren die Osterferien nicht halb so lang und nicht halb so wichtig wie die großen Ferien im Sommer, für die das ganze Jahr gespart wurde. Doch war es heuer bereits im März so heiß gewesen, dass das Freibad ausnahmsweise einen Monat früher geöffnet hatte. Die meisten Kinder waren also häufig schwimmen gewesen. Lydia hatte Freischwimmer gemacht. Veronika hatte ihre Großmutter auf dem Bauernhof besucht und Karin hatte viel Zeit mit ihrer Tante aus Amerika und den beiden Cousinen verbracht, die Karins Oma, die Heringsbraterin, und Johnny, den Sohn und großen Bruder, besuchten. Ihr Vater war nach einem Raubüberfall in Untersuchungshaft genommen worden, und Karin war glücklich, eine Zeit ohne Schläge erlebt zu haben. Dementsprechend war sie ausgeglichener und weniger aggressiv als sonst. Auch Jockel meldete sich, um seine Erlebnisse vorzuführen. Er zeigte den Gang durch den Wald, markierte mit seinen beiden Daumen und Zeigefingern das Fernglas vor seinen Augen und krümmte sich auf dem Boden zusammen, um den Sturz darzustellen. Dann legte er sein Bein hoch und simulierte Wohlergehen, indem er sich zurücklehnte und sich mit imaginären Leckereien bediente, die in Reichweite um ihn herum aufgebaut schienen. Danach spielten alle Kinder gemeinsam die Reise nach Jerusalem und machten in Gruppen zu jeweils vier bis fünf Kindern ein Turnier „Siebzehn und Vier", dessen Gewinner neue Gruppen bildeten, bis ein Gewinner übrig blieb. An diesem Tag machte die Schule auch den weniger guten Schülern Spaß. Als Jockel mittags von Lore abgeholt wurde, war er nachdenklich.

„Die Karin ist eigentlich in Ordnung", sagte er, während Lore ihm ins Auto half. „Sie sagt, ihr Vater ist im Knast."

„Das ist traurig." Lore strich ihm eine Locke aus der Stirn.

„Nein, sie findet es Klasse, weil er sie jetzt nicht mehr verprügeln kann."

„Tut er das denn?", fragte Lore und startete den Wagen.

„Und ob", antwortete Jockel. „Karin sagt, er poliert ihr die Fresse."

Lore schluckte.

„So nennt sie es?"

„Ja, die Fresse ist das Gesicht", belehrte er sie.

„Und das Polieren, meint sie sicher auch anders." Lore schüttelte den Kopf und lachte dann.

„Na klar. Sie meint, dass er sie haut. Richtig brutal, sagt die Karin."

„Das ist gemein", sagte Lore und nahm sich vor, mit Eva über das Kind zu reden. „Meinst du, wir sollten sie einladen?"

„Nein, die Karin hat andere Freunde. Ich muss immer daran denken, wie sie Betti verprügelt hat. Nur weil sie selber geschlagen wird, darf sie doch noch lange nicht die anderen schlagen. Die Betti hat gesagt, dass sie die ganze Klasse terrorisiert." Er schwieg eine Weile; dann sagte er:

„Die Kinder vom Erlanger haben immer noch eine Mordsangst vor ihr."

„Wenn jemand gedemütigt wird, versucht er andere zu demütigen. So funktionieren Kriege. Deshalb ist es auch so schwierig, Konflikte zu lösen, weil diejenigen, die angefangen haben, oft schon tot sind, und ihre Nachkommen gar nicht mehr wissen, woher die Feindschaft kommt. Sie ist einfach da, und wieder alle zu Freunden zu machen, ist sehr schwer, fast unmöglich."

„Aber die Betti hat nie jemanden gehauen", rief Jockel, „sie war eine Jenseitige."

Lore erinnerte sich. In Bettis Buch hatte gestanden:

Ich bin eine Jenseitige
Ihr erreicht mich nicht
lachen könnte ich mit euch Diesseitsgeborenen
doch ihr erreicht mich nicht.

Als Jockel die Stelle gelesen hatte, hatte er es nicht begriffen, und auch nach Lores Erklärung war es ihm verschlossen geblieben. Das war zumindest ihr Eindruck gewesen. Doch nun sagte er:

„Die Meiergoblerin hat gesagt, die Betti war nicht von dieser Welt."

54

Jockel veränderte sich. Es hatte eine Weile gedauert, bis er sich dem Wasser wieder nähern konnte, doch mittlerweile hatte er oft den regelrechten Drang, darin zu schwimmen, als wäre er dann mit Betti vereint. Wenn er im Boot lag, erinnerte er sich, wie sie darin gelegen hatte, die Augen für immer verschlossen. Hatte ihn lange Zeit das Grauen gepackt, wenn er das Boot nur gesehen hatte, so zog es ihn nun zu ihm hin. Er strich über die verwitterten Planken und sprach dabei mit Betti. Er glaubte zu spüren, wie er sie mit seiner Haut in sich aufnahm, und empfand eine tiefe innere Ruhe. Ja, sie war bei ihm, sie saß auf seinem Kopf. Daran gab es für ihn nun nicht den geringsten Zweifel mehr. Oft saß er auf dem Boden des Boots, den Rücken an die Sitzbank gelehnt, dachte an sie und schrieb in seine Kladde. Sie schien ihm dabei zu helfen. Mitunter vermischten sich seine Gedanken mit den ihren, die er aus ihrem Buch kannte; er begann mit ihren Worten zu schreiben und ihre Bilder zu benutzen. Er war wie besessen von dem Gedanken, sie beständig um sich zu wissen, und hielt zunehmend Selbstgespräche in normaler Lautstärke, ungeachtet der Situation, in der er sich gerade befand und wer zuhörte; denn er sprach ja mit ihr. Seine Umwelt reagierte zuerst mit Erstaunen und später mit Belustigung auf das, was Andres und Lore mit großer Besorgnis erfüllte. Es waren nicht so sehr die Veränderungen des Heranwachsens, denen ein junger Mensch naturgemäß unterliegt, es war eine tiefgreifende charakterliche Verwandlung, die langsam doch stetig vonstatten ging und von seiner Umwelt erst wahrgenommen wurde, als man in nichts mehr den „alten" Jockel wiedererkannte. Der Prozess fand im Verborgenen statt. Schon seit Bettis Tod war er oft in sich gekehrt und traurig gewesen, doch nun begann er, immer häufiger vor sich hin zu starren und sich mehr und mehr zurückzuziehen. Hatte er zuvor meist im

Mittelpunkt gestanden, so isolierte er sich nun zusehends, bis seine Schulkameraden im Laufe der Zeit das Interesse an ihm verloren, was er weder groß bemerkte noch ihn zu bekümmern schien. Es war die Meiergoblerin, die eines Tages die Geschwulst an seinem Knie entdeckte. Noch immer hinkte er leicht und war nicht in der Lage, das Gelenk vollständig zu beugen. Dies war nicht ungewöhnlich; der Heilungsprozess war gut verlaufen. Auch schien ihm die Geschwulst keine Schmerzen zu bereiten, weshalb sie zunächst übersehen wurde. Die Meiergoblerin kam in dieser Zeit jeden Morgen, um die täglich anfallende Hausarbeit zu erledigen, denn Lore musste das Manuskript für ihr neues Kochbuch fertigstellen und war damit und mit der Zubereitung der Speisen, die sie sich nicht abnehmen ließ, voll ausgelastet. Doch ließ sie sich gerne dabei von Jockel und besonders von Marie helfen. Ihr entging nicht der besorgte, prüfende Blick, mit dem die alte Frau Jockel betrachtete, und auch sie spürte, dass mit ihm etwas nicht in Ordnung war. Seine zunehmende Teilnahmslosigkeit erschreckte sie, und wenn er ab und an vor sich hin seufzte, durchfuhr sie die Angst.

„Zeig mir mal dein Knie, Kleiner!", sagte die Meiergoblerin und krempelte kurzerhand sein Hosenbein hoch. „Seit wann hast du den Knubbel da?", fragte sie und betastete vorsichtig die kleine Erhebung, die wie ein Bremsenstich am unteren äußeren Rand der rechten Kniescheibe zu sehen war.

„Weiß nicht, habe ich noch gar nicht gemerkt", sagte Jockel.

„Hat dich da was gestochen?", wollte sie wissen. „Juckt's?"

„Juckt nicht, tut auch nicht weh", antwortete er, und sie lachte, gab ihm einen Nasenstüber und sagte:

„Dann schau gefälligst nicht wie ein eingelegter Hering."

Da lachte auch er, und sie ließ es dabei bewenden. Lore jedoch war alarmiert. Als die Meiergoblerin am nächsten Tag zur Arbeit ins Forsthaus kam, zog sie aus ihrer Bauchtasche einen verschlossenen Steinguttopf und stellte ihn mit bedeutungsvoller Miene auf den Küchentisch.

„Marias Wundermittel", sagte sie, „heilt alle Wunden und macht schön und beinahe unsterblich! Wenn das nicht hilft, hilft gar nichts mehr; und dann gut' Nacht, Marie!"

Sie hob den Deckel ab und ließ Lore an der undefinierbar bräunlichen Paste schnuppern. Sie roch tranig wie ausgelassenes Rinderfett, und Rinderfett war auch die Grundsubstanz.

„Rindstalg, Steinwurz, Angelikawurzel, Ringelblumen und Salbei", versicherte die Meiergoblerin, „gekocht, zerstampft und zerstoßen und dann mit dem Fett vermischt. Heilt fast alles, was zu heilen geht!"

Lore wagte nicht zu fragen, was damit geheilt werden sollte, doch als sie mittags Jockel aus der Schule abgeholt hatte, forderte die Meiergoblerin ihn auf, die lange Hose auszuziehen und sich auf den Diwan zu legen. Dann bestrich sie sein Knie mit der Salbe, wickelte ein mit heißem Kamillentee getränktes Tuch darum, schlug ein Handtuch darüber und deckte ihn mit einer wollenen Decke zu. Und als Lore das Mittagessen vor ihn hinstellte, war er tief und fest eingeschlafen und wachte erst am späten Nachmittag wieder auf.

55

Doch Jockels Knie heilte nicht. Die Geschwulst wurde größer, brach auf und schmerzte mittlerweile auch. Willi überwies ihn in die Universitätsklinik nach Erlangen, da er als praktischer Arzt weder über das Wissen noch die Erfahrung, geschweige denn die medizinischen Mittel verfügte, um die Sache definitiv zu klären. Außerdem hatte er einen schrecklichen Verdacht und hoffte inständig, dass dieser sich nicht bestätigte. Lore und Andres brachten Jockel in die Klinik, wo er zunächst nur ambulant untersucht werden sollte. Doch nach der ersten Untersuchung bat der Arzt sie in sein Sprechzimmer, erklärte ihnen, dass das Kind zunächst einige Tage stationär beobachtet werden sollte; danach sähe man weiter. Sie kauften in der Stadt die nötigsten Toilettenutensilien, zwei Schlafanzüge, einen Bademantel, Hausschuhe und alles andere, was Jockel für ein paar Tage im Krankenhaus benötigte. Später saßen sie vor seinem Bett auf der Kinderstation, wagten kaum die anderen kleinen Patienten zu betrachten, deren Betten mit bunten Bildern geschmückt waren, und in deren Welt für eine Weile ihr Kind gehören würde. Sie versuchten mit Jockel zu scherzen, versprachen, ihn so bald als möglich nach Hause zu holen, und registrierten erschrocken, wie krank und matt er sich in den Kissen ausnahm. Lag es an der sterilen Weiße der Kissen oder war er wirklich kränker, als sie dachten. Die Untersuchung hatte ihn so stark mitgenommen, dass er bald einschlief. Als Lore und Andres sich über ihn beugten, um ihm einen Abschiedskuss auf die Stirn zu drücken, merkte er es nicht mehr. Still fuhren sie nach Hause und verbrachten den Rest des Tages schweigend, als könnte jedes Wort ein Unglück heraufbeschwören. Am nächsten Morgen brachen sie früh auf, um Jockel seine Kladde und einige persönliche Dinge zu bringen. Als sie den Flur entlanggingen, kam ihnen die Stationsschwester entgegen, sagte ihnen, dass Jockel bereits bei der Untersuchung sei, und bat sie hinterher zum Gespräch mit dem Chefarzt. Die Diagnose lautete: Knochenkrebs im fortgeschrittenen Stadium.

Zweiter Teil

Das weiße Licht

1

Als es klingelte, ging sie zur Tür und versuchte, mit der Hand die Augen vor dem gleißenden Tageslicht beschirmend, ihr Gegenüber zu erkennen. Es dauerte eine Weile, bis sich in dem Gesicht Bekanntes von Fremdem löste, ein bräunlicher Fleck auf der blauen Iris, das minimale Blähen eines Nasenflügels, ein Zucken des beinahe wimpernlosen Lids und nicht zuletzt der leichte Aufwärtsschwung des linken Mundwinkels, der ein zaghaftes Lächeln andeutete. Rechtsseitig war nicht die geringste Bewegung in diesem Gesicht wahrzunehmen. Der Mund hing schlaff herunter, ebenfalls das Wangenfleisch, und darüber schwamm in der Höhle ein totes Auge, das dennoch mit unbestechlicher Strenge zu blicken schien. Nun erkannte sie den Mann und presste sich die Hand vor den Mund, um den Schrei zu bannen. Er registrierte den Schrecken der Frau, die ihm da gegenüber stand. Wäre er seinem ersten Impuls gefolgt, hätte er sich wohl auf der Stelle umgedreht und wäre davongerannt. Die Stufen der schmalen Außentreppe, die er so mühsam erklommen hatte, waren steil und hatten ihm, der sich ohnedies mit dem Gehen schwertat, den Aufstieg nicht gerade erleichtert. Selten hatte er sich so elend gefühlt wie im Augenblick; und auch wenn er sich des unvorteilhaften Anblicks, den er bot, bewusst gewesen war, schmerzte ihn ihre Reaktion. Naturgemäß hatte auch sie sich verändert. Doch war sie noch immer eine reizvolle Frau und man ahnte ihre einstige Schönheit, die ihm allezeit ins Gedächtnis gebrannt war, seit sie ihn verlassen hatte.

Immer und immer wieder hatte er von dem Moment geträumt, in dem er sie endlich wiedersehen würde; sie in die Arme nehmen, sie küssen. Ein Traum, der ihm nun, da er vor ihr stand, fast absurd erschien. Sein anderes Augenlid zuckte plötzlich unaufhörlich, als wäre der Veitstanz hineingefahren, und eine Träne stahl sich darunter hervor. Sie sahen sich stumm an. Er hatte keine Ahnung gehabt, wie der erste Augenblick des Wiedersehens aussehen sollte; aber so hatte er ihn sich gewiss nicht vorgestellt. Da öffnete sie ihm die Tür und ließ ihn eintreten.

2

Es dauerte eine Weile, bis er sich an die Dunkelheit in dem Raum gewöhnt hatte und zunächst die Konturen und allmählich die Gegenstände erkennen konnte. Durch seinen Schlaganfall vor fünfzehn Jahren war sein rechtes Auge erblindet, während er linksseitig nicht das Geringste von seiner Sehkraft eingebüßt hatte. Dieser Umstand verlieh seinem Gesicht einen zugleich täppischen wie auch lauernden Ausdruck. Er hatte es sich angewöhnt, seinem Gegenüber das Gesicht seitlich zuzuwenden, was eine Schrägstellung des Auges sowie die Verlagerung der Pupille zur Folge hatte. Er war ein einsamer alter Mann, frühzeitig vergreist, und so fühlte er sich auch. Tatsächlich war er gerade mal Mitte sechzig. Der Schlag hatte ihn in einem einzigen Augenblick für Jahre in den Krankenstand versetzt und ihm ein vorzeitiges Rentnerdasein beschert. Die elf Jahre davor hatte er wie betäubt gelebt; ohne Freude, ohne Gefühlsregungen, ohne Liebe. Und wenn ihn die Erinnerung an ein vergangenes Glück überfallen hatte, hatte er zur Flasche gegriffen und sich berauscht, bis ein jeder Gedanke und jedwedes Sentiment in ihm abgesoffen war, als hätte er die Glut eines ehedem gewaltigen Feuers damit löschen wollen. Nach allem, was geschehen war, war sie von heute auf morgen einfach gegangen. Und doch hatte alles von ihr gesprochen. Jedes Kraut im Garten, jeder Stuhl, jedes Buch, die Anordnung sämtlicher Gegenstände im Haus, als warteten selbst die Dinge auf ihre Rückkehr. Lange noch wehte ihr Geruch nach frischen Äpfeln, Minze und Chypre durch die Räume, um ihn mit der Vorstellung zu quälen, sie könnte jeden Augenblick zur Tür hereintreten. Der Duft hing in Winkeln im Holz, in den Kissen und erzeugte Sehnsucht und Wut. Sie hatte kaum etwas mitgenommen. Einige Kleidungsstücke, wenige Bücher und die Geschenke, die er und das Kind ihr gemacht hatten, dessen erste Schreibversuche, die selbstgemalten Bilder, die Bastelarbeiten, in denen die Liebe zu ihr versiegelt war. Auf dem Küchentisch hatte ein Brief gelegen, nein, kein Brief; ein Blatt Papier, das er seither wie einen Schatz hütete.

Rapelle-toi, je t'aime pour toujours, mon amour, mon amour, hatte darauf gestanden; und darunter:

Je t'embrasse, Lorraine.

Daneben hatte ihr Verlobungsring gelegen. Er hatte laut aufgeschrien vor Schmerz, ohne zu merken, dass die alte Meiergoblerin hinter ihm gestanden hatte, bis sie seinen Arm berührt und ihn für einen Moment aus seinem Rausch erlöst hatte; denn sein Schmerz hatte jeglichen Gedanken aus seinem Hirn gepresst.

Nichts hatte er gelten lassen in diesem Moment als diesen Schmerz. Dann kam die Wut, und noch später hatte er sie verstanden und angefangen, nach ihr zu suchen. Als sie ihn verlassen hatte, war er neununddreißig und sie siebenunddreißig Jahre alt gewesen. Sie hätten zum damaligen Zeitpunkt noch Kinder bekommen können. Doch davon war nicht mehr die Rede gewesen. Wie hätte man nach Jockels Tod an ein anderes Kind denken können? Und doch hatte er sich gerade damals ein Kind mit ihr gewünscht und nicht gewagt, es ihr zu sagen.

Und jetzt endlich hatte er sie gefunden. Er versuchte, sich vorzustellen, wie sie früher ausgesehen hatte, doch gelang ihm dies nicht mehr. All die Jahre hatte er beständig ihr Bild vor Augen gehabt, wie es in seiner Erinnerung konserviert war.

Er saß ihr gegenüber und betrachtete sie verstohlen. Auch sie schien erloschen. Mager war sie und ihre bräunliche, früher straffe Haut hatte viel von ihrer Spannkraft verloren. Dennoch sah sie jünger aus, als sie tatsächlich war. Auch sie hatte die sechzig überschritten. Ihre Haare waren noch dicht im Gegensatz zu den seinen; auch wenn der Anteil an grauen Haaren in keinem Verhältnis mehr zu ihrer einstigen fast schwarzen Mähne stand. Ihre Bewegungen waren langsam und vorsichtig. Als sie sich erhob und eine Flasche Calvados von einem Regal und Gläser aus der Vitrine nahm, sah er ihren schmalen, leicht gebeugten Rücken. Sie schenkte ein, hob ihr Glas in seine Richtung und setzte es an die Lippen. Er tat das Gleiche und trank das Glas in einem Zug leer. Er spürte wie ihm der brennende Schnaps die Kehle hinunterrann und sich wie ein wohliges Feuer über seine Magenwände legte. Sie hatte nur genippt, doch hatte sie ihn über den Rand ihres Glases und ihrer auf die Nase gerutschten Brille hinweg beobachtet. Sie hatte die Gier gesehen, mit der er den Calvados in sich hineingeschüttet hatte.

Sie betrachtete ihn. Was für ein Elend! Er zitterte beständig, und wenn er den Kopf neigte, um sie, den Raum, die Welt um sich herum wahrzunehmen, sah er wie ein sterbendes Tier aus. Ja, das war es. So hatte die Katze geblickt, bevor sie starb. Lorraine hatte sie nicht sterben sehen, da Katzen sich verkriechen, wenn sie ihr Ende spüren; doch hatte sie ihr am Abend vor ihrem Tod eine Schüssel mit warmer Milch hingestellt, mit ihr geredet und sie gestreichelt. Müde und erschöpft hatte das Tier den nämlichen Blick gehabt wie nun er. Damals war Lorraine nicht überrascht gewesen, als ein Jagdgehilfe den Kadaver anderntags in der Scheune gefunden hatte. Jockel hatte zu dieser Zeit im Krankenhaus gelegen, und als er nach Hause kam, hatte er nicht mehr nach den Tieren gefragt. Wie genau sie sich an alles erinnerte. Wie ihre Zuversicht die Angst überwogen hatte, bis die Angst wieder schwerer wurde; dann kam die Hoffnung, die sich eine Weile mit panikartiger Verzweiflung die Waage hielt, deren Schale sich schließlich senkte. Der Schmerz wog schwer, und nichts als Schmerz blieb übrig von all dem Schönen, das sie erlebt hatten. Hatte zuvor die Liebe ihr Leben bestimmt, so war es gerade ihre Liebe, die sie um so mehr hatte leiden lassen. Sie hatten aufgegeben. Das Unheil war nicht mehr aufzuhalten gewesen. Es war, als sähe man zu, wie sich auf dem Gipfel eines verschneiten Berges zwei Kinder eine Schneeballschlacht liefern. Man empfindet Freude über ihre Ausgelassenheit. Dann kommt der Moment, in dem man ihnen gern zurufen würde: „Hört auf, sonst geschieht ein Unglück." Aber sie können nicht hören, setzen ihr Spiel fort, bis ein Schneeball den Abhang hinunterrollt und zur Lawine wird. Die Kinder stehen oben auf dem Berg und sehen der Lawine nach, die sie ausgelöst haben, ohne sie aufhalten zu können. Sie sehen ihr nach, sehen ihr Haus am Fuße des Berges und sehen, wie sich die anwachsenden Schneemassen darauf zuschieben. Noch ahnen die Menschen darin nichts von dem Unheil, das im nächsten Augenblick über sie hereinbrechen wird. Doch sind sie, egal welchen Alters, unabänderlich am Ende ihres Lebens angelangt. Sie sitzen am Kamin, rösten Kastanien im Feuer, machen Spiele, halten ein Glas Wein in der Hand, das ihnen im nächsten Moment aus der Hand gerissen wird; durch höhere Gewalt und zwei spielende Kinder. Bis zu welchem Zeitpunkt hätte das Unglück verhindert werden können? Was, wenn die beiden ihre Schneeballschlacht vorher beendet hätten, nach Hause gegangen wären, sich zu den Eltern an den Kamin gesetzt hätten und irgendwann zu Bett gegangen wären? Vielleicht wären andere Kinder auf den Berg gestiegen, um sich mit Schneebällen zu bewerfen, und die beiden wären ebenfalls in der Lawine umgekommen. Lorraine dachte oft darüber nach, wo der Schrecken seinen Anfang genommen hatte, war beim Urknall gelandet und sich gleichzeitig der Trivialität des Gedankens bewusst.

„Wir sind nicht tot. Noch sind wir Sterbende", sagte sie.

„Du warst nicht bei der Beerdigung deiner Mutter", sagte er.

„Ich habe nie einen anderen als dich geliebt", sagte sie.

3

„Der Traum war zu Ende, es gab nichts mehr, was es zu beschützen galt. Ich musste wieder zu mir selbst finden. Verstehst du das?"

Das verstand Andres sehr gut. Aber hatte sie sich denn gefunden? Er sah sich im Raum um. Als er sich dem zwischen Tannen versteckten Haus genähert hatte, war es ihm winzig vorgekommen. Von innen gesehen schien es aus einem einzigen riesengroßen Raum zu bestehen. Doch sah er eine seitliche Tür, die nicht so aussah, als führte sie nach draußen. Es gab also mehrere Zimmer in diesem Haus. Die Haustür führte ohne Diele direkt in die Wohnküche, an deren rechter Längsseite um die Ecke herum bis zum Eingang eine einfache Küchenzeile installiert war. Ein alter steinerner Ausguss, ein schwarzer Kohleherd mit einem blank polierten Messinggeländer darum herum, eine schmale, schwere Holzanrichte, eine Kredenz, deren Aufbau Flügeltüren mit geschliffenem Bleikristallglas hatte, hinter denen man Geschirr, Gläser und Steinguttöpfe sah. In der rechten hinteren Ecke des Raumes befand sich ein großer offener Kamin, in dem man stehen konnte und an dessen Seitenwänden Holzbänke angebracht waren wie in einem extra Raum. In seiner Mitte hing ein Kupferkessel an einer Kette. Darunter war ein schmiedeeiserner Rost, auf dem mehrere Töpfe und Pfannen gleichzeitig Platz hatten. Vom Ruß geschwärzte Gerätschaften, Kessel, Feuerzangen und dergleichen mehr, lehnten oder hingen an den Wänden hinter den Bänken, die in der Ecke in einem abgerundeten Winkel zusammenliefen. Davor stand eine ebenfalls runde Kaminplatte aus Gusseisen. Auf ihr sah man unter einem geschmiedeten Rosenbogen Frauen in langen Gewändern an einem Bach stehen und knien, während kleine dicke Engel Füllhörner mit Blumen über ihnen ausschütteten. Die Frauen reckten aus ölig schwarzer Nacht die rußigen Hände mit geöffneten Innenflächen nach oben, um die Blütengaben zu empfangen. Neben dem Kamin lief eine Treppenleiter auf einen hölzernen Etagenaufbau. Hinter der Holztreppe führte eine Tür in die anderen Zimmer. Der ganze Raum war mehr als sechs Meter hoch und ging bis zum Dach. Selbst unter dem hölzernen Zwischengeschoss hatte man eine Höhe von fast drei Metern. Alles war schlicht, unkompliziert, funktional und damit schön. So war sie immer gewesen. In dieser Beziehung hatte sie sich nicht geändert. Der große Tisch aus massiver, unbehandelter Eiche, darum herum sechs einfache Holzstühle. Der Fußboden war aus dunkel polierten Terracotta-Steinen zusammengefügt und gab dem Raum etwas Sakrales, kein unnötiger Gegenstand, kein Schmuck an den gekalkten Wänden, bis auf ein einziges Bild, beeinträchtigte die Schlichtheit. Das Bild in einem Glasrahmen hing hinter dem Tisch, und Andres meinte, das Herz müsste ihm stehen bleiben, als er es sich genauer ansah. Es war eine Collage aus Kinderzeichnungen, ersten Schreibversuchen und Bastelarbeiten. In der Mitte des Bildes prangte ein Brief, der mit zahlreichen Zeichnungen versehen war. Er begann mit

„Liebe Mama. Du bist meine Loremama, ich habe dich lieb."

Tränen trübten seinen Blick, sodass er nicht weiterlesen konnte. Auch wollte er es nicht; der Brief war an sie gerichtet. Er sah die krakelige Kinderschrift, sah die Bilder und erkannte ihn. Ja, das war er gewesen. Seine Bilder, seine gefalteten Schiffchen und Sternchen, seine Art zu schreiben. In jedem Millimeter Buntstift erschien ihm Jockels Gesicht, sein Lächeln, sein blondes Haar, das immer ein wenig nach Heu gerochen hatte.

Eine blonde Locke hing an einem Band in diesem Bild, daneben eine schwarze, von Lorraine vermutlich. Oft war Jockel eine Locke ins Gesicht gefallen, und er hatte sich angewöhnt, sie in ganz ähnlicher Weise wie Lore aus der Stirn zu blasen. Genau wie sie hatte er leicht nach oben geschielt, den Unterkiefer nach vorne geschoben und das widerspenstige Ding weggeblasen. Doch genau wie bei ihr war die Locke nach wenigen Augenblicken wieder hinuntergefallen, als hätte sie ein Eigenleben und Gefallen an diesem Spiel. Überhaupt war das Kind ihr immer ähnlicher geworden, und niemand hätte je daran gezweifelt, dass sie seine Mutter war, trotz der unterschiedlichen Haarfarbe. Und plötzlich stand ihm der Tod des Jungen vor Augen. Ein Bild, das ihn erdrosseln wollte. Er sah die feuchte Locke auf der schweißnassen Stirn liegen. Lore hatte ihn angelächelt, und er hatte versucht zurückzulächeln, ja, so war es gewesen. Lore strich ihm die Locke aus der Stirn. In der Langsamkeit ihrer Bewegung offenbarte sich die Zärtlichkeit. Diese Locke könnte es gewesen sein.

Mein Kind, dachte er, mein Kleiner, mein Schatz!

Er schämte sich nicht für seine Tränen. Die Zeit der Scham war vorbei. Lore stand auf und ging zum Herd, während er die Collage weiter betrachtete. Sie war eigentlich ein überdimensionaler Altar. Wie sehr musste sie ihn geliebt haben. Hätte sie ihn, den Vater, genauso geliebt, wäre sie vielleicht bei ihm geblieben. Das Kind war es gewesen, das die beiden zusammengebracht hatte. Das Kind war ihre Schraube gewesen, nicht die sexuelle Begierde, in dem Kind war ihre Liebe aufeinandergestoßen, in dem Kind hatten sie sich vereint. Und doch hatte er sie begehrt, und nachdem sie gegangen war, hatte er Leere gespürt, die sich allmählich mit Sehnen füllte. War er etwa eifersüchtig auf das Kind? Nein, er war verletzt gewesen. Nun war er ein alter Mann, und nichts lag ihm ferner als die Begierde, die er jahrelang mit sich geschleppt hatte. Auch nach dem Schlaganfall war kein Tag vergangen, an dem er nicht an Lore gedacht und sich gewünscht hatte, sie wäre bei ihm. Auch er bewahrte sämtliche Geschenke von Jockel auf und hütete sie als seinen größten Schatz. Nun verstand er. Das Objekt ihrer Liebe war einzig das Kind gewesen. Von sich selbst sah er nichts in diesem Raum. Wo bewahrte sie die Geschenke auf, die er ihr gemacht hatte? Er hatte den Ring, den sie ihm zum Abschied auf den Tisch gelegt hatte, in seiner Hosentasche. Den seinen trug er am Ringfinger der linken Hand. Er hatte ihn nie abgenommen. Nach dem Schlaganfall hatte seine Hand wie ein lebloses Tier an seinem Arm gehangen; auch der ein lebloses Geschöpf, das ihm nicht gehorchte. Hatte Lore nicht soeben gesagt, dass sie nie einen anderen Mann als ihn geliebt hatte? Verlässt man einen Menschen, den man liebt? Alle hatten ihn verlassen. Christine, das Kind und Lore. Doch Lore war nicht tot. Sie war freiwillig gegangen.

All die Jahre hatte er nur für diesen Augenblick gelebt. Niemand hatte gewusst, wohin sie geflohen war; denn geflohen war sie. Vor ihm. Nun, da er sie gefunden hatte, war er müde und erschöpft. Er bezweifelte den Sinn seiner Suche und er bezweifelte sogar die Realität seines Daseins. Er sah sie am Herd stehen wie früher, und plötzlich durchfuhr ihn ein Gefühl von Wärme, das er im nächsten Moment wieder unterdrückte. Nur nicht sentimental werden. Da drehte sie sich um und sagte:

„Ich habe nie aufgehört, dich zu lieben. Auch nachdem ich weggegangen war. Vielleicht bin ich deshalb gegangen. Ich habe ein neues Leben begonnen und lange daran geglaubt, dass es mir gelingen könnte, zu vergessen. Ich habe sämtliche Kontakte abgebrochen. Ich weiß, dass ich viele Menschen damit verletzt habe, sie mögen mir verzeihen. Aber ich habe mich getäuscht. Meine Verzweiflung ist mir gefolgt, denn ich hatte diese Bilder von Jockel, ich musste sie einfach behalten, und je mehr ich versuchte, mich zu entfernen, desto näher kam ich heran. Aber bis heute konnte ich mit niemandem reden, der mich verstanden hätte. Wenn du gehst, geh bitte sofort und sieh nicht mehr zurück. Doch wenn du bleiben möchtest, bist du hier zu Hause."

4

Nach dieser Rede drehte sie sich abrupt um. Er sah, wie ihre Schultern sich nach vorne beugten und zitterten. Er trat hinter sie und berührte ihre Schulter, und sie ließ es geschehen.

„Nicht ich habe dich verlassen. Du warst es, der mich verlassen hat", fuhr sie fort. „Als Christine starb, waren wir im Schmerz vereint. Jockels Tod indes hat uns getrennt. Plötzlich waren wir einsam, als hätte es nichts anderes gegeben, was uns verband. Du hast mich nicht angesehen in dieser Zeit, und ich habe mir nichts mehr gewünscht als deine Liebe. Ich hätte deiner Nähe bedurft und wollte für dich da sein. Wenn ich mich dir näherte, um dich zu trösten, hast du mich abgewehrt. Er war auch mein Kind. Nach seinem Tod empfand ich meine Anwesenheit in deiner Nähe als sinnlos. Du hast dich von mir abgewendet, um allein zu sein. In Gedanken warst du bei Christine, bei dem Traum, den du mit ihr geträumt hattest, als eure Liebe begann. Und ich habe mich mit einem Mal wie ein Eindringling gefühlt. Ich habe mich schuldig gefühlt an Jockels Tod. Ich habe mich schuldig gefühlt am Tod seiner Freundin, denn es war meine Idee gewesen, sie in den Ferien mit nach Frankreich zu nehmen. Ich wusste von ihrer Mutter, dass sie mondsüchtig war. Und es war Vollmond. Ich dachte, ich würde die Tür hören, wenn sie sie in der Nacht öffnete. Auch war mir die Gefahr nicht klar. Ich hätte niemals gedacht, dass sie einen so weiten Weg zurücklegen könnte, ohne aufzuwachen. Ehrlich gesagt, hielt ich die Vorsicht ihrer Mutter für übertrieben. Wenn ich aufmerksamer gewesen wäre, wäre sie vielleicht noch am Leben. Dann wäre auch Jockel am Leben geblieben, und wir bekämen bald Besuch von unseren Enkelkindern. All die Jahre wären wir zusammen gewesen. Ich bin überzeugt, dass er sich Bettis Tod so zu Herzen genommen hat, dass er krank wurde. Der Unfall war nur der letzte Auslöser. Marie hat mich oft darauf aufmerksam gemacht. Sie hat mir lange vor seinem Sturz gesagt, dass er uns verlässt, wenn wir nicht aufpassen. Die Meiergoblerin, die alte Kräuterhexe. Ich habe sie nicht ernst genommen, und deshalb musste er sterben. Mein armer Liebling. Marie sagte: „Geht zum Arzt mit ihm!" Und Willi meinte, er wäre nicht krank, nur traurig. Aber Marie sagte: „Die Krankheit frisst ihn auf, vor unseren Augen, sie wächst von innen." Und sie hatte recht. Er wollte mit Betti zusammen sein. Es war richtig, die beiden Kinder nebeneinander zu bestatten. Doch ich fühlte mich schuldig an ihrer beider Tod. Ich fühlte mich schuldig an deinem Unglück. Ich fühlte mich sogar schuldig an Christines Tod, denn ich war es gewesen, die dir die Augen geöffnet hatte. Ich hatte dir gesagt: Siehst du nicht, dass sie dich liebt? Du warst in sie verliebt und konntest dir nicht vorstellen, dass sie jemals einen *sale boche* würde lieben können. Und sie hätte sich niemals getraut, es dir zu zeigen. Sie war so scheu. Sie war so fein und zart, und ich war immer der grobe Knochen neben ihr. Als Jockel starb, dachte ich, nun hat sich das Schicksal erfüllt. Ich brachte euch zusammen. Christine starb, Betti starb und Jockel. Und ich habe überlebt! Auch du hast überlebt. Und doch habe ich auch dich auf dem Gewissen. Es gab keinen einzigen Tag, an dem ich nicht an dich dachte. Ich verließ dich, damit das Unglück dich verlässt, denn ich liebe dich, solange ich lebe."

Sie hatte sich nicht umgedreht und er hatte sich nicht bewegt, als sie sprach. Ihre Stimme war manchmal schwer zu verstehen gewesen, doch zum Schluss hin wurde sie lauter, sie schrie beinahe. Sie drehte sich um und hob ihm ihr tränennasses Gesicht entgegen. Viele der Gedanken, die sie geäußert hatte, waren auch ihm durch den Kopf gegangen. Nur war in seinen Gedanken er es gewesen, der allen Grund hatte, sich schuldig zu fühlen. Er zog ein Taschentuch aus seiner Hosentasche und wischte ihr damit das Gesicht ab. Dann strich er ihr vorsichtig über das Haar, und sie lehnte sich an ihn.

5

„Wie hast du mich gefunden?", fragte sie.

„Frag mich lieber, warum es so lange gedauert hat", sagte er. „Das war nämlich gar nicht so einfach. Immer wieder gab es Phasen, in denen ich dich nicht mehr finden wollte. Doch, wie du siehst, ganz aufgegeben habe ich nie. Deine Familie wusste nicht, wo du stecktest, und war gerade im Begriff, eine Vermisstenmeldung nach dir aufzugeben, da kam dein Brief an deine Schwester Estelle aus Südafrika. Er war in Johannesburg abgeschickt worden. Doch in Johannesburg eine Frau, deren Adresse man nicht kennt, zu finden, ist unmöglich. Dein Brief war unmissverständlich, und mit keinem Wort hattest du mich darin erwähnt. Du schriebst, dass du allein sein müsstest, um nicht noch mehr Unheil über die Menschen, die du liebst, zu bringen. Unser Trip nach Johannesburg war sinnlos. Estelle und ich sind mit deinem Bild durch die Stadt gejagt, bis wir in einer Buchhandlung erfuhren, dass die Rundfunkanstalt von Johannesburg eine Kochsendung für das südafrikanische Fernsehen mit dir aufgezeichnet hatte. Der Sender verwies uns an den Verlag deines Buches. Doch dein Verleger gab mir nicht den geringsten Hinweis auf deinen Aufenthaltsort. Du hattest es ihm verboten. Eine Weile dachte ich, er sagt es mir nicht, weil du mit ihm zusammen bist. Ich war eifersüchtig auf ihn. Als deine Mutter beerdigt wurde, kam ich hauptsächlich in der Hoffnung, dich wiederzusehen. Später bin ich auf der Suche nach dir über den Friedhof gestreunt, stundenlang habe ich mich hinter Grabsteinen verborgen und gewartet, ob du doch noch auftauchen würdest. Kurz darauf hatte ich den Schlaganfall, erst zwei Jahre später konnte ich wieder ohne Hilfe gehen, und noch ein Jahr später war ich wieder in der Lage zu sprechen. Ich wollte sterben, denn es gab in diesem Leben nichts mehr, was mich hielt. Der Aufenthalt in der Klinik dauerte länger, als die Ärzte angenommen hatten. Sie meinten, mir fehle der Lebensmut. Elf Jahre waren seit Jockels Tod vergangen. Ich hatte resigniert. Eine Zeitlang dachte ich, es wäre besser, wenn auch du gestorben wärst, verzeih mir, denn dann hätte ich mich mit dem Unabänderlichen abfinden müssen. Der Tod ist absolut. Doch so wusste ich dich am Leben. Du warst nicht bei mir und ich verzehrte mich nach dir. Ich wachte morgens mit dem Gedanken an dich auf und trug dich in mir, bis ich nachts die Augen schloss. Ich träumte von dir, ich wollte bei dir sein, sonst nichts, und als ich es aufgab, nach dir zu suchen, traf mich der Schlag. Mit dir hatte ich auch mich selbst aufgegeben. Ich vermute, dass auch die Ärzte kaum noch eine Chance sahen, mich in ein einigermaßen lebenswertes Leben zurückzuführen. Ich ließ mich gehen. Ja, und dann hatte ich einen seltsamen Traum. Wir beide saßen allein in einer Wüste. Es war sehr heiß, und wir hatten großen Durst. Du fragtest mich etwas, doch ich konnte lediglich sehen, wie du deinen Mund bewegtest, ich konnte dich nicht hören. Auch hätte ich dir nicht antworten können, denn meine Zunge klebte am Gaumen; ich bekam kein einziges Wort heraus. Da standest du auf und gingst weg von mir. Ich wollte dir folgen, doch meine Beine gehorchten mir nicht mehr; kein einziger Teil meines Körpers gehorchte mir. Ich sah, wie deine Silhouette am Horizont immer kleiner wurde, und dann hatte die Ferne sie geschluckt. Nun wollte ich schreien, wenigstens unartikulierte Schreie in deine Richtung schicken, doch es kam nicht ein einziger Ton zustande. Stattdessen schwoll mein Kehlkopf und platzte. Ich hatte vorher noch gedacht: Gleich platzt mir der Kehlkopf und dann werde ich sterben, und so war es auch. Das heißt, ob ich in meinem Traum starb, entzog sich mir, denn ich erwachte. Ich lag in meinem Bett in der Klinik, wo man sich so geduldig um mich bemühte. Ich dachte über den Traum nach. Ich hatte die Bilder in meinem Kopf, die Farbe der Wüste, dein Gewand von dem selben fahlen Gelb, dein sich beständig bewegendes Gesicht. Auch wie dein Körper sich entfernte. Es war nichts als ein schwarzer Ball, dein Kopf, deine schwarzen Locken. Auch an das Bild, als mein Hals schwoll, erinnere ich mich noch sehr genau. Es war, als betrachtete ich mich mit Abstand von außen. Als wäre ich zweigeteilt. Ich sah wie der Hals platzte. Doch ohne Blut. Danach sah ich einen dünnen Holzstock, an dem schmutzige, graue Lappen hingen, mein Fleisch, das ich kaum als meines erkannte; doch musste es das wohl sein, denn auf diesem Stock saß mein Kopf und schickte sich an zu sterben. Ich weiß nicht, was das Resümee meines Nachdenkens über den Traum war, vielleicht gab es nicht mal eins. Doch an diesem Tag strengte ich mich an. Ich wollte lernen, mich richtig zu bewegen. Ich wollte wieder sprechen. Ich wollte zurück ins Leben. Nach diesem Traum wollte ich meine Suche nach dir fortsetzen. Letztendlich kam mir Jahre später der Zufall zu Hilfe." Andres stockte. Er sah aus dem Fenster und ließ seinen Blick über die Gipfel der gegenüberliegenden Berge schweifen. Dann sprach er weiter.

„Ich machte Ferien in der Skihütte des Arztes, der mich seinerzeit behandelt hatte und mit dem ich mittlerweile gut befreundet bin. Die Hütte ist nicht weit von hier entfernt. Ich saß in der Stadt in einem Café und sah dich auf der Straße beim Einkaufen. Ich rannte, so schnell es mir mit meiner Behinderung möglich war, hinaus und verfolgte dich. Du stiegst in ein Auto und fuhrst davon, bevor ich dich erreicht hatte. Die nächste Zeit setzte ich mich täglich in das Café und wartete. Aber umsonst! Deprimiert trat ich meine Heimreise an. Doch zu Hause fand ich im Postkasten einen Brief mit deiner vollständigen Anschrift, sogar mit deiner Telefonnummer. Mein

Freund streitet bis heute ab, dass die Nachricht von ihm war, und letztlich ist es nicht wichtig. Der Rest war ein Kinderspiel. Hier bin ich, wenn du mich noch willst."

Sie hatte ihm schweigend zugehört, und nun schwieg auch er, erschöpft aber erleichtert.

„Ich habe bereits gesagt: Bleib, wenn du willst", sagte sie.

Er versuchte vergeblich seine Rührung zu verbergen. Er war bei ihr, sie hatte ihm nicht die Tür gewiesen, sie hatte ihm zugehört. Sie war vor seinem zerstörten Gesicht nicht entsetzt zurückgewichen. Und sie hatte ihm gesagt, dass sie ihn liebte.

„Seit damals hat mir nichts mehr wirklich geschmeckt", sagte sie. „Sieh, wie abgemagert ich bin. Lass uns zusammen kochen!"

6

Mit „damals" meinte Lore die Zeit, die mit Jockels Diagnose begonnen hatte. Die Stationsschwester war ihnen auf dem Flur entgegengekommen und hatte sie lächelnd in das Zimmer des Chefarztes geführt.

„Wir müssen leider operieren", hatte der Arzt gesagt. „Jakob hat Knochenkrebs, und wir werden alles versuchen, um sein Leben zu retten. Wenn wir ihm sofort das rechte Bein über dem Kniegelenk amputieren, hat er durchaus eine Chance. Wir fanden es besser, ihm zu sagen, dass wir morgen sein Bein operieren, doch haben wir nicht gesagt, dass wir es abnehmen müssen. Wir sind verpflichtet, Sie über die Risiken sowie den möglichen Verlauf der Krankheit zu informieren, doch bitte ich Sie, Ruhe zu bewahren, und jede Aufregung von ihm fernzuhalten, um den Heilprozess nicht zu gefährden." Der Arzt wischte sich den Schweiß von der Stirn. „Jakob ist ein tapferes Kind. Er sieht der Operation mit großem Mut entgegen. Danach werden wir weitersehen. Es besteht die Möglichkeit, den Krebs radikal zu entfernen, doch kann ich nichts versprechen."

Lore und Andres waren wie betäubt. Was wusste der Mann von Jockel? Woher wollte er wissen, dass Jockel keine Angst vor der Operation hatte? Wusste er denn, wie, auf welche Weise Jockel seine Angst zeigte? Er wurde still, wenn er Angst hatte. Und sie hatten ihn in der letzten Zeit oft still, fast apathisch gesehen. Krebs! Was, wenn er nicht radikal entfernt werden konnte? Was, wenn es bereits Metastasen gab?

Die Buchstaben der Einverständniserklärung waren vor Andres' Augen verschwommen; er hatte Mühe gehabt, nicht ohnmächtig zu werden. Lore hatte ihm das Blatt vorlesen müssen. Die Formulierungen waren beängstigend. Dr. Thoma hatte erklärt, dass die Sprache derart drastisch sein müsse, um die Klinik juristisch abzusichern. Was hatte er damit gemeint? Wieso juristisch? Welche Komplikationen waren möglich? Ein Schock? Die falsche Dosierung der Narkose? Andres hatte das Gefühl gehabt, als befände er sich in einer Turbine, würde vom Druck der Bewegung an den Rand geschleudert, zur Tatenlosigkeit gezwungen, und als Fokus in der Mitte sähe er nichts als den Tod, der ihnen das Kind und damit ihr Leben entreißen würde. Er hatte den Stift genommen und unterschrieben.

7

„Wir haben nie darüber gesprochen, nicht miteinander und nicht mit Jockel", sagte Lore. „Das werfe ich mir vor. Am Anfang hatten wir Angst, mit Worten das Unglück heraufzubeschwören, und dann wollten wir es nicht wahrhaben. Wir sahen es herankommen und waren dennoch nicht vorbereitet. Jockel wollte darüber sprechen, doch als er meine Verzweiflung sah, schwieg er, um mich zu schonen. Er hatte niemanden, mit dem er über das Sterben sprechen konnte. Ich habe ihn allein gelassen, auch wenn ich täglich von morgens bis abends bei ihm war und zum Schluss nicht von seinem Bett gewichen bin. Ich habe so getan, als ginge das Leben weiter, als würde er bald wieder gesund und käme bald ins Gymnasium. Ich habe als Mutter versagt. Ich habe mich oft gefragt, wie Christine sich verhalten hätte, und habe sie beneidet, weil ihr dieser Schmerz erspart geblieben war."

„Eine bessere Mutter als dich gab es nie. Du hast ihn geliebt, und er wusste es. Er hat dir vertraut und nie daran gezweifelt. Was du Lüge nennst, war Liebe. Du wolltest, dass er am Leben bleibt und dass er gesund würde. Doch wenn es darauf ankommt, erleiden wir unseren Schmerz allein. Und sterben müssen wir allemal allein."

Lore flüsterte fast:

„Als er nach der ersten Operation erfuhr, dass man ihm das Bein abgenommen hatte, hat er erst geschwiegen. Dann, nach einer Ewigkeit fragte er, ob man damit schwimmen könne. Er wollte so schnell wieder an den Waldsee. Er wollte zu Betti. Einige Tage später hatte er sich mit dem Gedanken an eine Prothese abgefunden, und als er sie bekam, begann er auf der Stelle zu üben."

Andres hatte ihn zum See humpeln sehen, in dem wenige Jahre zuvor Betti ertrunken war. Ein Bild, das er nie mehr los wurde. Aber auch ein anderes Bild hatte sich für immer in sein Gedächtnis gebrannt: als er die Haustür öffnete und sein Sohn die Treppe herunterfiel, zum Glück direkt in seine Arme. Andres Worte kamen wie von sehr weit her.

„Er war so tapfer. Bei seinem letzten Gang stürzte er mir in die Arme. Danach ist er nie mehr wirklich aufgestanden."

Lore fiel es schwer über Jockels Sterben zu sprechen; doch hatte sie jahrelang ihren Kummer mit sich getragen und war nun beinahe froh, mit Andres über ihre Gefühle reden zu können.

„Als ihm die Haare ausfielen, war er es, der uns tröstete. Weißt du noch, wie er sagte, Haare wüchsen doch wieder nach? Er war ein Held."

Sie schwieg eine Weile und fuhr dann fort:

„Nichts ist ihm erspart geblieben. Bis er eines Morgens sagte: ‚Ich kann nicht mehr.' Zwei Wochen später war er tot. Ich habe seither nie mehr wirklich lachen können. Seither trage ich diese Erinnerung in mir wie ein Brandzeichen. Auch du trägst dieses Merkmal in dir. Unauslöschlich. Als ich dich vor der Tür stehen sah, erkannte ich dich daran. Ich habe den Schmerz erkannt, mit dem wir beide infiziert sind."

Andres sagte:

„Lass uns lernen, wieder gemeinsam zu lachen. Du hast recht, noch sind wir am Leben, noch sind wir Sterbende."

Dann fiel er nach vorne, sein Körper schüttelte sich, die Schultern gaben nach und krümmten sich, als wollten sie den Rücken auseinanderbrechen. Sie ließ ihn weinen, und als sie sah, wie ihm selbst aus seinem toten Auge das Wasser stürzte, nahm sie ihn in den Arm und drückte ihn an sich, als wäre er ihr Kind.

8

„Spätestens am Horizont entzieht sich das Meer unseren Blicken und verliert sich in eine scheinbare Unendlichkeit, in der wir glauben, uns auflösen zu können", sagte Lore, „Wir stehen am Meer und sehen nichts als uns, unsere Sehnsucht, die uns vorwärts treibt und nicht zur Ruhe kommen lässt. Und mit einem Mal werden wir ruhig. Weit draußen sehen wir ein Schiff, ein Fischerboot vielleicht, das gerade im Begriff ist, seinen Fang einzuholen, mit dem wir nicht das geringste Mitleid haben. Im Gegenteil, wir freuen uns auf die im Feuer gegrillten Fische, deren Genuss wir mit einem Glas gut gekühlten Chablis noch erhöhen. Doch da draußen wird gestorben, während wir uns unseres Lebens erfreuen. Selbst der Tod verliert sich in dieser Weite, in der er allgegenwärtig ist. Es ist der Tod, der den Ton angibt. Er hält uns am Leben, sonst nichts. Obwohl ich das

Meer liebe, habe ich die Einsamkeit in den Bergen gewählt, weil sie meinem Verlangen einen Rahmen geben und meine Angst einfrieden. Wenn ich hier schreie, prallt mein Schrei an ihnen ab und wird zu mir zurück geworfen, sodass ich schließlich diejenige bin, die ihn zu hören bekommt. Ich höre den Schrei und registriere erstaunt, dass es mein eigener ist. Es ist der Schnee, nach dem mich verlangt, die Kälte, die unbewegte Starre des Frosts, der mich kühlt, als wäre er der Vorbote dessen, was meinen Körper erwartet; denn auch wenn ein Teil meines Selbst bereits erloschen ist, fühle ich noch immer diesen Schmerz, der mich von innen heraus zerglüht. Und über allem steht die Erkenntnis, umsonst gelebt zu haben. In Bettis Buch steht sinngemäß, dass niemand umsonst lebt, da jedes Wort, das wir sagen, etwas verändert. Selbst die geringste Bewegung, die gemacht wird, setzt sich fort, wie ein Stein, der, ins Wasser geworfen, einen Ring um sich zieht und noch einen und noch einen. So viele, dass man nicht in der Lage ist, sie zu zählen. Zitternd setzen sie sich fort, bis sie endlich, kaum noch wahrnehmbar, am Ufer ankommen, als wäre ihre Reise zu Ende. Doch sie geht weiter und immer weiter, auch wenn derjenige, der den Stein ins Wasser geworfen hat, längst nicht mehr da ist. Das Getane ist unveränderbar, die einzige Wirklichkeit. Sie ist vorbei und nur noch in der Erinnerung vorhanden. Und doch lebt sie fort, weil aus ihr eine neue Wirklichkeit entsteht, weil jeder Moment aus dem vorherigen kommt."

„Seltsame Gedanken, für ein kleines Mädchen; kein Wunder, dass sie so voller Angst war." Andres schüttelte den Kopf.

„Ja", sagte Lore, „sie war ein sehr seltsamer Mensch. Eines Tages saß sie neben Jockel auf den Stufen vor dem Haus. Ich hatte das obere Flurfenster geöffnet und hörte sie sagen: ‚Wir müssen leise sein, Lore hat Kopfschmerzen.'"

Ich hatte rasende Kopfschmerzen an diesem Tag, doch hatte ich mit niemandem darüber gesprochen. So war sie. Jockel hatte recht, ihr zu glauben, auch wenn ihre Wahrheiten oft absurd erschienen. So klein und jung sie war, hatte sie doch schon die Fähigkeit zu relativieren und in höchstem Maße zu differenzieren. In ihrem Buch stand: *Seit sie mich schlagen, bin ich im Schmerz zu Hause.* Darüber muss ich immer und immer wieder nachdenken. Hinter diesen Satz habe ich nach seinem Tod geschrieben: *Der erste Schlag zertrümmert die Seele, der zweite baut sie wieder auf, weil er ihr zu einer Identität verhilft.* Insofern ist der Satz: Wenn dir jemand auf die linke Wange schlägt, halte ihm auch die rechte hin, unter einem ganz anderen Aspekt zu sehen. Auch der Begriff Masochismus ist also ungenau und als Maßnahme zur Selbstfindung durchaus positiv zu bewerten."

„Entbehrt allerdings nicht eines gewissen Zynismus", sagte Andres und musste lachen.

Doch dann wurde er wieder ernst und sagte:

„Nichts, gar nichts rechtfertigt Gewalt, und der Schmerz, den man wissentlich anderen antut, ist nicht vergleichbar mit dem Schmerz, den ein Wesen ohne willentliche Fremdeinwirkung zu erdulden hat."

„Oh doch, denn der Schmerz ist immer der Schmerz und wird als solcher empfunden. Was du meinst, hat mit Schuld zu tun", erwiderte Lore. Und Andres sagte:

„Nein! Wenn mich jemand verletzen will, tut es mehr weh, als wenn er mir helfen will; auch wenn dies nur dadurch zu bewerkstelligen wäre, dass er mir Schmerzen zufügte. Es gibt so viele Komponenten des Schmerzes, und eine wichtige Basis, ihn zu empfinden, ist das Motiv, das dem Akt der Verletzung zugrunde liegt."

„Nur ist es meiner Meinung nach dann keine Verletzung mehr", sagte Lore. „Was ist nur mit uns los, dass wir den Schmerz in einem sophistischen Geplänkel untergehen lassen wollen und nicht mehr in der Lage sind, ihn als das zu akzeptieren, was er ist, nämlich der Schmerz, den wir zu erleiden haben, nicht mehr und nicht weniger? Haben wir uns so weit von uns selbst entfernt, dass wir nicht mehr in der Lage sind, etwas anderes zu sehen? Haben wir uns so sehr voneinander entfernt?"

„Ja", antwortete Andres. „Doch werden wir wieder zusammenfinden."

9

Andres lebte nun schon seit einigen Monaten in dieser einsamen Gegend in den französischen Alpen. Die Landschaft war schroff und hatte nichts von der Lieblichkeit der Provence, wo Lore geboren und aufgewachsen war. Sie glich mehr der Fränkischen Schweiz, in der sie beide mit dem Kind gelebt hatten. Das Haus lag in einer Einsiedelei am Rand eines Mischwaldes, der in der Hauptsache aus Kiefern, Eichen und Bergahorn bestand. Der nächste Nachbar wohnte mehr als drei Kilometer entfernt. Zum Hof hin führte eine Schotterauffahrt, die auf beiden Seiten von einer Esskastanienallee eingefasst war, deren Früchte in jedweder Form in Lores Küche verarbeitet wurden. Die Äste der sehr alten Bäume trafen sich in der Mitte, als reichten sie einander weit oben die Hände, und bildeten ein dichtes Dach, unter dem man wie durch einen Tunnel ans Haus heranfuhr. An schönen Tagen warf die Sonne goldene Flecken durch die Blätter auf den Boden und erzeugte ein kühles Licht von schwärzlichem Grün. Alle Laute waren hier gedämpft, und selbst die Geräusche der sich nähernden Fahrzeuge kamen wie tiefes Knirschen daher. Ging man zu Fuß diesen Weg, hatte man das Gefühl, einen Tempel zu betreten. Zum Tal hin säumten zahlreiche Walnussbäume das Land, das aus einem in Terrassen angelegten Hanggarten bestand. Trat man aus der Tür, konnte man an klaren Tagen weit über das Tal hinweg bis zum Mont Blanc sehen, der alle anderen Berge mächtig überragte. Felsig und karg stach der Berg in den Himmel und wirkte selbst aus der großen

Entfernung so imposant wie bedrohlich. An manchen Tagen, oft bis zum Mittag hin, lag das gesamte Tal im Nebel. Dann ging die Landschaft unter in einem riesigen See von schwelendem Weiß, in das man glaubte, hineinspringen zu können, um von den dampfenden Schwaden aufgefangen zu werden wie in einem weichen Bett. Dann lag Stille über dem Tal, alle Schroffheit war verborgen, und selbst der Gedanke an den Tod war ein tröstlicher.

10

Es gefiel ihm hier; und wie sehr ihn die Erinnerung an frühere Zeiten noch immer schmerzte, war er doch so glücklich, wie es ihm angesichts seiner körperlichen Konstitution nur möglich war. Es war Spätsommer, noch war es warm; besonders heute. In diesem Jahr hatte es für die Jahreszeit erstaunlich viel geregnet, sodass mit Ausnahme der abgeernteten Getreidefelder und der bereits für den nahenden Herbst gepflügten Äcker die Natur noch saftig und grün war. Andres stand vor dem geöffneten Fenster und sah hinaus. Lore war in die Stadt zum Friseur gefahren und um Einkäufe zu erledigen. Bald käme sie zurück, würde das Essen zubereiten, sich mit ihm an den Tisch setzen, und gemeinsam würden sie essen, als wären sie ein altes Ehepaar. Andres hatte ihre Kochkünste und die Gespräche mit ihr so lange entbehrt und freute sich tagtäglich erneut darauf. Mit einem Mal veränderte sich das Licht. Der Himmel wurde grau, und bis auf einen schmalen Lichtstreifen über den Bergen ließ nichts mehr die Sonne erahnen, die nur noch ab und zu als kurzer Strahl durch dieses Gewölk fuhr, als gäbe es dort oben einen Aufruhr. Da beruhigte sich der Kampf, und Stille breitete sich aus. Der Lichtstreifen wurde etwas breiter, das Licht gleißend, von einem brennenden Weiß, über dem der Himmel nun wie ein schwarzer Deckel schwebte. Zuvor war der Himmel noch blau gewesen. Ein Flugzeug hatte seine Bahn gezogen und einen weißen Kondensstreifen hinterlassen, der langsam zerfallen war, sich schließlich aufgelöst und einen makellosen Tag zurückgelassen hatte. Plötzlich brach unter knatterndem Getöse, mit Körnern so groß wie Golfbälle, der Hagel herunter. In wenigen Sekunden waren die Bäume und Büsche entlaubt wie im Winter und ihre Blätter lagen über die Straßen und Waldböden verstreut, als wären es grüne Wiesen, auf denen sich wie Schnee die Hagelkörner türmten. Nicht eine Frucht hing noch an den Ästen; was reif gewesen war, lag zermatscht auf der Erde, was noch Zeit gebraucht hätte, lag daneben, unversehrt, doch der Fäulnis geweiht und ungenießbar. Dann zog mit einem Mal wieder die nämliche Stille ein wie vor dem Sturm, nur dass sie nun über dem Bild der Verwüstung lastete. In einem einzigen Moment war der Sommer vorbei. Wann hatte Andres jemals ein ähnliches Unwetter erlebt? Fetzen von Bildern tauchten auf, Farben, ein undefinierbares Grau, das, gleichmäßig verteilt, plötzlich mit Wucht auseinanderriss. Als hätten die Götter mit der Axt hineingeschlagen, trennte sich mit einem einzigen gewaltigen Hieb quer über den Himmel, das Licht vom Dunkel. Ein weißes Licht von beißender Kälte, wie ein Fensterspalt in eine in Eis erstarrte Ewigkeit. Andres hing an der Hand seiner Mutter, deren Schritt immer schneller wurde und die den Kleinen mit sich zog. Seine Füße berührten kaum den Boden. Nur manchmal schrappten sie auf dem Kopfsteinpflaster auf, den flachen Steinen ähnlich, die sein großer Bruder Berti über die Wasserfläche stieben ließ. Er spürte, wie seine Mutter ihn mit einem Ruck nach oben riss und in ihrem Arm festhielt. Nun rannte sie, und Andres spürte ihren Pulsschlag in seiner eigenen Brust. Er roch den Schweiß der Mutter und drehte sein Gesicht von ihr weg. Der Geruch von der Schärfe frisch geschnittener Zwiebeln machte ihm Angst und erregte in ihm Brechreiz. Doch nicht Ekel war es, nur Angst. Es war ihre Angst, die er fürchtete. Er wollte sie stark. Sie war es, die ihn beschützen sollte, und nun, in ihrem Schweiß, roch er ihre Angst und spürte seine eigene. Jeder ihrer Schritte ließ seinen Kopf erschüttern, der immer heftiger schmerzte, bis er sich schließlich über ihren Rücken erbrach. Er schmeckte die Bitterkeit seines Mageninhalts und der gelben Gallenflüssigkeit, die aus ihm herausdrängte. Er sah die Katze in seinem Bett gebären mit dem gleichen zuckenden Rhythmus. Die Bilder verdichteten sich wie die Gerüche. Er sah der Katze beim Gebären zu, während sein Erbrochenes über den Rücken seiner Mutter lief, spürte das Aufschlagen ihrer Füße auf dem Pflaster in seinem Kopf; in seiner Nase vermischten sich die Gerüche zu einem einzigen bitteren Cocktail, und an seinem Hals klopfte ihr Herz, während sie mit ihm auf dem Arm auf das weiße Licht zu rannte. Sie schafften es gerade noch nach Hause. Als die Tür hinter ihnen zufiel, begann es draußen zu krachen. Er kniete vor seiner Mutter, die nass geschwitzt auf dem Boden saß, von ihrem eigenen Atem gejagt, während vor dem Haus die Zerstörung ihren Lauf nahm. Er war damals noch nicht eingeschult, und sein Bruder sowie sein Vater waren Soldaten in einem Krieg, aus dem sie beide niemals wiederkehren sollten, doch das hatte weder er noch seine Mutter damals gewusst.

Andres sah hinaus in seine Kindheit, in der es noch keinen Jockel gegeben hatte und keine Lore, nur ihn und seine Mutter, die ihren Enkel dereinst um Jahre überleben sollte.

11

Lore hatte nicht die geringste Ahnung gehabt, wohin es sie verschlagen würde, als sie sich entschlossen hatte, Andres zu verlassen. Sie musste nur weg von ihm. Er brauchte sie nicht. Er liebte sie nicht, sonst hätte er ihren Schmerz erkannt und als

Schmerz geachtet. Ihr Kind war tot. Sein Sterben hatte sich länger als ein Jahr hingezogen und war weitaus mehr gewesen, als sie hatte ertragen können; und als Jockel tot und begraben war und ihres Beistands nicht mehr bedurfte, hatte sie sich leer und einsam gefühlt. Gewiss hatte Andres die gleiche innere Ausgebranntheit wie sie empfunden, doch bei jedem Versuch, ihm näher zu kommen, hatte er sich von ihr abgewendet.

Die Ärzte hatten Jockel zum Sterben nach Hause entlassen. Tagelang hatte er kaum noch die Augen geöffnet, hatte nur noch gestöhnt, bis er ins Koma gefallen war. Danach war kein Laut mehr über seine Lippen gekommen. Als es dann so weit gewesen war, hatte er einfach aufgehört zu atmen; die kaum wahrnehmbare Bewegung seiner Brust war versiegt, ansonsten war alles wie zuvor gewesen. Vielleicht war Lore eine Weile an seiner Seite eingeschlafen; denn sie hatte seinen letzten Atemzug nicht mitbekommen. Ihr Kopf hatte neben dem seinen auf dem Kissen gelegen. Sie hatte seine Hand gehalten, bis sie plötzlich gemerkt hatte, dass diese kalt war. Sie hatte den Kopf gehoben und Andres am Fuß des Bettes stehen sehen. Er hatte gefragt:

„Schläft er?"

„Er ist tot", hatte sie geantwortet und ihr Gesicht an Jockels Brust vergraben. Dann war sie aufgestanden, hatte ihm die Hände zusammengelegt, ihm über den Kopf gestrichen, sein Gesicht ein letztes Mal geküsst, Andres, der keiner Reaktion fähig gewesen war, die Wange gestrichelt und war hinausgegangen. Sie hatte allein sein wollen, hatte das dringende Bedürfnis nach frischer Luft gehabt und Andres die Möglichkeit geben wollen, sich von seinem Kind zu verabschieden. Lore hatte das Haus verlassen. Kalt war es gewesen, regnerisch und ein orkanartiger Wind war durch die Allee gejagt, dem sie sich mechanisch entgegengestemmt hatte. Obwohl erst Anfang November, war die Luft beißend kalt gewesen, und mitunter hatten sich vereinzelte Schneeflocken in den Nieselregen gemischt. Die Kapuze ihres Regenmantels über den Kopf gestülpt, mit hochgezogenen Schultern war Lore in den Wald hinaus gerannt. Wann hatte sie jemals zuvor so gefroren? Der Regen hatte ihr ins Gesicht geschlagen. Das Wasser war ihr vom Hals in den Pullover gelaufen. Sie war selbst unter dem Regenmantel bis auf die Haut durchnässt gewesen. Die Äste der Bäume zu ihren beiden Seiten hatten sich heftig unter der Gewalt gebogen, mit der der Sturm an ihnen zerrte. Einige Äste waren gebrochen und ihr vor die Füße gefallen.

Sie hatte gewusst, dass der Tod eine Erlösung war für das Kind. Doch nun war Jockel für immer gegangen. Am Abend hatte der Dorfpfarrer ihm die letzte Ölung verabreicht, für Lore eine Farce, die ihr aufdringlich und lächerlich erschienen war. Sie hatte gewusst, dass er sterben würde. Nun war sie doch überrumpelt worden und war nicht in der Lage gewesen, damit umzugehen.

Willi und Eva kamen ihr im Auto entgegen. Lore hatte sich rasch im Gebüsch verborgen. Doch Eva war dies nicht entgangen. Sie war ausgestiegen und Willi war ohne sie weitergefahren. Lore rannte durch den Wald davon, bis sie über eine Baumwurzel stolperte und hinfiel. In der aufgeweichten kalten Erde liegend drückte sie ihr Gesicht an die Wurzel und stammelte wirres Zeug. Eva kniete sich neben sie und berührte ihren Arm. Doch Lore krümmte sich zusammen und schlug ihren Kopf immer wieder an die Wurzel. Eva rannte zum Forsthaus und holte ihren Mann, der Lore nach Hause trug. Mittlerweile war Frau Hendel, die Leichenfrau des Dorfes eingetroffen, um Jockel zu waschen und ihm sein letztes Lager zu bereiten. Als er schließlich aufgebahrt in seinem Bett gelegen hatte, die Augen fest geschlossen, war ein unendlicher Friede, die mit nichts vergleichbare Stille des Todes, auf seinem Gesicht erschienen.

12

Schon wenige Stunden nach Jockels Tod war ein Zug von Kindern, Jugendlichen und Erwachsenen unterwegs zum Forsthaus gewesen, um ihn noch einmal zu sehen und den Eltern ihr Beileid auszusprechen. Lore lag auf ihrem Bett, die Knie fast bis ans Kinn herangezogen und starrte vor sich hin, nachdem Willi ihr ein Beruhigungsmittel injiziert hatte. Von dem Besucherstrom bekam sie nichts mit. Die Meiergoblerin war es, die die Leute empfing und Lore entschuldigte. Andres stand vor dem Kinderbett und drückte mechanisch die ihm gereichten Hände. Mühsam pressten seine Lippen die wenigen Worte heraus:

„Grüß Gott. Danke. Auf Wiedersehen."

Er war Maxl und der Meiergoblerin dankbar, dass sie sich um alles kümmerten und die Beerdigung organisierten. Es war wohl der größte Trauerzug, der je in der Gegend einem Sarg gefolgt war. Selbst als der alte Pfarrer Gebhard diese Welt hinter sich gelassen hatte, war nicht annähernd eine derartige Menschenmenge erschienen, um ihn auf seinem letzten Weg zu begleiten. Alle hatten Jockel gerngehabt, und alle mochten Lore und Andres. Jeder war erschüttert von Jockels Leidensweg und seinem Tod. Der Friedhof konnte die Trauernden kaum fassen, in der Kapelle fand nur ein Bruchteil Platz. Die ganze Schule war vertreten. Klasse für Klasse, angeführt von den jeweiligen Lehrern, folgte dem Sarg. Jedes Kind trug eine brennende Kerze zum Grab und blies sie nach der Zeremonie an der ausgehobenen Grube aus.

Lore, Andres und ihre Familien waren von der großen Anteilnahme überwältigt gewesen. Auf dem Weg zum Grab war die Meiergoblerin hinter Lore gegangen, die von ihrer und Christines Mutter gestützt wurde; daneben Andres am Arm seiner Mutter. Besorgt hatte die alte Frau Lore betrachtet; und noch besorgter den Abstand zwischen ihr und Andres registriert. Vor dem Grab hatte Lore sich vor Schluchzen geschüttelt, war getaumelt und wäre fast hinuntergestürzt, wenn nicht die Meiergoblerin sie gehalten hätte. Lore hatte sich umgedreht und Hilfe suchend zu Andres geblickt. Doch der war mit nichts als seinem eigenen Schmerz beschäftigt. Lore war zur Seite getreten und hatte den Pulk der Beileidsbekundungen an sich vorüberziehen lassen. Am nächsten Morgen war sie verschwunden, und die Meiergoblerin war die Einzige, die wusste, dass Lore am Morgen nach Jockels Beerdigung eine Fehlgeburt erlitten hatte. Sie wusch die Wäsche, putzte das Haus. Es gab nichts, was ihr hätte verborgen bleiben können. Sie hätte Lore gerne geholfen, doch sie wusste auch, dass diese nie mehr zurückkehren würde. Sie hatte es sofort gesehen, morgens um halb sechs beim Aufschließen der Tür zum Forsthaus. Sie hatte das Blut gesehen und aufgewischt, und sie hatte das neue Beet im Garten gesehen. Als sie später die Küche betrat, war Andres bereits aufgestanden. Er saß am Tisch, die Hände vor dem Gesicht, und weinte.

13

Lore hatte auf dem Markt frische Lachsforellen und Käse eingekauft und war schon auf dem Heimweg, als das Unwetter losbrach. Sie sah, wie Äste krachend zu Boden geschleudert wurden, und hörte das Aufschlagen der Eiskugeln auf ihrer Motorhaube. Zum Glück hatte sie das Rollverdeck ihres 2CV geschlossen, bevor die Wolken sich entluden. Um das Auto in Sicherheit zu bringen, war es zu spät, und der Hagel bohrte sich förmlich in das weiche Blech der Motorhaube. Einer der Brocken durchbrach das Verdeck und sauste hinter Lores Rücken auf den Rücksitz. Ein weiterer folgte und noch einer, und hätte sie sich nicht den Straßenatlas darüber gehalten, wäre sie am Kopf getroffen worden. So schnell das Ganze gekommen war, so schnell war es auch wieder vorbei. Danach türmten sich abgebrochene Äste auf dem Weg, mit Bergen von Hagelkörnern wie Schneewehen und dem Laub von Bäumen und Büschen. Lore stieg aus. Es war die gleiche unbewegte Stille wie zuvor; die Ruhe nach dem Sturm. Zwar war die Schwärze des Himmels nun zu einem fast gleichmäßigen Grau geworden, doch wehte kein Wind, und Lore hielt mit ihm die Luft an, in der Erwartung eines neuen Unwetters. Sie hatte Glück gehabt; ein mächtiger Ast war vor ihr abgebrochen und hatte ihre bereits demolierte Motorhaube eingedrückt. Wäre er auch nur zwanzig Zentimeter weiter hinten aufgeschlagen, hätte er das Faltdach eingerissen und sie schwer verletzen, wenn nicht gar töten können. Weg und Waldboden waren dick mit Laub bedeckt und es roch nach frisch gemähtem Gras. Der Geruch entführte Lore augenblicklich in die Vergangenheit. Das Fronleichnamsfest in Franken. Es wurde alljährlich an einem Donnerstag im Juni gefeiert. Auf den Straßen wurde das Gras verteilt und abgehauene Birkenschößlinge an die Hauswände gebunden. Fahnen schmückten die Gebäude und flatterten im Wind. Lore sah Jockel in seinem schwarzen Anzug, den sie ihm für seine Erstkommunion gekauft hatte, unter seinen Schulkameraden inmitten der Prozession. Sie sah ihn lächeln, sah seine großen blauen Augen, seine langen dunklen Wimpern, die blonden Locken und erschrak über die Wucht, mit der sie plötzlich von der Erinnerung heimgesucht wurde. Als stünde er vor ihr, sah sie mit einem Mal jede Einzelheit seines Gesichts, seine Mimik, die Bewegung, wenn er die widerspenstige Locke aus der Stirn blies. Wenn er lachte, bewegte sich erst sein Mund, wurde breit, ging fast von einem Ohr zum anderen hin, bevor die Augen mit einstimmten. Immer lachte zuerst sein Mund. Sie sah seine regelmäßigen Zähne, den leichten Überbiss, sah, wie er, wenn er über etwas nachdachte, die Unterlippe unter die oberen Schneidezähne in den Mund sog und die Oberlippe schürzte. Er war so schön, der schönste Junge, den sie jemals gesehen hatte, und er sah so gesund aus. Seine Haut war immer leicht gebräunt. Er erklomm mit Leichtigkeit die höchsten Bäume, konnte schwimmen wie keiner seiner Freunde, lief schneller, sprang beherzter. Und doch war er stets bescheiden und freundlich.

Mein Sonnenscheinchen!, dachte sie.

Sie stand vor der verwüsteten Landschaft, sah die eingedrückte Motorhaube ihres Autos, roch das frische Grün und sah zurück in die Zeit mit ihm, einzig ausgelöst durch den Geruch. Sie dachte an Andres, startete den Wagen, der zum Glück noch fuhr, und machte sich auf den Weg nach Hause.

14

Lore wusch die Fische mit dem frischen Mineralwasser aus ihrem eigenen Quellbrunnen. Sie tupfte sie mit einem sauberen Geschirrtuch trocken. Andres sah ihr dabei zu. Ihre Hände mit der bräunlichen Haut hatten schon einige Altersflecken, die Haut war fein und dünn, und auf den Handrücken traten sichtbar die Adern hervor. Andres betrachtete ihre Handgelenke, die schmal und zerbrechlich wirkten wie ihr ganzer Körper, und verglich sich selbst mit ihr.

Was seine Bewegungsfähigkeit betraf, hatte er in den letzten Monaten große Fortschritte gemacht. Sein rechtes Bein war etwas leichter geworden und schleifte nicht mehr ganz so schwer hinter ihm her, und wer ihn vorher nicht gekannt hatte, konnte sein Hinken auch für eine Ermüdungserscheinung halten. Aber sein Gesicht würde sich nicht mehr groß verändern. Er hätte vielleicht direkt nach dem Schlaganfall lernen können, die Muskulatur wieder zu kontrollieren; doch damals hatte ihm der Lebenswille gefehlt. Nun aber wollte er leben. Mit ihr. Jeden Morgen sah er, wie sie nackt kopfüber in ihren kleinen Badeteich sprang, mit kräftigen Zügen ans andere Ufer und wieder zurück schwamm. Dann watete sie heraus, schüttelte sich lachend und schleuderte ihm ihr nasses Haar ins Gesicht.

„Na los, du Faulpelz! Ab ins Wasser mit dir!", rief sie und rannte lachend ins Haus.

Nun sah er ihr zu, wie sie das Abendessen zubereitete.

„Du bist faul, *mon chérie*", sagte sie, als könnte sie seine Gedanken lesen, „und voller Selbstmitleid!"

Sie konnte seine Gedanken lesen.

„Hilf mir lieber, den Knoblauch zu schälen!"

Draußen stieg der Nebel aus dem Tal. Andres hatte Mühe, die klebrigen Knoblauchschalen von seinen Fingern abzuwischen. Seine Feinmotorik war geschwächt, und die rechte Hand würde er wohl nie mehr wirklich einsetzen können. Er sah hinaus in den Nebel und dachte an seinen Großvater. Der hatte ihm, als er ein Kind war, erklärt, dass der Teufel in der Hölle die armen Sünder in einem riesigen Kochtopf siedet, wenn der Nebel aufsteigt. „Da schau, Kleiner, da ist schon wieder eine Ladung unten angekommen!", hatte er gesagt, und Andres hatte sich geschüttelt vor Grauen und wollte lieb und brav sein, um nicht eines Tages in der Hölle im Kochtopf des Teufels zu schmoren. Als sein Großvater kurz darauf starb, war die Stadt über Stunden in dichten Nebel gehüllt, und Andres betete für seine Seele, in der Hoffnung, dass der Teufel den Großvater wieder nach oben entließe. Oder war sein geliebter Opa vielleicht doch nicht so ein guter Mensch gewesen, wie er immer geglaubt hatte? Da verzog sich der Nebel, und Andres' Welt war wieder in Ordnung. Als er am nächsten Morgen erfuhr, dass einige Stunden vor seinem Großvater der Nachbar Alfred Schäfer gestorben war, stand für ihn fest, woher der Dampf kam, natürlich von Alfred, dem besoffenen Hallodri, der sich um keinen Gott und kein Vaterland scherte, wie der Großvater immer gesagt hatte.

„Du träumst, *chérie!*", sagte Lore, während sie Kartoffeln mit der harten Gemüsebürste abschrubbte.

Lore schnitt die Kartoffeln in hauchdünne Scheiben und schichtete sie in eine gebutterte Auflaufform. Sie streute etwas frische, klein gehackte Minze darauf, mahlte Salz und Pfeffer darüber, legte die Lachsforellen darauf, beträufelte das Ganze noch mit etwas Olivenöl und stellte die Form in den vorgeheizten Backofen.

„*Voilà*", sagte sie, setzte sich neben ihn und zündete sich eine Zigarette an. „Hast du von mir geträumt?"

Sie sah sein Gesicht und lachte. Sie wusste, dass er es hasste, wenn sie rauchte.

„Nur eine einzige", sagte sie.

Dann hackte sie den Knoblauch; der würde erst später auf den Kartoffeln verteilt, damit er nicht verbrannte.

„Lass uns zusammen schlafen", sagte sie. „Lass es uns heute versuchen."

15

Wiewohl er seinen Traum stets vor sich her getragen hatte, fühlte Andres sich alt und nicht mehr fähig zur körperlichen Liebe. Er hatte Angst davor. Lore hatte ihm das Zimmer neben dem ihren eingeräumt, damit sie hören konnte, wenn es ihm in der Nacht nicht gut ging; denn sie machte sich Sorgen. Sie hatte sich von ihm und ihrem früheren Leben getrennt, doch seit er hier bei ihr war, wollte sie zurück zu den Menschen, denen sie den Rücken gekehrt hatte. Nun tat es ihr leid, dass sie sich so radikal von ihrer Vergangenheit getrennt hatte. Von Zeit zu Zeit hatte sie sich bei ihrer Familie in Frankreich gemeldet, zu der sie früher ein gutes Verhältnis gehabt hatte. Allerdings hatte sie ihnen niemals ihren Aufenthaltsort genannt; bis Andres bei ihr aufgetaucht war. Sie hatte wieder Kontakt zu ihrer Schwester aufgenommen. Estelle verzieh ihr nicht so leicht, und die Beziehung zu ihr würde wohl nie wieder so werden wie dereinst. Doch war ein Anfang gemacht. Vielleicht könnte sie ihr eines Tages erklären, warum es für sie wichtig gewesen war, sich gerade auf diese Art und Weise zu lösen. Vielleicht würde Estelle es eines Tages verstehen.

„Du entgehst dir nicht. Du entgehst dem Tod nicht. Er läuft beständig neben dir her, bis er dich überholt und sich dir in den Weg stellt. Du läufst ihm direkt in die ausgebreiteten Arme. Er wiegt dich in den ewigen Schlaf, und er wird dich trösten. Er ist es, der übrig bleibt. Er ist nichts. Er ist alles", sagte Lore. „Du wusstest, wie sehr ich mich danach gesehnt hatte, ein Kind von dir zu bekommen. Es war nicht, weil mir Jockel nicht genügte, er war mein Schatz, mein geliebtes Kind. Vielleicht wollte ich das Erlebnis des Gebärens spüren. Mich durch den Schmerz zu mir selbst, in mein Innerstes vortasten. Wer weiß? Dieses Grauen, das wir anrichten, indem wir gebären! Der Schmerz, den wir denen bereiten, die wir am meisten lieben! Als müsse auch das Grauen weitergehen, als dürfe der Schmerz nicht enden. Wir wollen uns reproduzieren. Vielleicht hat es auch mit dem Wunsch nach Unsterblichkeit zu tun. Ich wollte ein Kind von dir. Als Jockel krank wurde, als klar war, dass er nur durch ein Wunder überleben würde, als er schließlich in seinem Sterbebett lag und bereits diesen in die Ferne gerichteten, leeren Blick hatte, wuchs mein Wunsch nach einem Kind von dir im selben Maße wie mein Schmerz. Er wuchs aus dem Schmerz. Ich erinnere mich noch gut daran, wie ich eines Morgens aufwachte und eine seltsame Übelkeit verspürte. Ein Aufwallen des leeren Magens, ich übergab mich stockend, als gäbe es von oben einen Sog, während mein Magen sich zu heben und senken schien. Während meines Erbrechens drängte sich mir der Gedanke auf, schwanger zu sein, und versüßte mir die Qual. Ich wusste, dass ich schwanger war, ich spürte es. Ich weinte vor Glück und vor Gram. Beides empfand ich, als ich an seinem Bett saß, in der einen Hand die seine haltend, in der anderen eine Tasse mit heißem Kamillentee, aus der ich in kleinen Schlucken trank, um mir nicht den Mund zu verbrennen. Die Übelkeit war so rasch wieder vergangen, wie sie gekommen war. Ich saß am Bett meines Sohnes, den ich unweigerlich verlieren würde, und fühlte gleichzeitig die Entstehung eines neuen Lebens in mir. Und ich schämte mich, mir gestehen zu müssen, dass mein Körper, alle meine Sinne von einem Glücksgefühl erfasst wurden, das nicht zu beschreiben ist. Gleichzeitig war ich traurig und fühlte mich schuldig. Niemals zuvor hatte ich ein intensiveres Lebensgefühl gehabt als in jenem Moment. Jockel sah mich an und versuchte ein schwaches Lächeln.

,Meine Mama', sagte er. Sonst nichts. Nur ,meine Mama.'

Ich war erschüttert und vergrub mein Gesicht neben dem seinen. Ich weinte und in mir drinnen lachte es. Es lachte aus mir heraus mit meinen Tränen. Ich war schwanger. Mein Frauenarzt bestätigte es und gratulierte mir. Er wusste von Jockels Krankheit und seinem nahenden Tod.

,Sehen Sie, es ist zwar kein Trost, aber das Leben geht weiter. Es geht auch ohne uns weiter. Freuen Sie sich trotzdem auf ihr Baby. Es kann nichts für ihren Kummer und hat ein Lächeln verdient', hatte der Arzt gesagt.

Am Tag nach der Beerdigung wachte ich morgens auf und hatte starke Bauchschmerzen. Es war noch dunkel, und ich schlich, um dich nicht aufzuwecken ins Badezimmer. In meinem Bauch zuckten Krämpfe, und als ich das Bad erreicht hatte, hatte ich mein Baby bereits verloren. Alles war voll Blut, das ich so gut es ging aufwischte. Ich vergrub die Fehlgeburt im Garten. Es war nichts als ein winziges Stück blutiges Fleisch, doch ich vergrub es im Garten. Ich grub einige Astern aus Maries Blumenbeet aus und pflanzte sie auf das kleine Grab. Ich wusch mir die Hände, zog mich an, packte das Nötigste, einige Kleidungsstücke, Toilettenartikel, meine Manuskripte, die Dinge, an denen mein Herz hing, streifte den Ring von meinem Finger, schrieb dir einen kurzen Abschiedsbrief und ging. Ich schleppte meine Taschen zum Auto. Im Wald lag noch die Nacht. Ich drehte mich noch einmal um, sah das Haus wie ein Puppenhaus hinter mir liegen, das wenige, was man durch die Bäume und das Gebüsch sehen konnte, und es erschien mir wie ein Traum, der nun zu Ende war, und der nicht gelebt werden konnte, da es nicht mehr war als ein Traum. Noch war alles grün. Nur vereinzelt verfärbten sich bereits die Blätter. Der Sommer war nicht so trocken gewesen wie die Sommer zuvor. Ich dachte, bald wird der Wald bunt, und dann fallen die Blätter zu Boden und verrotten, um neues Leben entstehen zu lassen, und ich habe meine beiden Kinder verloren. Da wusste ich, dass ich nie wieder zurückkehren würde, ob es nun richtig war, was ich tat, oder nicht. Ich wusste, dass ich mit meinem Handeln mein eigenes Leben gefährdete. Ich fuhr nach Erlangen und meldete mich in der gynäkologischen Ambulanz der Uniklinik. Dort wurde ich ärztlich versorgt und stationär aufgenommen. Nach einer Woche wurde ich entlassen und setzte meinen Weg fort, ohne zu wissen, wohin. Einmal rief ich vom Krankenhaus aus an. Du nahmst den Hörer ab und meldetest dich. Ich schwieg. Da schriest du:

‚Lore bist du es? Lore, wo bist du? Lore! Komm zurück! Ich brauche dich! *Je t'aime, Lorraine!*‘

Ich hängte den Hörer zurück in die Gabel, verließ die Telefonzelle und ging. Und nun drehte ich mich nicht mehr um; denn sonst wäre ich zu dir zurückgekehrt."

Er nahm ihre Hand und sie schwiegen. Er erinnerte sich genau an die Situation. Es war mitten in der Nacht gewesen. Wie immer in dieser Zeit hatte er schlaflos gelegen. Als das Telefon geklingelt hatte, war er die Treppe hinuntergerannt. Um keine Zeit zu verlieren, hatte er sich nicht die Mühe gemacht, das Licht anzuknipsen, war gestolpert, hatte sich den Fuß verstaucht und das Schienbein an einer Stuhlkante gestoßen. Am nächsten Tag war das Fußgelenk geschwollen, und ein großer blauer Fleck hatte sich an seinem Bein gebildet. Nachdem sie aufgelegt hatte, hatte er noch lange den Hörer ans Ohr gepresst und ihren Namen gerufen. Dann hatte er sich auf den Boden gesetzt und darauf gewartet, dass sie wieder anrufen würde. Doch sie hatte nicht mehr angerufen, und er war eingeschlafen. Stunden später war er aufgewacht. Er hatte auf dem Boden vor dem Telefon gelegen und gefroren. Jeder einzelne Knochen hatte geschmerzt. Es dämmerte bereits. Er war nach oben gegangen, hatte sich in sein Bett gelegt, um wieder warm zu werden. Kurz darauf war er eingeschlafen und von einem Alptraum heimgesucht worden, an den er sich, nachdem er aufgewacht war, nicht mehr hatte erinnern können. Es hatte etwas mit ihr zu tun gehabt, aber so sehr er sich auch bemühte, es war ihm nicht gelungen, den Traum zu rekonstruieren.

„Ja", sagte er, „ich erinnere mich."

16

Von ihrer Schwangerschaft hatte er nichts geahnt. Als er morgens aufgestanden war und ihren Brief gelesen hatte, waren die Spuren beseitigt, das Blut weggewaschen, das Haus wieder sauber. Die Meiergoblerin hatte bereits geputzt. Er hatte geschrien, sich auf einen Stuhl vor dem Tisch fallen lassen. Er hatte geschluchzt, bis ihm Luft weggeblieben war. Die Meiergoblerin hatte den Herd geschürt, Wasser gekocht und schließlich eine große Tasse Kaffee vor ihn hingestellt, die er erst bemerkt hatte, als der Kaffee kalt gewesen war. Er hatte ihn in einem Zug in sich hinein geschüttet, die Tasse zurückgestellt auf den Tisch und weiter vor sich hin geschluchzt. Die alte Frau war ihm ein Trost gewesen. Sie hatte ihn nicht gestört in seinem Kummer. Er hatte sich nicht vor ihr geschämt. Schweigend hatte sie die Hausarbeit erledigt. Schweigend war sie hinter ihn getreten und hatte über seinen Kopf gestrichelt. Und er hatte es ertragen. Es hatte ihm gutgetan. Sie hatte gewusst, was passiert war. Sie hatte von Lores Schwangerschaft gewusst. Er erinnerte sich an das kleine neue Beet im Garten, das die Meiergoblerin später mit weißen Steinen eingefasst hatte, das Grab seines Kindes. Stets hatte sie Blumen darauf gepflanzt. Sie hatte alles gewusst und niemals darüber gesprochen, diese seltsame Weise. Vor nunmehr acht Jahren war sie im Alter von einhundertvier Jahren gestorben. Als das Bürgermeisteramt der Stadt ihr zum hundertsten Geburtstag eine Tagesbusreise durch das Fichtelgebirge geschenkt hatte, musste sie das Geschenk annehmen. Als sie später aus dem Bus aussteigen wollte, hatte ein Reporter der Regionalzeitung ihr hilfreich die Hand gereicht, doch sie hatte nur gesagt:

„Lassen sie das! Helfen Sie lieber der alten Frau da, die hat's nötiger!"

Draußen, auf dem Marktplatz hatte sie tief ausgeatmet und gesagt: „Bin ich froh, dass ich wieder daheim bin! Den ganzen Tag nichts als alte Krauter!" Dann hatte sie sich umgedreht und wollte nach Hause gehen.

Doch der Bürgermeister hatte noch ein Abendessen ihr zu Ehren organisiert, an dem sie wohl oder übel teilnehmen musste. Alle Zeitungen hatten über die rüstige Hundertjährige geschrieben, die noch immer ihren Hof alleine bewirtschaftete und Pilze, Kräuter und Beeren sammelte. Sie hatten Fotos von ihr in die Zeitung gesetzt, die ihr nicht gefallen und sie zu der Frage veranlasst hatten:

„Ja, wie schau denn ich da aus? Wie eine alte Frau!"

Sie wusste mehr als ich, dachte Andres.

Er fühlte Eifersucht bei dem Gedanken, dass sie das Grab seines Kindes gepflegt hatte, von dem er nicht das Geringste geahnt hatte. Vielleicht hatte sie recht gehabt, als sie ihm eines Tages vorgeworfen hatte, er wäre es, der sich abkapselte von allem.

„Du kriechst in dein eigenes Leid, fühlst dich sauwohl darin. Pass bloß auf, dass du nicht drin stecken bleibst. Da kann die Lore nichts dafür. Sie hätte dich gebraucht, und du hast nichts gesehen, weil du mit dem Kopf in der eigenen Soße gehangen hast", hatte sie gesagt, und er hatte lang darüber nachgedacht, ob vielleicht was Wahres dran sein könnte.

Damals hatte er ihr geantwortet:

„Das stimmt nicht. Sie hat mich doch verlassen."

Die Meiergoblerin hatte den Kopf geschüttelt und gesagt:

„Ja, wenn man jetzt nur wüsste, wie viel Wahrheit in der Lüge steckt, dann könnte man vielleicht auch die Lüge in der Wahrheit erkennen."

Sie war es gewesen, die ihn nach seinem Schlaganfall gefunden hatte. Er hatte in der Bibliothek auf dem Boden gelegen, war einfach nach vorne gekippt. Sofort hatte sie einen Krankenwagen gerufen und ihn beatmet und eine Herzmassage durchgeführt. Der Meiergoblerin hatte er sein Weiterleben zu verdanken. Damals und lange Zeit danach hatte er gedacht, sie hätte ihn sterben lassen sollen. Doch jetzt war er ihr dankbar.

„War unser Kind ein Mädchen oder ein Junge?", fragte er.

Gleichzeitig, ohne sagen zu können, warum, schämte er sich für die Frage.

„Das tote Kind war ein Junge", sagte Lore. Aber Lore hatte noch mehr zu sagen, viel mehr. Je länger sie sprach, in umso weitere Ferne rückte ihre Stimme. Er drehte sich von ihr weg zum Fenster. Er sah, wie die Sonne unterging am Horizont, allmählich hinter dem Mont Blanc versank und den Himmel rot färbte. Was Lore sagte, drang in sein Ohr, fand aber kaum den Weg zu seinem Gehirn. Dann schwieg Lore.

„Morgen scheint die Sonne. Die Nacht wird klar", sagte er abwesend.

Lore trat zu ihm. „Sei mir nicht böse! Bitte! Verzeih mir!"

Doch Andres schaute auf die Fensterscheibe, in der sich sein Gesicht spiegelte, als hätte er sie nicht gehört. Wie hässlich ich bin. Wie ein Monster. Besonders wenn ich lache, wird mein Gesicht zur Fratze. Abstoßend und erschreckend, dachte er. Er sagte:

„Ich brauche ein paar Minuten für mich. Entschuldige ..."

Er öffnete die Tür und rannte hinaus.

Dritter Teil

Joëlle

1

Ich bin Joëlle. Joëllie, wie man mich meistens nennt. Meine Mutter nannte mich früher Joujou, aber es gab nichts, was ich mehr hasste, als Joujou genannt zu werden. Mein ganzes Leben lang hatte ich das Gefühl, auf der Flucht zu sein. Das heißt, ich hatte ständig das Gefühl, dass meine Mutter auf der Flucht war und mich mitschleppte. Als ich noch ein Kind war, dachte ich mir Geschichten aus, in denen sie eine Verbrecherin war, die von der Polizei gejagt wird, weil sie mit ihren Kochkünsten jemanden vergiftet hatte. Kein anderes Verbrechen hätte zu ihr gepasst. Ich sah sie lesen oder schreiben oder kochen oder auf dem Markt, was zum Kochen einkaufen. Ich dachte, vielleicht hat sie ja in Japan für einen Minister oder einen Freund des Kaisers einen Kugelfisch zubereitet und der ist daran gestorben. Bevor meine Mutter hingerichtet werden konnte, hat ihr jemand, der in sie verliebt war, zur Flucht verholfen. Ich habe mir vorgestellt, dass der Typ, also der, der in meine Mutter verliebt war, immer bei ihr in der Küche rumhing und ihr beim Kochen zuschaute. Das ist oft vorgekommen. Immer wieder gab es Idioten, die in meine Mutter verknallt waren und sie beim Kochen anhimmelten. Meine Mutter hat zwar klasse ausgesehen, tut sie immer noch, aber sie hat alle abblitzen lassen. Ich konnte mir meine Mutter einfach nicht mit einem Mann vorstellen. Aber sie muss einen gehabt haben, so viel steht fest. Schließlich gibt es ja mich. Manchmal habe ich mir auch vorgestellt, dass sie mich geklaut hat, entführt, und deshalb auf der Flucht war. Dann habe ich mir vorgestellt, wie meine richtige Mutter aussehen könnte. Einmal habe ich im Bus, als ich mittags aus der Schule kam, ein Ehepaar gesehen und gedacht, das könnten meine Eltern sein. Ich habe mich derart hineingesteigert, dass ich mit den beiden ausgestiegen und neben ihnen her gelaufen bin. Sie blieben bei einem Bekannten stehen und unterhielten sich. Ich blieb auch stehen und lächelte den Typ an. Aber „meine Eltern" hatten das gar nicht mitgekriegt. Erst als der andere sagte:

„Oh, Fabi, deine Tochter sieht dir sehr ähnlich!", bemerkten sie mich.

„Das ist nicht unsere Tochter."

Da tat ich so, als würde ich eine bestimmte Straße suchen und lief weiter. Seltsamerweise ging ich dann wirklich zu der Straße, nach der ich gefragt hatte, stand noch eine Weile da, bis ich wieder zurück zur Haltestelle lief und mit dem nächsten Bus in unser Dorf fuhr. Meine Mutter wartete schon auf mich und war völlig aufgelöst. Sie hatte immer eine wahnsinnige Angst um mich. Sie dachte immer, dass ich entweder überfallen oder überfahren werde, oder dass ich etwas Ungesundes esse, mich übergebe, auf dem Rücken liege und ersticke. Lauter so ein Zeug hat sie sich ausgemalt. Furchtbar! Ich glaube, es hat nie ein Kind gegeben, das so wenig durfte wie ich. Deshalb habe ich sie irgendwann immer nur angelogen. War klar. Wenn ich zum Beispiel gesagt hätte: Ich treffe mich mit einem Freund, dann hätte sie alles von ihm aus mir herausgequetscht. Einmal habe ich den Fehler begangen, ihr zu sagen, dass ich mich mit einem Freund treffe. In den war ich ziemlich verliebt. Also sie:

„Wie heißt denn der junge Mann?"

Junger Mann! Der Alain war damals sechzehn.

Ich sagte:

„Alain!"

„Geht er in deine Schule?"

„Nein, er geht zum *lycée professionnel!*"

Das war nicht so fein wie unsere Schule. Aber das war nicht so schlimm. Meine Mutter war immer links. Politisch. Und wir haben uns mit der Arbeiterklasse solidarisiert. Das waren schließlich die Grundfesten von *La France*. Freiheit, Gleichheit und Brüderlichkeit. Aber vor allem Solidarität. Jedenfalls hat sie mich als Nächstes gefragt, was seine Eltern machen. Und ich habe gesagt, die Mutter putzt im Gemeindeamt und bei ein paar Privatleuten, und sein Vater fährt mit dem LKW und transportiert Käse nach Italien und in die Schweiz. Da hat sie vielleicht ein Drama gemacht. Sie wollte die Leute unbedingt kennenlernen, von wegen Solidarität mit der Arbeiterklasse und so weiter. Aber am schlimmsten war, dass sie mich unbedingt hinbringen wollte; und zwar nicht nur zur Bushaltestelle, sondern bis dahin, wo ich mit ihm verabredet war, um den „jungen Mann" kennenzulernen. Das war grässlich. Alain hatte nämlich ein Mofa, und wir wollten mit Aliette und Robert auf eine Party, und ich kam mit meiner Mutter an. Der arme Alain! Meine Mutter hat ihm ein Loch in den Bauch gefragt. Zum Kotzen. Auch nach Drogen hat sie ihn gefragt. Aber er war schlau und hat gesagt, er trinkt nicht und raucht nur ganz wenig, weil seine Mutter Alkoholikerin ist und sauer, wenn die Gardinen gelb werden. Und dann hat meine Mutter gefragt, ob er denn sein Mofa stehen lässt. Da habe ich ihm einen Stups gegeben, damit er nicht sagt, dass wir mit dem Mofa auf die Party fahren und dass ich hinten drauf sitze. Aber dann sind Robert und Aliette auf dem Mofa gekommen, und meine Mutter hat darauf bestanden, dass die Mofas stehen bleiben und hat uns mit dem Auto zur Party gefahren. Peinlich, peinlich! Dann wollte meine Mutter immer seine Mutter retten, vom Alkoholismus befreien, ihr zu einem neuen Lebenssinn und Mut als Frau verhelfen, und ich fand das Ganze nur absolut daneben. Schließlich hat die Mutter von Alain dann bei uns das Haus geputzt. In ihrer Schürze hatte sie immer einen Flachmann mit Schnaps versteckt. Bis ich einmal so richtig Durst hatte, und aus einer Flasche im Kühlschrank einen kräftigen Schluck genommen habe. Erst da habe ich bemerkt, dass das kein Wasser sondern Schnaps war. Da war meine Mutter sauer. So groß war die Solidarität dann doch nicht. Und als ich mich in einen anderen verliebt habe, hat Alains Mutter nicht mehr lange bei uns geputzt. Danach habe ich meine Mutter immer angelogen. Ich habe ihr gesagt, dass ich mich mit Pauline zum Lernen treffe. Da hat sie mich hingefahren und gewartet, bis ich bei Pauline im Haus verschwunden war; vorher ist sie nicht gefahren. Entweder war ich mit meinem neuen Freund bei Pauline verabredet, oder ich bin nach fünf Minuten wieder raus und bin zu Pierre. Pauline war natürlich eingeweiht. Einmal hat meine Mutter mich in der Stadt gesehen, mit einem Freund, da hat sie ein Mordstheater gemacht, von wegen Vertrauen und so weiter. Aber dann habe ich es bereut, und alles war wieder gut. Einmal habe ich ihr gesagt, dass mein Freund Pierre keine Eltern mehr hat, ein armes Waisenkind, aber sie kannte seine Familie und war, wie sie sagte, „bestürzt". Und einmal habe ich sie besonders derb angelogen. Charles. Ich habe ihr gesagt, dass seine Mutter eigentlich eine Hure ist und früher im Bordell angeschafft hat, aber nun, nachdem ihr ein Freier ein Auge ausgestochen hat, im Bordell nur noch als Putzfrau arbeitet. Da war sie schockiert.

„Und sein Vater?", wollte sie wissen.

„Der ist Türsteher in dem Bordell", habe ich behauptet. Und weil ich besonders frech sein wollte, habe ich noch gesagt: „Schwanzkontrolle!"

Das fand sie, glaube ich, nicht so berauschend. Aber es hat Spaß gemacht. Nur schade, dass der Vater von Charles der Chefarzt im Krankenhaus war. Und irgendwann einmal habe ich Nasenbluten gehabt, und sie hat mich im Geiste schon wieder im Grab gesehen und ist mit mir zum Krankenhaus gefahren, damit ich gerettet werde. Mein Nasenbluten war schon längst weg, aber sie wollte das abklären lassen. Als Charles' Vater zur Tür herauskam, habe ich meinen Kopf zur Seite gedreht und so getan, als würde ich ihn nicht sehen, aber er hatte mich schon erkannt und ist auf mich zu gestochen.

„Aurélie! Wie schön, dich zu sehen! Ist das deine Pflegemutter? Eine reizende Frau!"

Ich bin fast gestorben. Dann hat der Vater von Charles zu meiner Mutter gesagt:

„Wissen Sie, ich bin der Vater von Charles. Auch er hat vor zwei Jahren durch einen tragischen Unfall seine Mutter verloren. Wie gut es die kleine Aurélie doch hat, eine so reizende Stiefmutter gefunden zu haben. Wo doch ihr Vater in China an einem Forschungsprojekt arbeitet und kaum Zeit für das arme Kind hat!"

Also, wenn meine Mutter geschockt war, dann hat sie sich das nicht anmerken lassen. Aber am nächsten Tag hat sie ihn angerufen und aufgeklärt. Dann hat Charles Schluss mit mir gemacht. Das war mir sehr peinlich. Meine Mutter hat mich dann zu einer Therapeutin geschleppt, die ihr der Vater von Charles empfohlen hat, aber die war total unfähig. Zu gutgläubig. Der konnte man noch mehr Unsinn erzählen. Die hat alles geschluckt. Die ist richtig heiß geworden, als ich ihr gesagt habe, dass mein Vater mich immer so angefasst hat und meine Mutter ihn deshalb verlassen hat. Ich habe dabei sogar geweint. Das ging ganz von alleine, als wäre das wirklich so gewesen. Und sie ist voll darauf abgefahren. Aber als sie dann mehr wissen wollte und ihr Tonband angestellt hat, ist es mir zu mulmig geworden, und ich habe ihr erzählt, dass ich mich nicht mehr richtig erinnern kann. Aber seitdem hätte ich meinen Vater auch nicht mehr zu Gesicht bekommen. Als ich das sagte, habe ich plötzlich gedacht: Na klar, das ist es, deshalb habe ich keinen Vater. Sie hat ihn umgebracht! Deshalb ist sie auch auf der Flucht! Ich habe gedacht, dass ich jetzt gar nichts mehr sage, sonst verrate ich sie und dann wird sie geschnappt, und überhaupt habe ich schon viel zu gefährliche Sachen gemacht; denn wenn sie jetzt geschnappt würde, dann nur, weil ich sie angelogen habe. Ich bin dann nicht mehr zur Therapie gegangen. Ich habe mich hinbringen lassen, ein bisschen im Flur gewartet und bin dann abgehauen.

2

Es ist schon seltsam. Ich fühle mich, als wäre ich in einer Lüge geboren und darin aufgewachsen, als wäre ich die Lüge. Als ich das meiner Mutter mal sagte, hat sie geweint.

„Habe ich denn keine Verwandten, keine Oma, keine Tante?"

An dem Tag hat sie mir die Geschichte erzählt, dass ihre Familie vom Unglück verfolgt ist und dass sie mich schützen muss vor dem ganzen Schicksalhaften, das uns umgibt, und dann hat sie mich in ihre Arme gerissen und so fest gedrückt, bis ich gejapst habe, weil ich keine Luft mehr bekam. Sie erzählte, dass es mal einen Mann gegeben hat in ihrem Leben. Und dass der mit ihrer Freundin verheiratet war, und dass die vielleicht gestorben ist, weil Lorraine ihn auch geliebt hat. Aber das hat sie erst viel später gemerkt, dass sie ihn liebt. Eine konfuse Geschichte jedenfalls, und ich habe gedacht, jetzt weiß ich, woher ich die Geschichtenerzählerei habe. Ich habe ihr kein Wort geglaubt, fand es aber fantastisch. Als die Freundin tot war, ist Lorraine zu dem Mann gezogen und hat sein Kind aufgezogen. Aber angeblich hatte sie erst mal gar nichts mit ihm. Das glaubt doch kein Mensch. Ich habe dann in ihren Sachen gewühlt und ein Tagebuch und Fotos gefunden. Da war sie drauf mit einem Mann und einem kleinen Jungen, Marke Rauschgoldengel. Vielleicht stimmte die Geschichte also doch, aber der Typ sah klasse aus, und es war kein Stück glaubwürdig, dass sie so lange mit dem nichts hatte. Außer er war schwul. Aber dann hätte er ja wohl keine Kinder gemacht. Oder vielleicht war auch sie schwul. Denn wie gesagt, ich hatte nie gesehen, dass sie was mit einem Mann hatte. Allerdings auch nicht mit Frauen. Sie war einfach jenseits, von allem. Vielleicht liebte sie ihn ja immer noch. Er war mein Vater, hat sie gesagt. Aber ich kann mir das wirklich nicht vorstellen. Sie hat mir später mal gesagt, dass ihr eigener Vater sich umgebracht hat, als sie sechs Wochen alt war. Irgendwie hat sie einen Komplex entwickelt, am Tod der Menschen schuldig zu sein. Sie denkt, dass sie Unglück über die Menschen bringt. Sie kann denken, was sie will. Tut sie auch. Aber was soll ich denken? Wenn man mich fragt, dann ist sie krank. Aber mich zur Therapeutin schicken! Und zu so einer doofen obendrein! Ich weiß gar nicht mehr genau, wie die Sache damals weiterging. Die Therapeutin hat sich dann mit meiner Mutter verabredet. Ich habe mit allen Mitteln versucht, das Treffen zu verhindern, behauptete, die gute Frau habe mich unbedingt auf eine Missbrauchsschiene setzen wollen, weil sie mir nicht glauben wollte, dass ich nie einen Vater hatte. Aber irgendwie hat alles nichts genützt. Dann habe ich auch gespielt, dass ich krank bin, weil ich dachte, sie lässt ihr kleines „Joujou" bestimmt nicht allein. Aber meine Mutter hat die Nachbarin, Madame Chariot, geholt, damit die auf mich aufpasst, und ist zu dem Termin gefahren. Als die Chariot gerade Kamillentee für mich gekocht hat, habe ich mich aus dem Haus geschlichen und bin durch den Wald gelaufen. Ich habe mir vorgestellt, dass ich jetzt sterben könnte, und dann würden sich alle Vorwürfe machen und endlich kapieren, wie edel und wunderbar ich war, aber dann wäre es zu spät. Als ich nach Hause kam, war die Chariot schon weg, meine Mutter saß auf dem Sofa, die Beine angezogen, das Kinn auf den Knien und den Daumen im Mund wie ein kleines Mädchen und starrte vor sich hin. Da habe ich gesehen, wie traurig und verletzt sie war. Aber ich war auch verletzt. Schließlich hat sie mich so erzogen, alle hatten einen Vater und eine Familie und besuchten ihre Oma, nur ich nicht. Ich war doch nicht schuld daran, dass sie ihr Leben nicht in den Griff bekam. Und dann habe ich sie angeschrien, dass sie meinen Vater umgebracht hat, und dass sie mir endlich sagen soll, warum, und sie müsste sich gar nicht wundern, wenn ich Geschichten erfinde, weil ich keine Geschichte habe. Sie hätte mir meine Geschichte geraubt. Ich habe „geraubt" gesagt, weil das dramatischer war. Und plötzlich brach ich in Weinen aus. Meine Tränen waren sogar echt. Ich kippte vornüber, rollte mich zusammen und schluchzte und schluchzte. Meine Mutter saß auf dem Sofa, lutschte am Daumen und weinte auch. Ich habe das gesehen, und dann habe ich geschrien:

„Warst du auch so scheiße zu deinem kleinen Rauschgoldengel? Oder hast du den vielleicht lieb gehabt? Der ist allerdings leider tot und ich lebe, aber ich habe es mir nicht ausgesucht. Und deine scheiß Betti war gut in der Schule, ein Überflieger, und ich bleibe wahrscheinlich hängen, und dein scheiß Jockel war eine Seele von Mensch, und alles war perfekt. Aber die sind tot, und ich lebe! Warum hat der Kretin dich nicht geheiratet? Warum bin ich nicht auch gestorben? Ich bin doch ein Kind. Ich bin doch dein Kind! Oder etwa nicht? Ich hasse dich, Lorraine! Ich hasse dich, du bist böse, du bist gar keine Mutter. Ich muss so sein, wie du mich haben willst. Ich bin nichts als ein jämmerlicher Ersatz für deinen scheiß Jockel!"

Mein Kummer war echt. Trotzdem habe ich sie aus den Augenwinkeln heraus beobachtet und habe gedacht, dass sie nur an sich denkt, und ich denke nur an mich. Aber dann habe ich gesehen, wie ihre Schultern zitterten und wie dünn sie war, und ich habe gedacht, sie ist genauso bekloppt wie ich. Und dass ich sie liebe, das habe ich auch gedacht. Aber plötzlich ist mir eingefallen, dass ich ganz viel gesagt hatte, was ich nur aus ihrem Tagebuch kannte. Sie hat den Kopf gehoben und mich angeschaut. Sonst nichts, aber wir haben es beide gewusst. Sie, dass ich ihr Tagebuch gelesen habe, und ich, dass sie es jetzt wusste. Eigentlich hätte sie jetzt mit mir darüber sprechen können. Aber sie hat wie immer geschwiegen, mich aus ihrem Leben rausgehalten, als käme ich darin nicht vor. In ihrer Vergangenheit komme ich wirklich nicht vor, aber aus ihrer Vergangenheit komme ich hervor, und mein größtes Problem ist, dass ich da nicht mehr rauskomme, als gäbe es keinen Ausweg und ich bliebe für immer gefangen in ihrer Vergangenheit, in der ich nicht vorkomme und mit der ich nichts zu tun habe. Ich kann mich nicht mehr an alle Einzelheiten von damals erinnern, ich weiß auch gar nicht mehr, wie sie dann reagiert hat, oder wie die Sache ausging. Wahrscheinlich hat meine Mutter die Therapeutin überzeugen können, und ich musste auch nicht mehr dorthin. Und in der Schule war ich wirklich saumäßig schlecht; ich meine, ich war nicht dumm, aber faul. Vor allem habe ich oft die Hausaufgaben nicht gemacht und die Schule geschwänzt. Auf jeden Fall hat sie es nicht leicht mit mir gehabt.

3

Als ich klein war, hatte sie immer große Angst davor, dass ich sterbe und sie die Schuld daran hat. Das habe ich ausgenutzt. Ich konnte so schauen, als hätte ich Fieber oder wäre kurz davor, krank zu werden. Das ist mein Schleierblick. Meine Mutter hatte so eine Creme, Pferdebalsam. Wenn ich mir den ins Gesicht geschmiert habe, dann ist es ganz heiß und rot geworden. Hat aber nicht weh getan. Dann musste ich nur noch die Augenlider senken, bis ich nur noch ein bisschen sehen konnte, da ist sie völlig ausgerastet. Wenn ich dann noch die Augen verdreht habe, war es ganz aus.

„Joujou! Meine Kleine!", hat sie gequietscht.

Das war echt lustig. Dann musste ich nicht in den Kindergarten oder in die Schule, weil sie immer gleich dachte, dass ich Krebs habe. Dann hat sie mein Lieblingsessen gekocht, und ich musste mich zusammenreißen, um nicht alles in mich reinzuschlingen. Ich war ja krank. Dabei war ich eigentlich nie krank. Nur einmal. Damals war ich vierzehn. Unsere Clique hatte sich auf dem Spielplatz getroffen, um Alkohol zu trinken. Ich hatte eine angebrochene Flasche Calva dabei, mit dem hatte meine Mutter flambiertes normannisches Kotelett mit Äpfeln gemacht. Super! Hat's nach der Spielplatzaktion lange Zeit nicht mehr gegeben bei den du Barres. Mir schmeckte der Alkohol gar nicht, und eigentlich war mir schon nach dem ersten Schluck kotzelend, aber ich tat, als könnte ich saufen wie ein Loch und rauchen wie ein Schlot. Wenn ich ehrlich bin – haha – kann ich mich an gar nichts mehr erinnern. Jedenfalls habe ich furchtbare Sachen geträumt und bin irgendwann aufgewacht. Ich wusste nicht, wo ich war. Alles war fremd und hat anders gerochen als sonst. Ich sah den Kopf meiner Mutter, ihren dunklen Lockenbusch wie einen riesigen Plüschball mit verschwommenen Konturen, dahinter ein vertikales Rechteck mit dunklen und hellen blauen Querstreifen. Das waren die Jalousien am Fenster im Krankenhaus. Meine Mutter stand neben meinem Bett und flüsterte

„Joujou!"

Wahrscheinlich hat sie nicht geflüstert, sondern gequietscht.

Dann war ich wieder weg und hatte wahnsinnige Albträume. Grauenvoll, das weiß ich noch, als würde ich ertrinken. Damals wäre ich fast gestorben. Ich hatte eine Alkoholvergiftung. Wir müssen tierisch gesoffen haben. Alle waren betrunken, aber ich war die Einzige, die eine Alkoholvergiftung hatte. Ich war auch die Jüngste und das einzige Mädchen. Weil Pauline den Barschrank von ihrem Vater nicht aufgekriegt hat, und es durften nur die mitmachen, die Sprit besorgt hatten. Claudine hatte Angst und hat gekniffen. Das war ihre bourgeoise Erziehung, hat Robert gesagt. Also, auf jeden Fall bin ich ohnmächtig geworden. Und als die anderen, die auch strunzhacke waren, mich nicht mehr wach gekriegt haben, sind sie davongetorkelt und haben von der Telefonzelle aus die Ambulanz angerufen. Ich kann mir vorstellen, wie meine Mutter reagiert hat, als die vom Krankenhaus aus angerufen haben.

„Madame du Barre? Sie sind doch Madame du Barre? Hier ist das Hospital St. George. Ihre Tochter …"

Kreisch!

„… ist bei uns eingeliefert worden."

Kreisch! *„Joujou, ma petite!"* Kreisch!

„Kommen Sie bitte sofort hierher. Melden sie sich im ersten Stock. Klingeln Sie an der Intensivstation bei Dr. Maran …"

Kreisch! „Intensiv …?" Kreisch!

„Bitte kommen sie sofort. Es ist sehr ernst."

Kreisch! *„Mon dieu*, was hat sie denn? Ist es ein Unfall? Krebs?" Quietsch!

„Madame, wir dürfen leider am Telefon keine Auskunft geben. Bitte kommen sie!"

Aufgelegt. Meine Mutter muss derart aufgeregt gewesen sein, dass sie beim Rausfahren aus der Garage den vorderen linken Kotflügel zerdetscht hat. An einer Ampel ist sie einem anderen Auto hintendrauf geknallt. Aber zum Glück war dem das gleichgültig.

Er hat gesagt:

„Nur Blech, Madame, aber Sie haben so schöne Augen, wollen Sie nicht mit mir essen gehen?"

Das hat sie mir hinterher erzählt. Nicht nur ein Mal. Hundert Mal! Überhaupt hat sie immer alles hundert Mal – mindestens – erzählt.

„Kannst du dir das vorstellen, Joujou? Ich konnte vor Tränen kaum etwas sehen. Ich habe geschluchzt, Joujou!"

„Nenn mich bitte nicht Joujou, *maman!*"

Ich konnte es mir sehr gut vorstellen. Wahrscheinlich viel besser, als es tatsächlich war. Lorraine mit schwarzen Bächen von der Wimperntusche und vom Kajal im Gesicht, schluchz, winsel, und dann, krach!, dem anderen hintendrauf. Und der steigt aus, sieht das verschmierte Gesicht unter der wilden Mähne und lädt sie zum Essen ein. Absurd! Nicht ohne Komik. Danach war ich vom Alkohol kuriert. Das heißt, vom scharfen Alkohol, vom *eau de vie*, dem Wasser des Lebens, *eau de mort* würde viel besser passen. Wenn ich heute Schnaps rieche, kriege ich sofort einen Brechreiz. Und ganz lange konnte ich kein Normannisches Kotelett mehr sehen, riechen, essen. Das ging sogar so weit, dass mir schlecht wurde, wenn ich Äpfel gesehen habe. Heute geht's wieder. Heute kann ich wieder Normannisches Kotelett mit Calva flambiert essen.

4

Was mich immer am meisten genervt hat, waren all die guten Beispiele, die meine Mutter mir vorgesetzt hat, damit aus mir was wird. Nachdem sie angefangen hatte, mir aus ihrer Vergangenheit zu erzählen, wollte ich natürlich immer mehr wissen. Da war ich dann schon älter und konnte das verkraften. Alle konnten immer alles besser als ich. Sie hat mir furchtbar viel von ihrer kleinen Betti erzählt, die schon mit fünf oder sechs Heinrich Heine gelesen hat. Ich kannte ja schon alles aus ihrem Tagebuch. Sogar das Tagebuch von diesem kleinen Wunderkindkotzbrocken hatte ich gelesen, durfte ich mir aber nicht anmerken lassen. Mit so einem Quatsch kam sie mir! Wahrscheinlich war die nicht sechs sondern sechzig, dachte ich damals. Die ist auch sehr früh gestorben. Ich meine, wenn man in dem Alter nicht spielt, sondern Heinrich Heine liest, dann kann man doch gar nicht glücklich sein. Die ist bei Vollmond in den See und ertrunken. Wollte meine Mutter etwa, dass ich ins Wasser gehe? Ich kann schwimmen. Ich meine, die kleine Betti hätte besser schwimmen gelernt, als Heine zu lesen, dann wäre ihr so was nicht passiert. Betti! Wie kann man ein Kind nur Betti nennen? Babette! Der Name scheint Programm zu sein. Die Babette aus unserer Schule war eine elende Nervensäge. Eine richtige Spaßbremse. Streberin hoch zehn. Lehrerliebling! Aber wenn man jung ist, will man lachen und Quatsch machen und nicht alles wissen. Ist sowieso besser, wenn man nicht alles weiß. Und diese kleine Betti hat sie mir immer vorgehalten, wenn ein Brief aus der Schule kam. Fast jede Woche ist ein Brief aus der Schule gekommen. Ich war frech, vorlaut und was nicht noch alles. Aber lustig war's. Auch heute noch, wenn mir Situationen von früher in den Sinn kommen, muss ich laut lachen. Sogar im Zug oder in der Metro. Dann drehen die Leute ihre Köpfe nach mir um und denken, die spinnt! Manchmal lacht einer mit, der gar nicht weiß, warum ich lache. Der lacht dann einfach nur über das Lachen. Und dann muss ich noch mehr lachen. Als ich im Zug nach München, wo ich immatrikuliert bin, mal laut lachen musste, hat so ein süßer Typ mir gegenüber mitgelacht. Und dann musste ich noch mehr lachen und er auch. Wir haben die ganze Fahrt über nur gelacht, und als wir in München ankamen, haben wir uns für den Abend verabredet und er ist mit zu mir nach Hause und wir sind zusammen ins Bett und haben uns geliebt. So ist das. Meine Mutter hat so etwas nie erlebt, weil sie außer Kochen, Essen, Schreiben und Lesen nichts an Lust erlebt hat. Sie ist so dünn, dass immer alle denken, sie wäre meine Schwester. Sie hätte sich den Hintern breitsitzen oder von der guten Küche aus dem Leim gehen können, aber sie hatte wirklich immer eine Wahnsinnsfigur. Und ihre kleine Betti, von der sie so schwärmt, ist gestorben, bevor sie Sex erleben konnte. Dabei ist Sex das Höchste. Aber am meisten hat mich ihr kleiner Jockelgockel genervt. Das muss ein absolutes Wunder an Gutmütigkeit, Großzügigkeit, Liebesfähigkeit und was der Teufel nicht noch alles gewesen sein. Was wollte sie dann mit mir, fragte ich mich. War ich etwa der Ersatz für alles, was sie verloren hatte? Aber das war für mich keine Liebe. Ich pfeife auf gute Noten, ich bin zickig, egozentrisch und verlogen, aber ich lüge gut, und ich gehe mit ziemlich vielen Jungs ins Bett, wenn ich Lust dazu habe. Und das Studium mache ich nur, weil es mir Spaß macht. Immer wenn es ging, habe ich als Kind heimlich in Lorraines Tagebuch gelesen. Da stand nie was von Sex drin. Auch nichts von heimlichen Begierden. Nur von Sehnsucht.

Seine Zärtlichkeit fehlt mir, oder *ich sehne mich nach ihm,* oder *ich werde ihn nie vergessen.*

Das war das Höchste. Und höchst langweilig. Die sollte mal mein Tagebuch lesen! Da würde sie sicher bestürzt „Joujou" quietschen. Irgendetwas stimmt nicht mit ihr. Sie badet prinzipiell nackt, auch am Strand und im See, hat einen Superkörper – vielleicht ein bisschen zu dünn – und hat nie Sex. Wie funktioniert das wohl mit ihren Hormonen? Vielleicht masturbiert sie ja. Aber so viele Jahre immer nur masturbieren ist doch öde! Außerdem kann ich mir das bei ihr überhaupt nicht vorstellen. Nein, wahrscheinlich verzehrt sie sich nach ihm, rein seelisch, versteht sich. Aber wenn sie ihn so liebt, dass sie sogar die Liebe konserviert, warum hat sie ihn dann verlassen? Alle Brücken hinter sich abgebrochen. Mit mir im Bauch! Angeblich bin ich ein Zwilling. Sie hatte eine Fehlgeburt und hat erst später gemerkt, dass da noch was drin ist im Bauch, nämlich ich. Da konnte sie aber nicht mehr zurück. Wenn das nicht hochgradig neurotisch ist, dann kenne ich mich nicht mehr aus. Und er, hat er sie nicht gesucht? Vielleicht war er ja froh, dass sie weg war, und hat sich eine vollbusige Bayerin geschnappt oder einen drallen Frankenklops und all das mit ihr gemacht, was ein Mann normalerweise macht, wenn er mit einer Frau zusammen ist. Auch dass sie den Kontakt zu ihrer Familie abgebrochen hat, kann ich nicht verstehen. Als ihre Mutter starb, hat sie mich für zwei Tage bei einer Nachbarin abgegeben und ist zu ihr gefahren. Sie hat mich nicht mitgenommen, weil sie nicht wollte, dass ihr heiliger Lover erfährt, dass er eine Tochter hat. Das werfe ich ihr vor, obwohl es bei der Nachbarin nicht schlecht war. Aber dass sie mir meine Großmutter und die Tante und Cousinen vorenthalten hat, das finde ich gemein und schwach. Und krank. Vor allem krank.

5

Ich habe natürlich herausbekommen, woher sie stammt. Steht ja in ihrem Pass. Und in ihrem Tagebuch stand viel über ihre Mutter und ihre Schwester und die Zwillinge. Eineiige Zwillinge im Gegensatz zu mir. Ich hatte lange überlegt, ob ich nicht einfach dort anrufe und sie besuche. Meine Großmutter war ja zu dem Zeitpunkt schon gestorben, aber dadurch, dass ich Bilder von ihr gesehen habe, sehe ich sie so deutlich vor mir, als ob ich sie kennen würde. Ich sehe ihr sehr ähnlich. Schon fast lächerlich ähnlich. Lorraine hat ein Kinderbild von ihrer Mutter, da dachte ich zuerst, dass ich das bin. Irgendwie ist es furchtbar schade, wie die ganze Geschichte gelaufen ist. Als wollte sie mich vor ihrer Welt verbergen. Nein, Quatsch, sie hat mich ja vor ihrer Welt verborgen, und sie hat ihre Welt vor mir verborgen. Und ich muss damit umgehen. Ich muss das lernen, aber ich glaube nicht, dass ich das schaffe. Auch jetzt noch lüge ich oft das Blaue vom Himmel herunter, wie meine Mutter sagt. Ich habe mir so viele Identitäten zugelegt, die ich so intensiv gelebt habe, bis sie mir nicht mehr fremd waren. Manchmal muss ich höllisch aufpassen, wem ich was erzähle, ich brauche ein gutes Gedächtnis. Und ich muss natürlich meine Geschichten geschickt steuern. Ich bin so etwas wie mein eigener Regisseur. Wenn Leute aus meinen verschiedenen Lebenswelten, wie ich sie nenne, zufällig oder auch nicht, aufeinandertreffen, wird's schwierig. Manchmal macht es sogar Spaß, dieses Hinundherspringen von Welt zu Welt. Aber meistens ist es recht anstrengend, weshalb ich es so gut es geht vermeide. Für meine wahre Geschichte habe ich mich immer in den Boden hinein geschämt. Was für ein Bild: in den Boden hinein! Ich kann mir das so richtig vorstellen. Meine Mutter hat mal gesagt:

„Joujou, du schreibst sehr gut, sehr begabt, aber versuch, mehr deine eigenen Metaphern zu finden, als abgegriffene Gemeinplätze zu bemühen!"

Aber manche Gemeinplätze sind perfekt. Und meine Mutter hat auch mal gesagt, dass keiner wirklich aus sich heraus lernt, sondern von anderen, die vor uns gedacht und geschrieben haben, und wir würden uns nur deren Gedanken aneignen und diese weiterführen, sie verändern und vervollständigen. Und so weiter. Wie sie es braucht. Ich glaube, das hat sie gesagt, weil ich in einem ihrer belletristischen Kochbücher die Allgemeinplätze gezählt habe und auf mehr als hundertfünfzig gekommen bin. Mütter sind seltsam, aber so eine seltsame Mutter wie ich hat keiner. In München weiß keiner, dass sie meine Mutter ist. Einmal war ich auf einer Lesung von ihr und habe zufällig einen Bekannten getroffen. Er hat gesehen, wie peinlich überschwänglich sie mich begrüßt hat, quietsch, kreisch!, und fragte, ob ich sie gut kenne. Er war nämlich ein Fan von ihr und wollte sie kennenlernen. Aber da habe ich ihm gesagt:

„Das ist eine Lesbe, die lange hinter mir her war. Sie wohnt nicht weit von mir entfernt in Frankreich."

Ich wusste nämlich, dass er Lesben furchtbar fand. Seine große Liebe war kurz zuvor mit einer Lesbe durchgebrannt, und darum hatte er dann keine Lust mehr, Lorraine kennenzulernen. Nach der Lesung ist sie auf mich zugestochen, hat mich in ihre Arme gerissen, abgeknutscht und *„ma petite Joujou"* gequietscht. Ich verdrehe die Augen und sah, wie mein Bekannter sich angewidert wegdrehte und ging. Trotzdem war ich stolz auf sie. Seltsam. Und weil keiner wusste, dass sie meine Mutter war, gehörte sie in diesem Moment mir ganz allein. Sie war Teil meiner erfundenen Geschichte, als hätte ich auch sie erfunden und als wäre auch ich etwas Erfundenes. Sie war meine Schöpfung. Schwer zu verstehen, aber so war es. Zum Glück schreibt sie unter einem Pseudonym; ich nehme mal an, damit keiner aus ihrer früheren Welt sie erkennt. Sie trägt auch immer eine riesige Sonnenbrille, die das halbe Gesicht verdeckt. Das ist gewissermaßen ihr Markenzeichen, aber ich nenne das Feigheit. Im Grunde mache ich das Gleiche wie sie. Ich lüge mir meine Welten zurecht und sie sich ihre. Sie hat die Wahrheit von sich abgespalten und aus ihrer Welt eliminiert, ich mache es nicht anders. Nur dass ich mehr Phantasie habe. Ich habe auch Spaß daran, die unglaubwürdigsten Geschichten logisch zu ordnen. Je unglaubwürdiger, desto mehr glaubt man mir. Man muss sich nur normal in seiner Geschichte bewegen. Eigentlich ein schauspielerischer Vorgang. Das ist eine Kunst, die nur Lüge genannt wird, weil die Leute keine Ahnung haben. Wenn ich eines Tages sterbe, lasse ich mich auf einem anonymen Friedhof beerdigen, oder ich gehe einfach weg, wenn ich merke, dass es so weit ist, damit es keine Beerdigungsfeier gibt, wo dann alle Menschen, die sich für meine Freunde halten, zusammenkommen und dann noch nach meinem Tod über mich herfallen, weil jeder eine andere Geschichte kennt. Obwohl, wäre vielleicht gar nicht mal so schlecht. Nur ich würde es nicht mehr mitkriegen. Das wäre schade. Ich glaube nämlich den ganzen Quatsch mit Wiedergeburt, Geistern und so weiter nicht. Was weg ist, ist weg. Das einzige Problem wird sein, dass die Leute, die mich vielleicht wirklich lieben, traurig und unglücklich werden, weil ihre Identität an meine gekoppelt ist. Aber irgendwann mal wird es sein, als wäre ich nie dagewesen. Dann werden auch meine Lügengeschichten unwesentlich, sofern ich sie nicht vorher aufgeschrieben habe. Aber selbst dann verlieren sie die Bedeutung, früher oder später.

6

Schon seltsam, dass ich immer ausgerechnet Bio und Forstwissenschaft studieren wollte, genau wie mein Erzeuger. Früher dachte ich, dass Erzeuger besser passt als Vater; obwohl, wenn man es so recht bedenkt, hat Lorraine ihm übel mitgespielt. Er hat ja wohl nie erfahren, dass es mich gibt. Er hat ja noch nicht mal gewusst, dass sie schwanger ist. Vielleicht hätte er mich ja geliebt, wer weiß, alles ist möglich. Nach und nach habe ich immer mehr über ihn erfahren, aber das hat mich keineswegs befriedigt. Im Gegenteil, je mehr ich wusste, desto mehr wollte ich wissen. Es war so, wie wenn man ein Puzzle zusammensetzt. Am Anfang sieht es schlimm nach Arbeit aus, und man hat richtig Scheu, damit anzufangen. Wenn man schon ein gutes Stück hat, fängt es an, Spaß zu machen. Und mittendrin gibt's immer mal wieder so Punkte, an denen man denkt: Was machst du eigentlich für einen Quatsch, ist doch sinnlos? Dann will man eigentlich aufhören. Wenn man dann einige Zeit verstreichen lässt, hört man vielleicht wirklich auf. Aber wenn man sich gleich am nächsten Tag wieder daran begibt, packt es einen erneut, und schließlich wird man süchtig danach. Bis es fertig ist und ein rundes Bild ergibt. Also, mir geht es jedenfalls so. Ich bin erst dann zufrieden, wenn ich die Leute kenne, habe ich mir gedacht. Vor allem wollte ich meinen Vater sehen. In Lorraines Unterlagen habe ich ein Abmeldeformular von einer Stadt namens Gößweinstein gefunden. Auch wieder so ein Krampf, dass sie mir partout nicht sagen wollte, wo sie gelebt haben. Ich habe dann in der Oberstufe Deutsch gelernt, mit so einem Eifer, dass sich alle gewundert haben über die stinkfaule Joëllie. Sonst war ich immer nur in Bio gut gewesen, und jetzt wurde ich sogar die Beste. Es hat sogar richtig Spaß gemacht. Ich war wie besessen. Vielleicht wollte ich nur besser sein als mein Erzeuger, dieser Andres. Vielleicht wollte ich ihm auch nur eines Tages imponieren können. In Deutsch und Bio war ich jedenfalls die Beste, obwohl ich vorher immer nur genau so viele Punkte hatte, wie man gerade brauchte, um nicht durchzufallen. Und dann gab es in der Schule eine Klassenfahrt. Ich war damals sechzehn, und meine Mutter mittlerweile nicht mehr ganz so hysterisch, dass ihrer kleinen Joujou was Schlimmes zustoßen könnte. Die Klassenfahrt sollte drei Wochen dauern, irgendwo an die Côte. Ich aber hatte vor, in dieser Zeit meinen Vater in Deutschland zu suchen. Ich hatte alles für die Klassenfahrt gepackt; in Deutschland brauchte ich die Sachen ja auch. Ein Problem war die Bezahlung. Meine Mutter wollte das Geld überweisen, aber ich behauptete, die Schuldirektion habe um Bargeld gebeten. Sie hat es geglaubt. Das war die erste Hürde. In der Schule gab ich vor, die Zeit für eine dringend anstehende Mandeloperation nutzen zu wollen. Damals war ich schon gut in der Schule, sonst wären die Lehrer bestimmt misstrauisch geworden. Als ich schlechte Noten hatte, dachten immer alle, dass ich lüge, auch wenn ich die Wahrheit sagte, und heute ist es umgekehrt. Außerdem waren solche Klassenfahrten schön, und ich hatte auch lange überlegt, ob ich nicht doch vielleicht mit an die Côte fahre, zumal ich damals in unseren Bio-Lehrer verliebt war, der auch mitfuhr. Aber nein, mich trieb die Sucht, um es mal schwülstig auszudrücken. Ich wollte meinen Vater sehen. Einfach nur sehen. Sonst nichts. Die zweite Hürde war, dass die Schule ein Attest brauchte. Also habe ich meine Beziehung zu dem armen Charles aufgefrischt, der mittlerweile voller Pickel war und Probleme damit hatte. Er war richtig dankbar, als ich ihn anrief, um mich mit ihm zu verabreden. Er konnte es kaum fassen. Ich wusste, dass er niemals den Mut gehabt hätte, ein Attestformular aus dem Krankenhaus zu klauen, aber ich hatte den Mut. Ich rief ihn also an:

„Salut Charles, ich bin es, Joëllie!"

„Salut … Joëllie?"

Du kennst mich als Aurélie! Ich hatte eine heftige pubertäre Persönlichkeitskrise, die ich mit Hilfe der Therapeutin gelöst habe, die mir dein Vater vermittelt hat. Dafür wollte ich mich bei ihm bedanken."

„Ah, Aurélie, natürlich! Wie geht es dir jetzt?"

„Sehr gut! Meine schulischen Leistungen haben sich enorm gesteigert. Ich bin jetzt richtig motiviert und schreibe gute Zensuren."

„Das freut mich, Aurélie!"

„Bitte, nenn mich nicht mehr Aurélie. Ich bin Joëlle. Mit dem Namen Aurélie verbinde ich sehr viel Unglück, das hat sich in der Therapie geklärt, aber das erzähle ich dir persönlich, wenn wir uns treffen."

Der arme Charles schnappte nach Luft – das konnte man förmlich hören – und fing an zu stottern. Das würde ein echt harter Job werden. Aber um mich selbst zu entschädigen, wollte ich für ihn eine schöne, traurige Geschichte erfinden. Vielleicht eine Schwester, die bei einem tragischen Unfall ums Leben gekommen und bis zur Unkenntlichkeit verbrannt war. Und ich war im Auto mit dabei und bin nur deshalb wie durch ein Wunder gerettet worden, weil ich herausgeschleudert wurde. Meine Zwillingsschwester. So ganz gelogen wäre das ja gar nicht gewesen. Und dann hätte ich ihre Identität angenommen, ein anderes Ich, um den Verlust der Zwillingsschwester, die im Mutterleib eins mit mir gewesen war und aus demselben Ei stammte, zu sublimieren. Sagte man da sublimieren? Man durfte ja nicht übertreiben. Vielleicht besser verkraften. Aber wäre schon okay, so zu reden wie der dumme Psychotrampel. Ja, und dass ich meine Mutter hätte sterben lassen, läge nur daran, dass ich ihr die Stellvertreterfunktion für Aurélies Tod übertragen hätte. Das war eine super Idee. Sie funktionierte auch bestens. Charles war noch doofer, ich meine natürlich gutgläubiger, als ich gedacht hatte. Als ich ihm ein winziges Küsschen auf die

Lippen drückte, ist er fast gestorben vor Glück und war bereit, mir jeden Wunsch zu erfüllen. Es diente ja einem guten Zweck, nämlich der Familienzusammenführung, und ich hatte keine Skrupel. Aber als ich ihn sah, musste ich an das Wort Skrupel denken, weil Charles richtige Skrofeln hatte von der Akne. Da habe ich mich ganz schön geniert, ihn so auszunutzen, den Armen. Ich überlegte, ob Skrupel und Skrofel aus dem gleichen Wortstamm kommen. Ich habe eine Freundin, die Ruthie, die ist Jüdin und kann Hebräisch. Sie hat mir gesagt, dass u und o in Hebräisch der gleiche Buchstabe sind, einfach nur ein senkrechter Strich. Und F und P sind auch der gleiche Buchstabe, nämlich eine gedrehte Schnecke, aber ist ja egal. Auf jeden Fall bat ich Charles, mit mir zu seinem Vater ins Krankenhaus zu gehen, um ihm zu danken. Ich brachte seinem Vater Blumen aus dem Garten mit, einen richtig schönen Strauß. Aus Lorraines Schreibtisch hatte ich eine unbeschriebene Schmuckpostkarte genommen und mit erwachsener Schrift darauf geschrieben: *Vielen Dank für ihre Empfehlung, auch im Namen meiner Tochter Joëlle, Ihre Lorraine du Barre.* Er kannte ja weder ihre noch meine Schrift. Ich musste mich also nicht großartig anstrengen. Der ist hingeschmolzen vor Rührung. Das war fast peinlich. Und als er sagte, er würde sich persönlich bei meiner Mutter erkenntlich zeigen für diese reizende Art der Dankbarkeit, klingelten bei mir sofort die Alarmglocken. Ich sah ihn schon meine Mutter anschmachten, und mal ganz abgesehen davon, dass dann alles rausgekommen wäre, fand ich das einen grauenvollen Gedanken. Der Kerl in unserer Küche! Niemals! Vor einigen Jahren war die Mutter von Charles gestorben, und klar, dass der Papa Ausschau nach einer Neuen hielt. Ich habe ihm also von ihrem eifersüchtigen Freund erzählt, der demnächst bei uns einzieht. Fand er schade, aber da konnte er ja wohl nichts machen. Wir standen also bei ihm im Büro und da fragte er uns, ob er uns eine Limonade holen soll. Ich wollte gerade sagen:

„Oh, bitte, das wäre sehr aufmerksam."

Man musste ja höflich sein. Aber da klingelte sein Piepser und er entschuldigte sich für einen Augenblick, er wäre gleich wieder zurück. Also musste ich nur noch Charles fragen, ob er uns nicht die Limonade holen könnte. Der rannte sofort los. Ich konnte dann in aller Seelenruhe drei Briefbögen, drei Kuverts – schließlich musste ich damit rechnen, mich zu verschreiben – und einen Stempel klauen. Ich ging dann noch ein paar Mal mit Charles aus, das war aber langweilig und ich habe dauernd gespielt, dass ich gähnen müsste und es unterdrücke, bis er es selbst öde fand und auch beständig gähnen musste. Jedenfalls haben wir uns in aller Freundschaft getrennt, obwohl die Pickel nur temporär waren und bald ganz weg, und Charles eigentlich wieder richtig hübsch war.

Die dritte Hürde war Lorraine, die mich natürlich zum Bus bringen wollte. Aber da kam mir der Zufall zu Hilfe. Ihr Verleger hatte ein Problem mit einem Termin. Was genau es war, weiß ich gar nicht mehr, nur, dass sie sofort nach Paris musste. Ich habe große Enttäuschung gespielt. Jetzt würden wir uns drei ganze Wochen nicht sehen, das erste Mal in unserem Leben! So lange! Und da würde sie es übers Herz bringen, mich mit einem Taxi alleine zum Bus fahren zu lassen! Aber das durfte auch nicht zu kläglich sein, sonst hätte sie es sich am Ende noch anders überlegt oder sie hätte die Chariot beauftragt. Aber sie sagte:

„Joujou, ma petite, du bist doch schon ein großes Mädchen, mein großes Mädchen", und lächelte mich an, „du wirst allmählich eine junge Frau (heiliger Strohsack!), und du wirst hinterher stolz auf dich sein, wenn du es alleine geschafft hast. Ich hab dich lieb, Joujou!"

Ich weiß auch nicht, warum ich ihr das elende „Joujou" durchgehen ließ, aber ich war viel zu glücklich in dem Augenblick. Alles in mir hat gesungen. Ich wollte nach Deutschland fahren, ich hatte die Sprache gelernt, ich würde meinen Vater finden, und Pauline würde an der Côte d'Azur die Postkarten, die ich bereits zu Hause geschrieben hatte, in den Briefkasten werfen. Wie gut, wenn man eine beste Freundin hat. Alle Hürden waren gemeistert. Ich bin ein Organisationsgenie, das kann man wohl sagen.

7

Die Sache war ein ziemliches Abenteuer, aber nicht unkompliziert. Mit dem Bus nach Les Praz de Chamonix, dort im Bummelzug nach Saint-Gervais-les-Bains und dann noch einmal umsteigen in den Zug nach Genf. Erst dann saß ich in einem Zug, der bis München fuhr. Im Speisewagen lernte ich einen Verleger kennen, der in München wohnte. Ich glaube, der hatte Geld. Sah jedenfalls so aus. Außerdem kannte er meine Mutter. Grauenhaft. Als er hörte, woher ich komme, fragte er gleich nach ihr.

„Eine großartige Frau!", fand er.

Er kannte sich ziemlich gut aus in Hochsavoyen. Er kannte sogar Les Praz. Er hatte mal eine Zeitlang in Saint-Gervais eine Freundin und ein halbes Jahr bei ihr gewohnt. Das war gefährlich. Aber ich habe ganz schnell gesagt, dass ich schon mit zwei Jahren ausgezogen bin und dass ich jetzt in Arles wohne und mein Vater Psychologe und meine Mutter dort im Behindertenzentrum als ehrenamtliche Beraterin tätig ist. Ich habe auch gesagt, dass sie eigentlich auch Psychologin ist, aber als mein großer Bruder Jakob geboren wurde, aufgehört hat, zu arbeiten, weil sie bei der Familie bleiben und die Kinder nicht fremden Leuten überlassen wollte. Ich habe ihm gesagt, dass ich zwei Brüder, Jakob und Benjamin, habe, und ich sei das Nesthäkchen und hieße Manon. Dann hat er mir einen Vortrag über den Namen Benjamin gehalten, was auf Hebräisch „rechter

Sohn" heißt, und was das für einer war, nämlich der jüngste Sohn von Jakob. Er kannte sich da aus. Und ich habe ihm gesagt, das wäre sehr interessant. Dass meine zwei Brüder ausgerechnet Jakob und Benjamin heißen, fand er wunderbar. Er sagte „wunderbar" mit mindestens drei U. Er sagte oft „wuuunderbar" und dann habe ich ihn gefragt, ob er eine Frau hat und Kinder, da sagte er, seine Frau sei Lektorin und seine Tochter gehe noch zur Schule und dass sie eine Pferdenärrin sei. Ich sagte, dass ich das wuuunderbar finde, weil ich auch reite, und er sagte, köööstlich. Und Manon würde er sofort mit Balzac assoziieren, der so wuuunderbar erzählen konnte, wie kein Zweiter. Ich sagte, dass ich *Manon Lescaut* kenne, und er fand natürlich auch das wuuunderbar. Und dass meine Mutter zu Gunsten der Kinder auf ihre Karriere verzichtet hat, fand er auch wuuunderbar, das hätte seine Frau nicht gemacht, aber er habe es trotzdem nicht bereut, dass er sie geheiratet hat. Und er hat gesagt, dass ich perfekt Deutsch spreche. Er fand es mutig, dass ein so junges Mädchen so ganz allein in ein fremdes Land reist. Aber ich habe ihm gesagt, dass ich nur so jung aussehe, ich wäre schon über neunzehn und schon oft, auch schon mal mit meinen Brüdern, allein nach Deutschland gefahren, weil meine Großmutter Deutsche sei und in Bösenbirkig bei Gößweinstein lebt. In München haben wir uns voneinander verabschiedet, nachdem er mich eingeladen hat, ihn und seine Familie eines Tages zu besuchen, und mir seine Telefonnummer und Adresse gegeben hat.

Ich war um acht Uhr morgens losgefahren, und inzwischen war es schon nach Mitternacht. So lange hatte ich mir das echt nicht vorgestellt. Von München aus musste ich einen Zug nach Pegnitz nehmen. Der nächste Zug nach Pegnitz ging erst wieder am nächsten Morgen um zwanzig nach sieben. Also habe ich in München im Bahnhofshotel übernachtet. Mit dem Geld für die Klassenfahrt und dem Taschengeld hatte ich genug. Außerdem hatte ich noch ein bisschen Geld gespart und aus der Haushaltskasse hatte ich mich in den Wochen davor auch immer so bedient, dass es nicht auffiel. Lorraine zählte nie das Haushaltsgeld ab. Auf dem Buffet in der Küche hatte immer eine Kasse gestanden mit Geld drin, und wenn das alle war oder fast alle, hat sie die Kasse wieder aufgefüllt. Wenn ich was brauchte, musste ich nicht fragen, ich konnte es mir nehmen. Eigentlich hatte ich so schon immer mein Taschengeld selbst bestimmt. Die anderen Kinder bekamen jede Woche, oder später, als sie älter waren, jeden Monat das Taschengeld von ihren Eltern abgezählt, aber ich konnte immer an die Kasse ran und mich bedienen. Das war ziemlich großzügig, und in der Beziehung haben mich alle um meine Mutter beneidet.

Der Typ an der Rezeption wollte gar nicht wissen, wie alt ich bin oder so. In Frankreich hätte ich nicht so einfach ein Zimmer in einem Hotel buchen können; die hätten mit Sicherheit einen Pass verlangt. In der Nacht schlief ich schlecht. Die Matratze war total durchgelegen, das ganze Zimmer roch nach Nikotin, und der Teppichboden war sehr schmutzig. Außerdem war ich aufgeregt. Ich hatte plötzlich keine Ahnung mehr, was ich hier in Deutschland wollte, und dachte, ich hätte mit an die Côte fahren sollen. Wie sollte ich einen Menschen finden, den ich nicht kannte und von dem ich überhaupt nichts wusste, außer, dass Lorraine mit ihm in einem Forsthaus bei Bösenbirkig gelebt hat. Und die größere Ortschaft in der Nähe hieß Gößweinstein. Das hat noch nicht mal einen richtigen Hauptbahnhof, so klein ist das. Ich kannte den Namen, Andres Dommaschk, und seinen Beruf; er war Forstmeister. Ich dachte, das reicht vielleicht. Ich hatte gar nicht daran gedacht, dass er vielleicht weggezogen sein könnte. Vielleicht wohnte er ja in Frankreich, bei uns um die Ecke. Das alles dachte ich und konnte nicht schlafen. Ich muss dann doch irgendwann eingeschlafen sein, denn am nächsten Morgen hätte ich fast verschlafen, wenn mich der Weckdienst vom Hotel nicht geweckt hätte. Der Typ im Zug war mir total auf die Nerven gegangen, aber den hatte ich wenigstens verstanden. Doch als ich einen Beamten fragte, wo der Zug nach Pegnitz abfährt, kapierte ich zunächst kein Wort. Ich fand, dass ich damals schon ganz gut in Deutsch war, aber so wie der sprach, und auch die Lautsprecheransage hörte sich überhaupt nicht wie Deutsch an. Alles war irgendwie so groß und fremd, so viele Menschen und fremde quakige Stimmen. Und so einen riesigen Bahnhof hatte ich bis dahin noch nie gesehen. Der größte Bahnhof, den ich kannte, war in Chamonix, und da würde ich mich auch nicht zurechtfinden, wenn ich Deutsche wäre und nur so halb Französisch könnte. Aber trotzdem landete ich schließlich in Bösenbirkig.

8

Ich hatte ihn gesehen, aber nicht mit ihm gesprochen. Ich hatte ihn angestarrt und er mich. Die Leute hatten mir vorher erzählt, dass er einen Schlaganfall hatte, sonst wäre ich sicher über sein Aussehen erschrocken. Es war am letzten Tag, bevor ich nach Frankreich zurückfahren musste. Am Tag darauf sollten auch die anderen von der Côte zurückkommen, und ich musste natürlich da sein. Ich hatte Angst, dass meine Mutter mich abholen und sehen würde, dass ich nicht mit den anderen aussteige, sondern schon da wäre. Jeden zweiten Tag rief ich sie an, damit sie sich keine Sorgen machte. Na ja, also so ganz stimmte das nicht. Ich hatte einfach nur Angst, dass sie in Cassis anruft, wenn ich mich nicht melde. Ich glaube, sie war ziemlich erstaunt, dass ich sie so oft anrief und in drei Wochen fünf Postkarten schickte. Eigentlich dachte ich, dass das ein bisschen übertrieben wäre, war aber kein Problem. Im Gegenteil, sie meinte, dass ihre kleine Joujou erwachsen würde und sich sehr zu ihrem Vorteil verändert hätte. Kaum zu fassen! Aber da dachte ich mir, dass ich noch viel mehr lügen müsste und dass ich eigentlich viel zu ehrlich war, trotz meiner Geschichten. Man muss halt so sein oder wenigstens so tun, als wäre man so, wie sie einen haben wollen. Anständig, vernünftig, freundlich und was nicht noch alles. Gute Noten sollte man haben, und an allem interessiert sollte man sein, nicht zu laut, nicht zu leise, das Messer nicht ablecken, nicht in der Nase bohren und so weiter. Je langweiliger du bist, desto mehr mögen sie dich. Wenn du so bist, wie du wirklich bist, dann finden sie dich frech oder ungeraten. Ich zum Beispiel war verlogen, aber das gab ich zu, ganz offen. Also war ich im Prinzip ehrlich. Ich wollte einfach nur Spaß! Und endlich eine richtige Familie. Jedenfalls war ich ziemlich aufgeregt. Als ich in Bösenbirkig aus dem Zug stieg, wäre ich am liebsten sofort wieder zurückgefahren, so verlassen fühlte ich mich auf einmal. Der Bahnhof war ein normales Wohnhaus mit einer angebauten Halle aus Holz. Nicht weit vom Bahnhof entfernt war das *Gasthaus zum Ochsen,* da ging ich erst mal hinein und bestellte mir einen Kaffee. Als die Wirtin ihn mir brachte, fragte sie mich, woher ich käme und ob ich hier Verwandte besuchen wollte. Ich sagte ihr, dass ich Botanik und Geologie studierte und einen Praktikumsplatz in der Fränkischen Schweiz suchte. Ich wusste nicht, ob sie mir das geglaubt hat, weil ich noch so jung war, aber sie brachte mir einen Ortsplan und eine Wanderkarte und beschrieb mir den Weg in die Jugendherberge. Der Kaffee war ekelhaft, aber die Frau war nett, und deshalb fragte ich sie ein bisschen aus. Sie setzte sich sogar zu mir an den Tisch und unterhielt sich mit mir. Ich fragte sie, ob es hier eine Forststation gäbe, wegen eines Praktikumsplatzes, und sie sagte, es gäbe das Forsthaus. Da könnte ich ja mal nachfragen, ob die was für mich hätten. Dann kam ihr Mann, und sie sagte ihm, dass er mich mit meiner schweren Tasche zur Jugendherberge fahren sollte. Als ich meinen Kaffee bezahlen wollte, schenkte sie ihn mir. Ich bedankte mich, und als ich mich verabschiedete, fragte ich noch nach dem Namen von dem Forstmeister, an den ich mich wenden sollte; und sie antwortete: Bruckmann. Klaus Bruckmann.

9

„Der alte Forstmeister hatte vor ungefähr sechs Jahren einen Schlaganfall. Er hat seine Frau bei der Geburt von seinem Sohn verloren und mit der Lore, einer Französin, die seinen Haushalt geführt hat, im Forsthaus gelebt. Aber eigentlich war sie keine richtige Haushälterin, obwohl alle noch heute von ihren Kochkünsten schwärmen. Sie war was Besseres. Sie hatte schwarze Locken, eine Figur wie ein Mannequin und war die schönste Frau weit und breit. Sie hat seinen Sohn aufgezogen, als ob er ihr eigener gewesen wäre, und sie war in den Forstmeister unsterblich verliebt gewesen. Dann ist der Kleine an Knochenkrebs gestorben und die Frau war über Nacht verschwunden. Das hat der Andres nicht verkraftet. Er ist immer stiller und finsterer und schwermütiger geworden. Die ganze Sache ist jetzt schon fast siebzehn Jahre her. Ich weiß das noch so genau, weil mein Schorschi mit dem Jockel in der gleichen Klasse war. Ist ein feiner Kerl gewesen, der Jockel. Jammerschade, dass er so jung sterben und so schrecklich leiden musste. Der Schorschi war mit ihm befreundet, und meine Frau hat oft bei der Lore gesessen, wenn sie den Schorschi im Forsthaus abgeholt hat. Da sind alle gern mit hin, zu dem Jockel", sagte der Mann auf dem Weg zur Jugendherberge.

Noch bevor wir dort ankamen, kannte ich die ganze Geschichte. Ich saß da in einem Auto, in dem Ort, wo meine Mutter einen Mann und ein Kind geliebt hatte, wo sie gelebt hatte, und ich war das Kind von dem Mann und von meiner Mutter und die kleine Schwester von dem Kind. Und auf einmal musste ich weinen. Der Typ, der mich zur Jugendherberge fuhr, durfte das nicht merken, aber es hörte einfach nicht auf. Ich sagte ihm, dass ich so eine seltsame Allergie hätte, die noch nicht erforscht wäre, und deshalb müsste ich zweimal im Monat nach Bordeaux ins Allergiezentrum, ich käme nämlich vom Cap Ferret, das ist eine Halbinsel im Atlantik. Ich war da zwar noch nie gewesen, aber ich hatte mal ein Buch gelesen von einem Austernfischer, der beim Cap Ferret seine Austernbänke hatte und jeden Mittwoch in Bordeaux auf dem Markt seine Austern verkaufte.

„Mein Vater", sagte ich, „ist Austernfischer."

Das war das Einfachste, weil ich die Geschichte kannte und nichts erfinden musste.

„Also bei der Allergie tränen die Augen und die Nase läuft."

Da öffnete er das Fenster und warf seine Zigarette hinaus. Er war wirklich nett. Aber ich konnte nicht aufhören. Die Tränen liefen und liefen, denn ich war traurig. Da sah er mich an und fragte, ob ich die Leute kenne. Ich schüttelte nur den Kopf, weil ich nicht mehr sprechen konnte. Er schüttelte dann auch den Kopf und sagte, ich wäre ihm gleich so bekannt vorgekommen, ich wäre gespuckt meine Mutter. Er würde es nicht weitersagen, wenn ich es nicht wollte, aber er würde mir gerne helfen, wenn er könnte. Von wegen Allergie und Austernfischer in Cap Ferret, alles Quatsch. Ich war hier, um einmal im Leben meinen Vater zu sehen und dann wieder nach Hause zu fahren. Und da saß ich im Auto mit einem Mann, den ich nicht kannte, und war das erste Mal in meinem Leben bewusst ehrlich. Es hat mich fast zerrissen innerlich. Er parkte das Auto am Wegrand und sagte gar nichts. Er ließ mich weinen und hörte sich alles an, und als ich aufgehört hatte zu weinen, gab er mir ein Taschentuch und sagte, er führe mich jetzt zurück zu seiner Frau, und da würde ich ein Zimmer kriegen und dann bei ihnen wohnen. Er müsste allerdings seiner Frau reinen Wein einschenken, weil sie sich immer alles gesagt und sich noch nie angelogen hätten, hoffte er jedenfalls. Ich sagte ihm, ich würde immer nur lügen, weil ich gar nicht weiß, wer ich bin und was ich bin, und ich hätte überhaupt keine Geschichte außer dem Quatsch, den ich immer erfinde. Da lachte er und sagte, dass ich ihm gefalle, und dass er das unheimlich gut verstehen könnte. Er nannte mich Madler, was in dem Dialekt so viel wie Mädchen heißt. Kein Wunder, dass ich zuvor kein Wort verstanden hatte.

„Madler, Madler", sagte er. „Meine Frau ist genau die Richtige für dich. Wir sind einfache, handfeste Leute; und ich sage dir noch was. Dein Vater kommt manchmal und trinkt seinen Kaffee bei uns."

Er wendete seinen Wagen und fuhr zurück. Ich beruhigte mich langsam wieder, wischte mir die Tränen vom Gesicht, die immer noch so ein bisschen nachliefen, und fühlte mich seltsam aufgehoben, fast ein bisschen so, als wäre ich hier zu Hause.

10

Die Lore, das war meine Mutter. Jeder kannte sie und mochte sie. Auch die Wirtin, die ich jetzt Berta nannte, hatte sie nicht vergessen und schwärmte von ihr.

„So, so, die Lore", sagte sie, „war also schwanger, wie sie gegangen ist. Das ist traurig. Der Andres hätte sich bestimmt was Kleines mit ihr gewünscht. Was Kleines ist ein Kind", klärte sie mich auf, als sie meinen verständnislosen Blick sah. „Bei uns sagt man so. Die Lore hatte das Herz am rechten Fleck, aber dass sie einfach auf und davon ist, das war nicht in Ordnung", sagte sie und schüttelte entschieden den Kopf.

„Was wissen denn wir?", sagte ihr Mann, „wie die Leute mit ihrem Unglück umgehen? Das macht doch ein jeder anders. Die Leute haben sich arg das Maul über sie zerrissen, bis die alte Meiergoblerin es ihnen gestopft hat. Bei der Meiergoblerin hat man immer das Gefühl gehabt, dass sie mehr wusste als alle. Die hat die Menschen durchschaut; der hat man so leicht nichts vormachen können. Wie hat sie immer gesagt: Zum Streiten und zum Lieben gehören mindestens zwei. Das ist zwar eine Binsenweisheit, aber sie hat einfach nicht geduldet, dass jemand über die Lore herfällt."

Ich saß da in ihrem Wohnzimmer und hörte mir das Ganze an. Meine Mutter hatte meinen Vater also in einer Nacht- und Nebelaktion verlassen, und mein Vater hatte das nie verkraftet. Berta und Hubert, so hieß der Mann, dessen Namen ich nicht richtig aussprechen konnte, weil ich das H nicht herausbekam, haben mir dann erzählt, dass Andres jahrelang nach Lore gesucht hat. Noch nicht mal ihre Familie hatte gewusst, wohin sie verschwunden war. Dann hieß es, sie sei bestimmt tot, weil sie sonst doch den Andres nicht allein gelassen hätte. Manche meinten, dass sie vielleicht umgebracht worden wäre, aber die Meiergoblin sagte:

„Papperlapapp, das ist alles Unsinn, die Lore hat eine Entscheidung getroffen, die bestimmt nicht leicht für sie war, und ob sie richtig oder falsch war, das geht keinen was an, das ist der Lore ihre Sache."

Mir tat jedenfalls mein armer Vater leid, der Lorraine so geliebt hatte, und ich dachte daran, dass ich in ihrem Tagebuch gelesen hatte: *Ich sehne mich nach ihm.* Alles nichts als Gewäsch, ich glaubte ihr kein Wort mehr. Sie wollte leiden und sich ein bisschen selbst leid tun, so sah ich das und dachte: Das kapiert doch kein Mensch! Er liebt sie, sie liebt ihn, sie ist schwanger, verlässt ihn, bekommt das Kind und lebt allein mit dem Kind, dem sie den eigenen Vater vorenthält. Ich habe es ja immer schon gewusst, dass sie spinnt. Sie ist krank. Hochgradig neurotisch!

Ich blieb jedenfalls die ganze Zeit in Bösenbirkig. Ich ging durch den Ort und sah mir die Häuser und die Straßen an. Ich war auch im Wald und sah das Forsthaus, in dem ich gezeugt worden war. Berta ging mit mir und zeigte und erklärte mir alles. Ich sah den Hof von der Meiergoblerin, wo jetzt Andres wohnte, weil die Frau keine Nachkommen gehabt und alles dem Andres vermacht hatte. Berta sagte mir, dass sie ihn wie ihren eigenen Sohn geliebt hatte. Auch das Haus, in dem die kleine Betti gewohnt hatte, zeigte sie mir, und als ihr Sohn, der Schorschi, am Wochenende aus Erlangen kam, wo er Medizin studierte, ging er mit mir, und alle dachten, ich wäre eine Studienkollegin von ihm. Seltsam, dass ich mit dem Freund meines Bruders durch diesen Ort ging. Seltsam, dass ich das Haus von Betti sah, und das Forsthaus, in dem meine Mutter gewohnt hatte. Eigentlich fand ich es ganz schön in der Gegend. Ganz anders als in Hochsavoyen, aber dennoch schön.

Ich dachte: Hier bin ich also gezeugt worden, hier sind meine beiden Brüder gestorben, und ich bin am Leben. Ich halte mich im selben Ort auf wie mein Vater und kenne ihn nicht, und er weiß nicht, dass es mich gibt. So eine verrückte Geschichte habe ich noch nie erfunden. Es ist meine. Die Wahrheit!

Die Wahrheit ist viel verrückter als alles, was ich mir jemals zusammengelogen hatte. Ich hatte mich schon am ersten Abend bei Berta und Hubert so gefühlt, als ob ich zur Familie gehörte. Allerdings wollte ich nicht, dass der Schorschi meine Geschichte kennt. Ich war einfach nur ein Mädchen aus Frankreich, das ein paar Tage Urlaub in der Fränkischen Schweiz macht, vielleicht einen Praktikumsplatz sucht und so weiter. Aber der Schorschi war ein ganz stiller, der nicht viel sagte und nicht viel fragte. Trotzdem war es nicht langweilig mit ihm. Auch seine Freundin, Lisa Haselbeck kam manchmal mit uns. Ihre Mutter war die Lehrerin von Schorschi und meinem Bruder und Betti gewesen, und als sie mich sah, meinte sie, ich sähe aus wie eine ihrer früheren Freundinnen. Da hätte ich mich fast verplappert. Und dann dachte ich mir, dass ich jetzt wieder so ein Spiel spielte, das gleiche übrigens wie Lorraine. Ich sagte nicht, wer ich war und was ich wollte, und log, weil ich auf der Suche nach der Wahrheit war. Aber dann dachte ich mir auch, dass es noch nicht an der Zeit wäre, und man müsste immer den richtigen Zeitpunkt abwarten, um Dinge zu sagen oder zu klären. Erst wollte ich meinen Vater sehen, und dann, wenn es sich irgendwann mal ergeben würde, mit Lorraine darüber sprechen. Allerdings konnte ich ihr doch nicht sagen, dass ich nicht mit an die Côte gefahren war, sondern nach Deutschland, um meinen Vater zu suchen, dann würden sie in der Schule ein Disziplinarverfahren gegen mich einleiten wegen der Urkundenfälschung und ich würde der Schule verwiesen; gerade jetzt, wo die Schule anfing, mir Spaß zu machen, zumindest in manchen Fächern. Und der arme Charles würde bestimmt Probleme mit seinem Vater bekommen, wenn der die Sache spitz kriegte. Ich wusste gar nicht, was da in mich gefahren war, dass ich denen, die ich erst ein paar Tage kannte, die Wahrheit erzählte, und keine Lust auf Lügengeschichten hatte. Jedenfalls erzählte ich Berta und Hubert alles, und die beiden verstanden mich.

„Das muss die Lore selbst wissen", sagte Berta. „Allerdings hat auch der Andres ein Recht, zu wissen, dass er eine Tochter hat, und deshalb würde ich an deiner Stelle versuchen, die Lore davon zu überzeugen, dass sie sich bei ihm meldet", meinte sie.

Aber Hubert war sich nicht sicher, ob es richtig ist, dass man so alte Wunden wieder aufreißt. Also ich hatte jedenfalls nicht die geringste Ahnung, wie es jetzt weitergehen sollte. Ich musste das Spiel zu Ende spielen, und ich war gespannt, wie es ausgeht.

11

Die Zeit verging wahnsinnig schnell. Ich hatte noch genau zwei Tage, bis ich nach Frankreich zurück musste. Drei Tage später war die Klassenfahrt zu Ende und ich hatte mir das Ganze so ausgerechnet, mit Zug und Bus und so weiter, dass ich ungefähr eine Stunde vor den anderen am Busbahnhof in Les Praz ankommen und dort dann auf sie warten würde. Ich wusste nicht, wie ich Lorraine davon abhalten sollte, mich abzuholen, doch dann hatte ich eine Idee. Irgendwie wusste ich, dass sie auf jeden Fall käme, wenn ich sie bitten würde, nicht zu kommen. Wenn ich ihr sagte, ich will es allein machen, weil sie doch selbst gesagt hätte, dass ich jetzt kein Kind mehr, sondern eine junge Dame bin, würde sie misstrauisch und stünde hundertprozentig da; schließlich wusste sie immer besser als ich, was gut für mich war. Und dann ließe sie es sich nicht nehmen, ihr kleines Joujou abzuholen. Also musste ich meinen Verstand spielen lassen. Ich musste pokern. Ich rief also an und sagte:

„Kannst du mich abholen?"

„Möchtest du es denn, meine kleine Joujou?"

„Bitte, *ma chère maman*, hole mich ab! Auch wenn ich mit Pauline im Taxi fahren könnte, sie wird nämlich nicht abgeholt und muss alleine fahren. Wir hatten uns gedacht, dass wir ein Taxi nehmen. Aber ich möchte viel lieber, dass du mich abholst."

Ich wollte noch einmal „bitte" dranhängen, aber damit wäre ich wahrscheinlich das Schrittchen zu weit gegangen. Also ließ ich es weg. Und siehe da, es klappte. Sie sagte:

„Joujou, du hast die Hinfahrt so großartig gemeistert und ich bin stolz auf dich. Wenn du mit Pauline ein Taxi nimmst, werde ich dich mit einem schönen Essen überraschen und wir feiern deine neue Selbständigkeit. *D'accord?*"

Ich überlegte kurz. Dann sagte ich:

„Unter einer Bedingung."

„Und die wäre?", fragte sie.

„Nenn mich ab jetzt nicht mehr Joujou, sondern Joëlle, ja, *maman?*"

„In Ordnung, Joëlle, ich werde mich bemühen. Wie stolz ich auf dich bin. Ich liebe dich Joëlle. Ich freue mich auf dich."

Das war mindestens ein Straight Flush. Ich hatte drei Fliegen mit einer Klappe geschlagen, wie man in Bösenbirkig sagt. Erstens würde sie mich nicht abholen, zweitens wäre das Essen auf dem Tisch, wenn ich nach einer ewig langen Fahrt aus Deutschland zurückkäme, und drittens: Joujou war passé! *Voilà!* Aber wie gesagt, ich hatte nur noch zwei Tage, um meinen Vater zu sehen, und ich dachte, wenn ich ihn bis dahin nicht zu Gesicht bekomme, wäre alles umsonst gewesen. Obwohl, stimmte nicht. Ich hatte so viel erfahren über meinen Vater, meine Mutter, meinen Bruder, die kleine Betti und dadurch natürlich auch über mich, dass ich das Gefühl hatte, mir selbst einen gewaltigen Schritt näher gekommen zu sein. Ich hatte plötzlich doch eine Geschichte, und zwar eine, die mir gefiel, auch wenn ich meinen Bruder nie gesehen hatte und meinen Vater nicht kannte. Doch, ich kannte ihn. Aus dem, was mir Berta und Hubert oder auch Schorschi und Lisa oder auch die Eltern von Lisa erzählt hatten, war mir ziemlich schnell klar geworden, was das für einer war. Schorschi und seine Freunde und ihre Eltern wussten ja gar nicht, wer ich war, aber trotzdem konnte ich sie geschickt ausfragen, und Eva, Lisas Mutter, hat mir von sich aus ganz viel von Lorraine und Andres erzählt, weil ich sie vom Aussehen her an meine Mutter erinnerte. Also, ich bin jetzt schon fünfzehn Zentimeter größer als Lorraine, und manchmal, wenn wir nebeneinander gehen, sehen wir aus als wäre sie meine kleine Schwester. Von hinten jedenfalls. Aber im Gesicht sehe ich ihr tatsächlich ähnlich. Mehr noch ihrer Mutter, aber in Bösenbirkig dachten viele Leute an Lorraine, wenn sie mich sahen. Ich träumte jetzt oft von Andres. Ich wusste, dass er einen Schlaganfall hatte und halbseitig gelähmt war. Vor allem im Gesicht. Aber ich dachte, das macht mir nichts aus. Berta sagte, wenn er ernst blicke, sähe er noch genauso schön aus wie früher, nur wenn er lache, könne man es sehen, weil die eine Seite einfach nicht mitlache. Auch beim Sprechen, sagte sie, könnte man sehen, dass etwas nicht stimmt.

Aber wenn man ihn kenne und möge, sehe man das nach einer Weile gar nicht mehr. Ich hatte den Eindruck, dass alle Menschen Andres gern hatten. Und ich glaube sogar, dass ich irgendwie fast in ihn verliebt war. Einfach so. Ich glaube, ich hatte ihn schon ein bisschen geliebt, weil alle Leute so liebe Sachen über ihn sagten. Wenn er ein Kretin wäre, hätten ihn doch nicht so viele Leute gemocht. Jeder sprach mit so einer Hochachtung von ihm, dass ich am liebsten den ganzen Tag hätte singen wollen: Juchhu, er ist mein Vater! Ich habe zwar immer noch Angst davor, ihn zu sehen, und ich werde ihn auch nicht ansprechen, bevor ich mit Lorraine darüber gesprochen habe, aber ich will will will ihn endlich sehen!

So sehr wünschte ich es mir. Aber er kam nicht. Er kam einfach nicht. Der Gasthof von Berta und Hubert war gleich neben dem Bahnhof. Und Hubert hatte gesagt, dass er gar nicht im Ort wäre, aber wenn er käme, dann mit dem Zug aus Pegnitz. Und dann müsste er am *Ochsen* vorbei; und wenn er am *Ochsen* vorbei käme, dann ginge er nicht vorbei, sondern er käme rein, um Kaffee zu trinken und ein „Schwätzle" zu halten. Das sagte Hubert. Denn so machte er es immer. Berta ging am letzten Tag, bevor ich abreisen musste, mit mir durch die Stadt und wir waren am Meiergoblerhof, wo er mit seiner neuen Haushälterin wohnte, eine richtige Haushälterin und nicht in ihn verliebt. Als ich das hörte, spürte ich sofort, wie sich alles in mir zusammenkrampfte vor Eifersucht. Aber Berta lachte:

„Keine Angst, die Hilde ist verheiratet und hat Kinder, sie führt ihm den Haushalt, putzt und kocht und wäscht für ihn; dafür lebt sie mit ihrer Familie umsonst auf dem Hof. Mit seiner Behinderung braucht er schließlich jemanden."

Wir standen also vor dem Haus, und ich drückte auf die Klingel. Aber niemand öffnete.

„Warum ist er eigentlich hier geblieben?", fragte ich Berta.

„Das weiß keiner. Vielleicht weil so viele Erinnerungen hier sind. Hier ist das Grab vom Jockel, das Einzige, was ihm geblieben ist."

Und dann gingen wir auf den Friedhof und standen lange vor dem Grab. Betti Lohner und Jakob Dommaschk. Zwei Namen, zwei Geburtsdaten, zwei Sterbedaten. Es war ein kleines Grab, mit zwei kleinen Menschen drin, die schon lange keine Menschen mehr waren, und ich dachte, dass hier die Knochen von meinem Bruder und seiner Freundin liegen, und legte zwei rote Rosen auf das Grab. Und ich dachte daran, dass dieses kleine Mädchen geschrieben hatte:

Wie kann ich von außen erfrieren
Wenn ich von innen verbrenne?
Wie kann man von außen verbrennen
Wenn man von innen erfriert?

Und ich dachte, wie kalt es da unten in der Erde ist. Beim Bäcker trafen wir später die Haushälterin und erfuhren, dass Andres seit sechs Wochen in einer Reha-Kur war und am nächsten Tag erst wieder zurückkäme. Also hatte ich doch noch eine Chance, ihn zu sehen. Und mit einem Mal klopfte mein Herz ganz furchtbar, weil ich sicher war, dass ich ihn am letzten Tag, kurz vor der Abfahrt, schließlich doch noch sehen würde. Damit ich ein bisschen länger bleiben konnte, wollten Schorschi und Lisa mich nach München zum Zug bringen, der um halb neun abends dort abfuhr und bis nach Saint-Gervais-les-Bains in einem durchging. Sonst hätte ich schon um zehn Uhr morgens losfahren und zwei Mal mehr umsteigen müssen. Schorschi hatte mir in Nürnberg einen Schlafwagenplatz ausgesucht, damit ich die ganze Nacht in einem richtigen Bett schlafen konnte. Der Zug würde um acht Uhr früh in Saint-Gervais ankommen, danach fuhr ich weiter mit der Regionalbahn nach Chamonix und Les Praz und schließlich mit dem Bus nach Hause. So war es geplant.

12

Und dann habe ich Andres tatsächlich gesehen. Ich glaube, Erzeuger ist doch nicht das richtige Wort. Aber Vater, *papa*, Andres, alles hört sich an wie Musik. Am nächsten Morgen bin ich total früh aufgestanden und habe mir das Gesicht ganz fest mit Olivenöl eingerieben, damit ich frisch und schön aussehe, wenn er mich sieht, und damit ich ihm gefalle. Ich habe gedacht, er soll mein Gesicht nie mehr vergessen. Er soll denken: Was für ein schönes Mädchen. Mein Vater! Er sollte mein Gesicht für immer in seinem Gedächtnis behalten, so lange er lebt, und wenn er mich eines Tages wiedersieht und dann schon weiß, wer ich bin, soll er mich auf der Stelle wiedererkennen. Wenn nur mein Mund nicht so groß wäre und meine Augen, außerdem habe ich eine ganz leichte Hakennase, die überhaupt nicht zu meinem Gesicht passt, finde ich zumindest. Aber damit muss ich leben, und den anderen Menschen fällt das zum Glück nicht unangenehm auf.

Dann habe ich meine Sachen gepackt. Eigentlich wollte ich gar nicht weg von hier. Ich wäre am liebsten im Meiergoblerhof eingezogen und hätte ihm den Haushalt gemacht und Biologie studiert und Forstwirtschaft und so weiter, halt alles, was ihm gefallen würde. Aber ich habe so früh gepackt, weil ich dachte, dass ich ihn dann länger sehen könnte. Aber ist ja Unsinn. Ich habe den ganzen Tag im Schankraum gesessen und gewartet. Es gab keine einzige Zeitschrift, die ich nicht hundertmal gelesen hatte, obwohl ich mir nichts von dem gemerkt habe, was darin stand. Ich konnte mich überhaupt nicht konzentrieren. Auf gar nichts. Eigentlich war an dem Tag Ruhetag. Aber der Hubert hat ein Schild rausgehängt mit *Geöffnet*. Berta meinte, dass er nicht vor zwei Uhr kommen könne, weil da erst der Zug aus Pegnitz eintrudelt. Aber ich habe nur da gesessen und zur Tür gestarrt; und immer wenn sie aufging, ist mir ein heißer Stich durch die Brust gefahren und mein Gesicht ist ganz rot geworden. Berta und Hubert haben sich dann zu mir gesetzt und sich mit mir unterhalten. Ich glaube, sie waren genauso aufgeregt wie ich. Sogar zu Mittag haben wir in der Wirtsstube gesessen, obwohl sie das sonst nie machen, und gerade am Ruhetag geht da nur die Putzfrau rein. Ich bin ganz dünn geworden in Bösenbirkig. Berta hat sich immer entschuldigt, wenn sie das Essen auf den Tisch gestellt hat.

„So gut wie bei der Lore wird es nicht sein. Aber uns schmeckt es trotzdem. Iss, Kind, dass was wird aus dir!", hat sie immer gesagt.

Ich habe auch gegessen, aber meistens war ich ganz schnell satt. Bei uns zu Hause gibt es Horsd'oeuvres, dann einen ersten Gang, oft eine Suppe, dann Salat und dann erst den eigentlichen Hauptgang. Danach essen wir Käse und dann gibt es Kaffee, aber nicht so wie der Kaffee in Deutschland, der irgendwie sauer und wässrig schmeckt, und *biscuits*. Ich esse nie viel von allem, aber ich esse von allem. Hier essen alle Leute einen Teller mit ganz viel darauf. Eine riesige Menge, dass ich schon vom Zuschauen ein seltsames Gefühl im Magen bekomme. Darum sind die Leute hier auch viel dicker als bei uns, und mich haben alle „mocher" mit langem o genannt, das ist Dialekt und heißt so viel wie mager. Am besten haben mir hier gefüllte Kartoffelklöße und Schweinebraten mit viel Soße geschmeckt. Das hat meine Mutter noch nie gemacht, und am liebsten hätte ich ihr das Rezept mitgebracht, aber dann hätte ich mich verraten. Ich habe Berta manchmal beim Kochen geholfen. Es war eigentlich ganz leicht. Es gibt sogenannte grüne Klöße, halbseidene, oder baumwollene. Die halbseidenen haben mir am besten geschmeckt. Die werden aus einem Brei aus gekochten und roh geriebenen Kartoffeln gemacht. Super lecker! Einmal habe ich versucht, sie zu machen, aber das wurde nichts als eine Kartoffelsuppe mit weichen ekelhaften Brotfetzen drin. Also, Berta meinte, dass ich erstens das Wasser nicht richtig aus den roh geriebenen Kartoffeln gepresst habe, und zweitens hätte ich sie kochen lassen. Zweitens hat nicht gestimmt, die sind einfach im Wasser zerflossen, obwohl das Wasser überhaupt nicht gekocht hat. Na, man braucht halt ein bisschen Übung, und ich bin weiß Gott nicht halb so begabt wie meine Mutter. Die Berta hat sich aber zu helfen gewusst und die komische Suppe durch ein Sieb gestrichen, Kräuter gehackt und reingeschmissen. Dann hat sie eine Zwiebel und eine Karotte klein geschnitten, in Schweineschmalz angebraten und mit der Suppe langsam aufgeschmolzen. So hat sie es jedenfalls genannt. Dann hat sie noch ein paar Dickgselchte, das sind geräucherte Würste, darin versenkt und ziehen lassen und noch ein paar Suppenwürfel reingeworfen. Also, die Lorraine hätte bestimmt die Würste weggelassen und statt Suppenwürfel Jus in die Suppe getan. Aber die Berta meinte, ein Suppenwürfel tut's auch, hat aber nicht ganz gestimmt.

Lorraine muss unbedingt Kniedla machen lernen. Wahrscheinlich kann sie die schon lange, aber alles, was ich hier gegessen habe, hat sie noch nie gekocht. Seltsam. Dabei sind manche Sachen richtig klasse. Man darf nur nicht zu viel davon essen. Es sei denn, man ist es gewöhnt. Also mit Kniedla könnte sogar ich mich richtig vollstopfen. Aber an dem Tag jedenfalls habe ich gar nichts runtergekriegt. Berta hatte sich ganz viel Mühe gemacht, aber es hatte keinen Zweck. Mit Gewalt habe ich mir ein halbes Kniedla reingedrückt, und dann war mir fast schlecht. Von der Soße habe ich gar nichts geschmeckt und das Fleisch nicht angerührt. Ich habe da gesessen und einfach nur immer die Eingangstür im Auge behalten. Als um zwei Uhr der Zug kam, habe ich dem Hubert gesagt, dass er raus gehen und ihn holen soll. Weil er ja vielleicht dachte, dass Donnerstag war, und am Donnerstag war im *Ochsen* Ruhetag, und dann machte er sich vielleicht erst gar nicht die Mühe, bis zur Eingangstür zu gehen. Schließlich hinkte er, wie mir die Leute berichtet hatten, und das Gehen war ihm beschwerlich, mit dem

Bein, das er nachzog. Ich wusste ja gar nicht, was das heißt, ein Bein nachziehen, aber Hinken das kannte ich. Unser Nachbar Jean-Pierre hinkte auch. Der hatte als Kind Kinderlähmung. Jedenfalls wusste ich, wie einer sich schwertut, wenn er hinkt. Also Hubert ist raus, und ich bin fast gestorben. Ich habe nur da gesessen und gezittert, und Berta hat meine Hand gehalten. Dann stand sie auf, denn wenn sie bei mir geblieben wäre, hätte mein Vater sich zu uns gesetzt und vielleicht gefragt, wer ich bin. Davor hatte ich Angst, und ich glaube, zum ersten Mal in meinem Leben wäre mir das Lügen schwer gefallen. Also habe ich so getan, als ob ich lese, und geschwitzt, und meine Beine zitterten. Und dann ging die Tür auf. Nach außen. Ich habe nichts gesehen als die offene Tür und ein schwarzes Loch. Dahinter war nämlich als Windfang ein dunkelgrüner Filzvorhang, damit im Winter nicht zu viel Kälte reinkommt. Dann habe ich den Hubert gesehen. Er hat die Tür aufgehalten für … meinen Vater! Der trat ein und dann stand er da. Draußen schien die Sonne, und er musste sich wohl erst an das Dunkel im Raum gewöhnen. Ich wollte in einer Zeitschrift lesen oder so tun als ob, aber es ging nicht. Hubert führte ihn an den Nebentisch, gab ihm die Zeitung und Berta brachte ihm einen Kaffee. Er rührte die Milch und den Zucker in den Kaffee. Alles nur mit der linken Hand. Die rechte hatte er neben sich auf den Tisch gelegt. Als er mit der linken Hand den Kaffee an die Lippen hob, da sah er mich. Er erschrak und verschüttete seinen Kaffee. Es war ihm peinlich und ich hätte ihm gerne geholfen. Berta rannte hin und putzte alles sauber. Aber er hat sich geschämt. Ich habe es genau gesehen. Da war mein Vater und schämte sich vor mir, und ich wäre am liebsten zu ihm hingerannt und hätte sein Gesicht gestreichelt und meinen Kopf an seine Brust gelegt und ihn umarmt und umarmt und umarmt. Da saß er und starrte mich an. Und ich starrte ihn an. Er hatte den Kopf so ein bisschen schräg auf die Seite gelegt, wahrscheinlich weil er auf dem einen Auge blind war. Aber ich hatte noch nie so einen schönen Mann gesehen wie ihn. Ich hätte schreien können vor Liebe. Da bin ich aufgestanden und mit wackeligen Beinen rausgestolpert auf die Toilette. Ich hab gespürt, dass er mir nachsah. Jetzt, dachte ich, hat er gemerkt, dass ich nicht seine Lorraine bin, sondern viel größer. In der Toilette habe ich mich auf den Boden gesetzt und mit dem Rücken an die Wand gelehnt. Die Knie habe ich angezogen und meine Stirn auf die Knie gelegt, und ich hatte plötzlich das Gefühl, weit weg, ganz woanders zu sein. Also zumindest hatte ich kein Gefühl mehr von Zeit. Irgendwie rauschte es in mir, und um mich herum war eine seltsame Stille. Ich habe nicht geweint, aber alles hat gerauscht. Ich war im Bauch meiner Mutter und alles war dunkel um mich. Und dann hat sich das Rauschen verändert. Aus dem Wasserhahn lief Wasser, und dann bekam ich ein kühles feuchtes Tuch in den Nacken, ich sah hoch und sah das Gesicht von Berta, die mir den Nacken kühlte und über den Kopf strich.

„Madler, Madler, was machst du denn für Sachen. Du bist ohnmächtig geworden", sagte sie.

Sie hob mich auf, als ob ich ein Baby wäre, trug mich in mein Zimmer, legte mich aufs Bett und deckte mich zu. Und ich dachte, dass ich jetzt erst geboren war.

13

Als Schorschi kam, hat Hubert ihm gesagt, dass es mir nicht gut geht, und er ein bisschen auf mich aufpassen soll während der Fahrt. Sie haben meine Tasche im Auto verstaut. Berta und Hubert haben mich umarmt und geküsst und ganz fest gedrückt, und ich wollte sie alle beide eigentlich nie mehr loslassen. Als ich dann im Auto saß, habe ich gesehen, dass Berta weint. Sie rannte plötzlich ins Haus und kam mit einem Geschenk für mich zurück.

„Erst aufmachen, wenn du allein bist", sagte sie. „Ich habe es schon letzte Woche für dich eingepackt, aber lange überlegt, ob ich es dir schenken soll. Pass auf dich auf, Madler!"

Sie drückte mir einen Kuss auf den Mund, der salzig war von ihren Tränen, warf die Autotür zu, und wir fuhren los. Der Kuss und ihre Tränen klebten in meinem Gesicht, als wäre das die Liebe. Ich wollte es nicht abwischen, dann bliebe die Liebe für immer in mir drin, weil sie durch meine Haut in mich drang, und ich würde nie wieder ohne diese Liebe sein. Ich war traurig und glücklich in einem und hatte plötzlich das Gefühl, ein Mensch zu sein. Nie mehr würde ich meinen Vater vergessen. Nie mehr würde ich aufwachen, ohne sein Gesicht zu sehen. Es war in mir. Ich hatte eine Geschichte. Meine Geschichte war schön und traurig, und mein Vater war schön und traurig. Und jetzt war ich auf dem Weg zu meiner Mutter, die auch schön und traurig war und der ich eines Tages alles erzählen wollte. Aber sie musste es selbst wollen. Sie musste ihn sehen wollen. Und plötzlich dachte ich, dass ich das Gleiche tat wie sie. Ich verließ einen Menschen, den ich über alles liebte, und da verstand ich sie. Auf einmal verstand ich sie. Schorschi und Lisa waren sehr nett. Mittlerweile sind wir sehr gut befreundet. Lisa ist genau so alt wie ich; damals waren wir beide sechzehn. Sie brachten mich zum Zug. Inzwischen konnte ich sehr viel besser Deutsch, sogar die Lautsprecheransage konnte ich verstehen. Aber diesmal hatte ich sie gar nicht nötig, weil die beiden mich ja direkt zu meinem Schlafwagen begleiteten. Ich hatte ein Abteil ganz für mich allein und habe tief und fest geschlafen und kein bisschen geträumt, oder ich konnte mich an keinen Traum erinnern. Als ich morgens aufwachte, waren wir schon hinter Genf, und die Berge sahen schon so ähnlich aus wie bei uns. Ich habe mich gewaschen, habe meine Tasche genommen und bin in den Speisewagen gegangen. Da habe ich gefrühstückt. Echten heimatlich schmeckenden Kaffee und ein Croissant. Es ging mir gut. So gut wie noch nie. In Saint-Gervais bin ich in den Regionalexpress nach Les Praz umgestiegen, und während ich Richtung Heimat fuhr, dachte ich, dass die Welt so schön ist, und dass ich so glücklich bin, dass es innen drin fast weh tat. Die Sonne schien, es war heiß, aber ich liebe die Hitze. Ich liebe die Hitze am See und am Meer und die Kälte in den Bergen. Ich liebe Schwimmen und Skilaufen. Ich kann gut schwimmen. Wenn ich mich umbringen wollte, hätte ich im Wasser keine Chance. Das Schwimmen geht automatisch. Ich liebe es, meinen Körper zu spüren; im kalten Wasser und im Schnee und in der Sonne und immer. Meine Mutter hat mal gesagt, dass ich mich wie eine Gazelle bewege. Da habe ich noch Komplexe gehabt, weil meine Beine so lang und dünn waren. Doch auf der Heimfahrt im Zug hatte ich keine Komplexe mehr. Ich war am Grab meines Bruders und seiner Freundin gewesen. Ich hatte das Haus gesehen, in dem ich gezeugt wurde. Ich hatte gelernt, dass man auch in Deutschland lecker essen kann. Ich kannte den Meiergoblerhof, wo mein Vater wohnte. Ich hatte einen Freund namens Hubert und eine Freundin namens Berta, die mir ein Geschenk gemacht haben, das ich am liebsten sofort aufmachen wollte, aber zum ersten Mal in meinem Leben beherrschte ich mich. Leicht war es nicht, aber ich würde es schaffen. Überhaupt waren es viele erste Male. Ich hatte in fast zwei Wochen sehr gut Deutsch gelernt, und ich freute mich auf Lorraine und Pauline, Marie-Claire, Claudine, Christian, Jean-Pierre und alle; sogar auf die Chariot. Ich freute mich über den Sommer und auf den Herbst. Und ich freute mich auf den Winter, das Eis und den Schnee, denn ich bin ein Mensch, der vorher riecht, wenn es schneit. Da habe ich mich noch nie vertan. Ich freute mich auf die Schule, und ich freute mich darauf, irgendwann mal an der Hand meines heiß geliebten Vaters zu gehen. Mein süßer, alter, schöner Andres. Mein *Papan!*

14

Alle guten Geister haben mir beigestanden. Das Glück war mit mir. Alles hat geklappt. Ich war genau fünf Minuten vor dem Bus auf dem Marktplatz, weil der Anschlusszug in Saint-Gervais Verspätung hatte. Und als die anderen kamen, braun gebrannt wie die Afrikaner, haben sie mich umarmt und sich alle gefreut, mich zu sehen. Wann hat es jemals so etwas gegeben? Unser Biolehrer hat mir immer noch gefallen. Der war auch ganz dunkelbraun und seine Haare waren noch heller als sonst. Er hatte kurze Jeans an und ein super sexy Boxerhemd. Also, in dem Moment kam er jedenfalls direkt hinter Andres. Er sprang als Erster aus dem Bus, sagte:

„Salut Joëlle!" Dann riss den Kofferraum auf, begann das Gepäck rauszuzerren und neben dem Bus aufzubauen.

Ich sah seine braunen, muskulösen Schultern und wünschte mir, mit ihm um die Wette zu schwimmen, und nicht nur das. Ich dachte, dass er vielleicht verheiratet ist. Und da kam auch schon eine ziemlich gut aussehende Blondine in kurzen Hosen mit einem kleinen Jungen an der Hand, und er ließ die Koffer fallen und umarmte die beiden. Na, macht nichts, Daniel war auch nicht schlecht. Der sprang nämlich direkt hinter Monsieur Hourdain aus dem Bus, und Daniel passte auch vom Alter her viel besser zu mir. Monsieur Hourdain fragte mich, warum ich die große Tasche dabei habe, und ich sagte, ich käme direkt aus dem Krankenhaus in Argentière, wo man mir die Mandeln gekappt hätte. Aber jetzt, habe ich gesagt, geht es mir wieder sehr gut. Da hat er gesagt, das täte ihm leid, und ich habe gedacht, es gibt nicht den geringsten Grund dafür. Pauline und ich fuhren dann mit dem Taxi nach Hause. Pauline kam mit zu uns, weil ihre Eltern noch nicht da waren. Im Taxi hat sie mir ein Geschenk gegeben für meine Mutter, außerdem eine Tüte voll Sand, den ich in meiner Reisetasche verteilte, und

Muscheln. Lorraine wusste schließlich, dass ich am Strand immer Muscheln sammle. Das Geschenk war ein rot-blau-gelber Pareo und sehr schön verpackt. Dann hat Pauline mir noch ein paar Instruktionen gegeben, und als wir zu Hause ankamen, wusste ich Bescheid. Lorraine hat sich unheimlich gefreut. Das Essen war fertig und wir haben uns an den Tisch gesetzt. Dann bin ich aufgesprungen, habe ihr mein Geschenk überreicht und mit meinen schönen Muscheln haben wir den Tisch geschmückt. Sie hat mich umarmt und *„merci, Joëlle"* gesagt. Sie hat tatsächlich „Joëlle" gesagt. Sie hat den Pareo ausgepackt, und der war wirklich sehr schön. Jedenfalls hat sie sich wahnsinnig gefreut. Sie hatte Flusskrebse in Champagnerschaum gemacht, einen wunderbaren Salat, frisch aus dem Garten, dann Hummer Thermidor mit Reis und Zuckerschoten, zum Dessert Ziegenfrischkäse mit Trauben, und als absolutes Highlight gab es ein Apfelsorbet, das so leicht und frisch war, dass ich einen Augenblick richtig verliebt in meine Mutter war. Zum Trinken gab es Wasser aus unserer Quelle und einen kalten Chablis. Nach dem unvergleichlichen Kaffee, zu dem sie ihre göttlichen, selbstgebackenen Mandelmakronen auf den Tisch stellte, rutschte mir versehentlich heraus:

„Ouf, schon lange keinen richtigen *café* mehr getrunken!"

„Gab es in Cassis keinen guten *café?*", wunderte sie sich.

Doch da kam mir Pauline zu Hilfe.

„Madame", sagte sie, „es waren zu viele Deutsche da. Und der Leiter der Jugendherberge fand, dass wir noch zu jung sind für richtigen *café.*"

Also, wenn ich das gesagt hätte, hätte sie es vielleicht nicht geschluckt. Pauline war wirklich unbezahlbar! Aber plötzlich sah mich meine Mutter besorgt an und fragte:

„Du bist so blass, Joëlle, was ist passiert?"

Ich war ihr dankbar, dass sie nicht quietschte, weil ihr kleines Joujou todkrank sein musste. Sie hatte tatsächlich dazugelernt und gab sich Mühe. Das musste man echt positiv anmerken. Man muss dazu sagen, dass ich normalerweise von allen Kindern immer die dunkelste Haut hatte. Daran hatte ich gar nicht gedacht. In Deutschland hatte zwar auch jeden Tag die Sonne heruntergeknallt – bis auf einen einzigen Tag, an dem es schüttete, was das Zeug hielt (Originalton Berta) – und ich war braun, aber nicht so, wie ich es am Meer werde.

„Ach, *maman*", sagte ich, „ich habe meistens im Schatten gesessen und Deutsch gelernt. Ich habe nämlich einen Medizinstudenten kennengelernt, Schorschi! Er kommt aus Bösenbirkig bei Gößweinstein und hat mir sehr viel beigebracht."

Ich konnte ganz genau sehen, wie Lorraine bleich wurde. Aber sie ließ sich nichts anmerken.

„Er will uns besuchen, er heißt Schorschi Peitner, seine Eltern haben ein Gasthaus. Wir sind bei ihm eingeladen", sagte ich, und Pauline schwärmte:

„Oh Madame du Barre, er ist sooo süüüß!"

Ich hatte gar nicht gewusst, dass sie so gut ist, Pauline ist wirklich meine beste Freundin. Ich setzte dann noch einen drauf und fragte meine Mutter:

„Lorraine, weißt du, was Kniedla sind? Er hat davon geschwärmt. Kniedla mit Schweinebraten. Er hat gesagt, dass es nichts Besseres auf der Welt gibt als Kniedla mit Schweinebraten."

„Oh ja, Joëlle, das kenne ich", seufzte meine Mutter.

Und dann hat sie mir versprochen, mir einmal Kniedla mit Schweinebraten zu machen.

15

Die Sache ist nie aufgeflogen. Ich habe meine Mandeln heute noch, aber irgendwie war ich nach Deutschland ein neuer Mensch. Das hat jeder gemerkt, der mit mir zu tun hatte.

Meine Lehrer, die anderen aus der Klasse, Lorraine und nicht zuletzt ich selbst. Ich habe damals gedacht, dass ich jetzt endlich auch aus meinem Vater herausgeboren bin. Ich sehne mich nach ihm und seit damals schreibe ich jeden Tag einen Brief an ihn, in dem ich meinen Tagesablauf schildere, und allmählich habe ich unsere ganze Geschichte, das heißt, meine Sicht der Dinge, darin verpackt. Auch all die Zweifel, die mich mein ganzes Leben über begleitet haben, den ganzen Quatsch und meine Lügerei habe ich ihm erzählt. Mittlerweile füllen die Briefe eine ganze Kiste und ich kann sie gar nicht mehr alleine tragen. An manchen Tagen waren es nur kurze Sätze, wie:

Hallo Papa, ich bin müde und werde dir morgen ausführlicher schreiben. Schlaf gut, mein alter, lieber Papa, es küsst dich deine Joëlle. oder:

Hallo Papa, Mark ist bei mir, und ich bin sehr verliebt. Jetzt ist Abend, ich habe den ganzen Tag studiert und er kommt gerade die Treppe hoch, um mich zu besuchen. Ich bete dich an, Ich umarme und küsse dich, deine verliebte Joëlle.

Wenn ich offiziell mit ihm in Kontakt trete, werde ich ihm den ganzen Packen schenken. Gewissermaßen als Begrüßungsgeschenk. Da hat er viel zu lesen. Ungefähr dreitausend Briefe. Zum Glück sind nicht mehr als fünfhundert richtig lange dabei. In manchen Briefen, die ich später geschrieben habe, als ich schon in München war, steht auch, dass ich ihn gesehen habe und mich kaum beherrschen konnte, ihn nicht auf der Stelle zu umarmen und zu küssen. Ich habe ihm auch geschrieben, dass ich, obwohl ich eine alte Lügnerin und Betrügerin bin, nichts hinter Lorraines Rücken machen will, und wie idiotisch ich ihre Angst um mich und ihre hysterische Abkehr von ihrer Vergangenheit finde. Doch habe ich auch geschrieben, dass ich früher heimlich ihr Tagebuch gelesen habe, und dass da drin steht, wie sehr sie ihn immer noch liebt und sich nach ihm verzehrt. Einfach nur die Wahrheit, sonst nichts. Ich habe die Briefe datiert, in Jahrespäckchen gebunden und darauf die jeweilige Jahreszahl geschrieben. Mein armer Papa. Mit nur einem Auge mehr als dreitausend Mädchenergüsse lesen zu müssen! Aber vielleicht tut es ihm gut. Vielleicht verletzt es ihn auch, weil er sich vorgeführt fühlt, fast so, als wäre er ein Versuchskaninchen. Leute um ihn herum beobachten, was er tut, könnten ihn aus der misslichen Lage befreien, tun es aber nicht. Ich wäre möglicherweise ziemlich sauer, aber vielleicht auch nicht, vielleicht würde ich mich freuen, wenn mir jemand dreitausend Mal sagen würde, dass er mich liebt. Ich hoffe, hoffe, hoffe, dass er sich freut. Mittlerweile lebe ich in Deutschland. Das heißt, ich studiere in Deutschland Biologie und Forstwirtschaft. Genauer gesagt, in München. Noch genauer gesagt, in Weihenstephan, was in der Nähe von München ist, aber ich wohne in München. Das H kann ich immer noch nicht richtig aussprechen, aber ich habe gemerkt, dass das den Leuten hier gefällt, und kokettiere damit. Schorschi ist Arzt und arbeitet mittlerweile in einem Krankenhaus. Er und Lisa wohnen jetzt auch in München. Sie studiert genau wie Schorschi Medizin. Die beiden sind kein Liebespaar mehr, aber nicht unglücklich darüber. Beide haben jemand Neues. Ich habe zur Zeit Keinen, bin aber auch im Augenblick nicht interessiert. Allerdings habe ich „gut Stich bei Typen", meint zumindest Lisa, und die Neue von Schorschi, Felicia, genannt Fee, sagt, dass halb München hinter mir her ist. Aber wie gesagt, kein Interesse. Also nicht so wie meine Mutter, ich will Spaß, ich will auch Sex, aber keinen festen Freund. Zumindest im Augenblick. Schorschi, Lisa und ich leben zusammen in einer Altbauwohnung in der Türkenstraße, am Rand von Schwabing. Das heißt, es ist nicht mehr richtig Schwabing, weil es hinter dem Siegestor ist, aber fast. Unsere Wohnung ist riesig und kostet wenig, weil das Haus einem Bekannten von Lisas Vater gehört. Mein Zimmer ist das schlampigste von allen, aber ich habe die meisten Bücher. Deshalb haben wir in einem

Zimmer nur Bücherregale aufgestellt, und es sieht fast so aus wie unsere Bibliothek zu Hause in Frankreich. In dem Zimmer schlafen immer unsere Gäste. Wir haben da ein Sofa, das man zu einem Bett umfunktionieren kann. Ansonsten steht da nur noch ein Schreibtisch am Fenster und davor ein Stuhl. In einer Ecke haben wir noch zwei alte, zerschlissene Ledersessel platziert, die wir auf dem Sperrmüll gefunden haben. Überhaupt haben wir alle unsere Möbel entweder vom Sperrmüll oder von Freunden, die uns die Sachen geschenkt haben. Sehr seltsam, was die Leute in Deutschland alles wegwerfen. Da sind viele gute Sachen dabei. Lisa sagt, das wäre so in Deutschland, der alte Rotz – das hat sie gesagt und nicht ich – wird rausgeschmissen, und neuer Rotz wird reingestellt, und es käme nicht drauf an. Nur unsere Matratzen haben wir neu gekauft. Es ist schön bei uns in der Wohnung. Am Wochenende fahren wir oft nach Bösenbirkig und besuchen Berta und Hubert. Wir wandern durch die Berge, die man nicht mit den Alpen bei uns in Frankreich vergleichen kann, die aber trotzdem ziemlich schön sind. Die Alpen haben wir ja auch in München vor der Haustür; und die Seen rund um die Stadt herum sind freizeitmäßig der Hammer. Hubert und Berta haben mir erzählt, dass Andres seine Suche wieder aufgenommen hat, sie vermuten, dass es auch ein bisschen an mir liegt, beziehungsweise an unserem Zusammentreffen im *Ochsen*. Wie auch immer, ich finde es entsetzlich, dass die beiden alles wissen und es nicht zeigen können, weil wir die gemeinsame Entscheidung getroffen haben, nichts ohne das Einverständnis von Lorraine zu machen. Grauenvoller Gedanke. Der arme Andres! Ich habe alles versucht, um sie dazu zu bewegen, endlich ihre mehr als neurotische Haltung aufzugeben, aber wer weiß, warum, sie geht darauf nicht ein. Es sind jetzt schon mehr als acht Jahre, fast neun vergangen, seit ich meinen Vater das erste Mal gesehen habe. Er ist mir noch ein paar Mal über den Weg gelaufen und hat jedes Mal erschrocken reagiert, übrigens genau wie ich auch. Also, lange wird es nicht dauern und dann werden wir miteinander sprechen. Wir waren schon manchmal ganz nah davor. Aber seltsamerweise ist er da regelrecht geflohen, als hätte er es plötzlich mit der Angst zu tun bekommen. Er sucht und sucht und findet nicht, und ich weiß, dass er sucht, und was er sucht, denn ich bin Bestandteil dessen, was er sucht, aber ich kann ihm noch nicht helfen, obwohl ich nichts lieber täte als das. Und Lorraine mit ihrem Unsinn von wegen Schicksal und Unglück geht mir allmählich furchtbar auf die Nerven. Und da haben wir, das sind Berta, Hubert, ich und Schorschi, einen Plan gemacht, das heißt, mittlerweile haben wir den Plan schon lange in die Tat umgesetzt und dann darauf gewartet, dass Andres etwas unternimmt. Also, wir haben Lorraines Namen, Adresse und Telefonnummer auf einen Zettel geschrieben, den Zettel in ein Briefkuvert gesteckt und anonym an Andres verschickt. Schorschi wusste natürlich mittlerweile alles, Lisa wusste noch nichts. Ihr gegenüber hatte ich ein ganz schlechtes Gewissen; aber wenn die mit ihrer Mutter darüber geredet hätte, dann wäre alles rausgekommen. Irgendwie wäre es jetzt überhaupt nicht mehr möglich gewesen, ihm die ganzen Infos persönlich zu sagen, denn es hätte ihn, glaube ich zumindest, sehr verletzt, wenn er erfahren hätte, dass Leute in seiner unmittelbaren Nähe, die er fast täglich sah, Bescheid wussten und ihn, der so verzweifelt auf der Suche war, im Dunklen tappen ließen. Das wird er sowieso früh genug erfahren, dachte ich mir. Also, nachdem der Brief abgeschickt war, haben wir gewartet und gewartet. Und erst nach mehr als einem Jahr bekam ich einen Brief von meiner Mutter, der mir fast die Schuhe ausgezogen hat, weil so ganz nebenbei herauskam, dass Andres die ganze Zeit schon bei ihr wohnt. Wir hatten ihn in Bösenbirkig schon vermisst. Der Brief ging so:

„*Ma chère Joëlle*, auch wenn dich das völlig unvorbereitet trifft – dein Vater ist hier aufgetaucht und lebt nun schon seit einigen Monaten bei mir in unserem Haus. Du kannst mir glauben, wenn ich dir sage, dass ich bereits nicht mehr in der Lage bin, ohne ihn zu existieren. Allerdings habe ich es noch nicht gewagt, ihm zu sagen, dass es dich gibt. Warum bin ich nur so feige? Meine große Kleine, es gab nicht einen Tag, an dem ich mir nicht die schlimmsten Vorwürfe gemacht habe. Ich hatte das Gefühl, ein fragiles Gebäude aus meinen Lügen um mich herum gebaut zu haben, und täglich bin ich spätestens um fünf Uhr morgens aufgewacht und war nicht in der Lage, wieder Schlaf zu finden. Allmorgendlich haben mich die Schuldgefühle gequält, als hätte ich ein schweres, unentdecktes Verbrechen begangen und würde nun bis an mein Lebensende von den Erynnien aus der griechischen Mythologie gejagt. Nein, es gab nicht einen einzigen Tag, an dem ich nicht daran dachte. Eines Tages würde alles ans Licht kommen, davon war ich überzeugt, davor hatte ich Angst und wünschte dennoch nichts sehnlicher.

Ich habe damals alle meine Verbindungen zur Vergangenheit abgeschnitten. Es gibt keine Worte für das Gefühl, das mich erfüllte, als der Arzt mir sagte, dass ich mit Zwillingen schwanger gewesen war und dass ich eins der Kinder noch immer in mir trug. Du warst es, für die ich leben wollte, dich wollte ich beschützen, um dich bin ich tausend Tode gestorben vor Angst, dich an den Tod zu verlieren. Dein Vater hatte vor ungefähr fünfzehn Jahren einen Schlaganfall. Seine rechte Seite ist gelähmt. Er kann gehen, sich bewegen, doch beschwerlich. Für mich ist er dennoch der wunderbarste Mann der Welt. Er wohnt nun bei mir, bei uns, und ich möchte, dass ihr euch kennenlernt, wenn du es auch willst. In den nächsten Tagen werde ich es ihm sagen, ich werde all meinen Mut brauchen. Vielleicht wird er mir böse sein, doch bestimmt nicht lange, denn er wird dich bekommen.

Erinnerst du dich an das große Bild unter der Empore in der Küche, das wir beide zusammen gemacht haben? Du hattest die Idee, Jockels und deine Bilder, eurer beider Bastelarbeiten gemeinsam in einem einzigen Bild zu vereinen. Es war damals, nachdem du mit der Klasse von der Côte d'Azur zurückgekehrt warst. Du warst damals so anders, so neu, so verändert und hattest diese Idee. Ich bin dir so dankbar dafür. Noch glaubt er, dass die dunkle Locke neben der blonden von mir ist. Er hat geweint, als er dieses Bild das erste Mal sah. Er liebt es. Es ist der Blick auf seine beiden Kinder. Komm, denn er wird es wollen, davon bin ich überzeugt. Ich liebe dich unendlich, Joëlle, schreib mir eine Antwort, schreib mir schnell, oder noch besser, ruf mich an. *Je t'embrasse, Lorraine.*"

Was für ein Brief! Und ob ich kommen würde. Wenn sie wüsste, wie lange wir darauf gewartet haben, in München und Bösenbirkig. Ich bin auf der Stelle ans Telefon gestürzt und habe ihre Nummer gewählt. Andres war am Telefon. Ich habe nach Madame du Barre gefragt, er hat gesagt, *un moment, Madame,* hat sie gerufen, und als sie dran war, habe ich gebrüllt:

„Ich komme, *maman,* morgen Abend bin ich da. Ich werde einfach nur verrückt vor Freude."

Und dann habe ich das Päckchen von Berta aufgemacht. Es war ein kleiner, brauner Teddybär mit nur einem Ohr, zerliebt und zerschnuffelt. Es war der Teddy von meinem Bruder Jockel. So lange habe ich das Päckchen jetzt mit mir herumgeschleppt; ich hatte sogar irgendwie richtig Angst davor, es aufzumachen. Und jetzt lag es also offen da, und der Teddy guckte mich an und wollte von mir in den Arm genommen werden. Da habe ich ihn aus der Pappschachtel genommen und an mich gedrückt. Er roch nach meinem Bruder. Ich hatte meinen Bruder im Arm und musste weinen. Meine Tränen fielen auf das Fell und versanken darin. Und ich habe mir gedacht, dass mein armer Bruder ihm seine Geheimnisse erzählt hat, und nun würde er sie mir erzählen. Und als Betti starb, hat er geweint, und als er krank wurde, auch. Als er richtig krank war, ganz zum Schluss, hat er ihn vielleicht nicht mehr beachtet, weil er an ganz andere Sachen denken musste. Und dann hat der Teddy in der Ecke gesessen, unbeachtet, und als der Schorschi Jockel besucht hat, als der schon im Sterben lag, hat er den Teddy mitgenommen. Damals hat Schorschi gedacht, dass er das tut, weil der Teddy sonst zu traurig ist. Und jetzt hatte ich ihn im Arm und roch an seinem Fell und weinte hinein und dachte, dass sich in dem Teddy meine Tränen mit denen von meinem Bruder vereinten.

Epilog

Andres stand vor der Tür und beobachtete, wie allmählich die Sonne hinter die Berge sank. Sie tauchte den ewigen Schnee auf dem Gipfel des Mont Blanc in rotgleißende Glut, und noch lange sah man ihr warmes Licht, sah, wie es heller wurde, weiß und kalt. Bald würde sich die Nacht über diesen Teil der Erde legen und einen Großteil der Menschen in Schlaf versetzen. Was für ein Tag! Wie hatte er begonnen und wie ging er nun zu Ende! In wenigen Minuten hatte der Hagel jede Hoffnung auf eine reiche Ernte zunichte gemacht und die Bauern, die von ihr lebten, sämtlicher Illusionen eines angemessenes Salärs für ihre Mühen beraubt. Andres sah in das Licht, das nun einen hellen weißen Streif quer über den Horizont zog, und dachte an das Licht, das sich vor dem Sturm zwischen Himmel und Erde geschoben hatte. Was für ein Tag! Er dachte an die Zeit, als die Menschheit die Erde noch für eine Scheibe gehalten hatte, und verstand ihre Angst vor den Gottheiten. Hatte es heute Nachmittag nicht so ausgesehen, als würde ein schwarzes Brett über die Welt gelegt, als sollte alles Leben darunter zerquetscht werden? Wen wollten die Götter bestrafen? Fühlte nicht ein jeder sich schuldig? Er dachte an einen Sarg, dessen Deckel geschlossen würde, und stellte sich vor, wie seitlich von riesiger Hand die Schrauben gedreht würden. Er hörte sogar das Geräusch der sich scharrend in das Holz arbeitenden Bohrer. Und plötzlich hatte er ein Bild im Kopf, das er verdrängt hatte. Nie zuvor hatte es sich in seine Gedanken geschlichen; es war wie ausgelöscht. Der Schmerz, das Grauen selbst hatten es scheinbar ausgelöscht, und es war all die Jahre so gewesen, als hätte es nie stattgefunden. In Träumen tauchten mitunter Fragmente auf, die Angst erzeugten, jedoch nach dem Erwachen nicht mehr als konkrete Bilder erinnert werden konnten. Das Leben selbst hatte sich dieses Recht herausgenommen und sie in die hintersten

Schubladen des Gedächtnisses verdrängt, um weiter zu bestehen. Es war beim Appell in Südfrankreich. Einer der Jungen, Michael Platzek, genannt Muck, war verschwunden, desertiert. Man würde ihn finden und vor das Kriegsgericht stellen und standrechtlich erschießen, brüllte der Leutnant, und jeder der jungen Männer zitterte vor Angst. Auch Andres. Noch in derselben Nacht wurde Muck aufgegriffen. Der Bauer, bei dem er in der Scheune Unterschlupf gefunden hatte, ein Anhänger der Vichy-Regierung, hatte ihn bei den Deutschen Besatzern verraten und diese zu seinem Versteck geführt. Anderntags musste sich die ganze Einheit im Hof der Kaserne aufstellen. Es wurden sechs Schützen ausgesucht, um den unglückseligen, wimmernden Kameraden zu erschießen. Unter ihnen war Andres. Er sah Muck mit verbundenen Augen an der Wand aus schlecht verputzten, roten Backsteinen stehen und betete für ihn. Seine Hände zitterten, als er den Abzug betätigte. Er schoss bewusst daneben, doch als der Mann fiel, der noch gar kein richtiger Mann war, wurde ihm schwarz vor Augen. Muck klappte zusammen wie ein Taschenmesser. Erst sank er auf die Knie, unendlich langsam, dann setzte er sich auf die Fersen, dann sank sein Körper nach vorne. Den Kopf hielt er noch oben, als ein weiterer Schuss ihn traf, den der Leutnant selbst abgegeben hatte. Da schlug der Kopf mit einem Ruck nach unten, Muck fiel zur Seite, als wollte er sich schlafen legen, und rührte sich nicht mehr. Andres wurde durch das kreischende Gebrüll des Leutnants in die Realität zurück geholt.

„Brav gemacht! Zurücktreten!"

Er trat zurück, und noch am selben Tag, bei einer anderen Erschießungsaktion im Wald, entfernte er sich unbemerkt von seiner Einheit, schlug sich in die Büsche, wartete dort eine Weile und rannte dann, bis es in seiner Brust brannte wie eine aufgeschürfte Wunde. Vier Tage irrte er umher, ernährte sich von Blättern, Beeren, Früchten, er wusste, was man essen konnte und was nicht. Er hatte schon vier Semester Biologie und Forstwirtschaft studiert, bevor er eingezogen wurde. Er wurde gesucht, das wusste er. Er wunderte sich, dass sie ihn noch nicht gefunden hatten, und war ein paar Mal kurz davor, sich freiwillig zu stellen, so erschöpft waren seine körperlichen und seelischen Kräfte. Er erinnerte sich an das große, schöne Haus, auf das er zuging, ohne zu wissen, was ihn dort erwartete. Er betrat den Hof und sah plötzlich das Gesicht der Frau. Er sah die schwarzen Locken, die aus dem Gesicht gekämmt waren, aber überall hatten sich Locken hervorgestohlen, Er sah die schwarzen Augen und er sah das mitleidige Entsetzen in diesen Augen, bevor er sich in ihre Arme fallen ließ.

Wie von sehr weit her traf ihn die Stimme Lorraines. Sie war hinter ihn getreten und berührte seinen Arm. Sie sagte:

„Komm ins Haus!"

Sonst nichts, und er drehte sich um und folgte ihr.

Am nächsten Abend hatten sie bereits den Tisch gedeckt, Wein und Wasser kalt gestellt, das Essen war gerade fertig geworden, als sie zur Tür hereintrat; und er erkannte sie auf der Stelle.

Lores Kochbuch

Flusskrebse in Zitronenbutter mit Aioli

Zutaten für die Krebse: 1kg Flusskrebse, 3l Wasser, Salz, eine Zwiebel, eine Petersilienwurzel, ein Melissestrunk, ein Minzstrunk, zwei Lorbeerblätter, zwei halbierte Zitronen.

Zitronenbutter: 125g Butter, Saft und Zestenabrieb einer Zitrone

Mayonnaise: Ein Ei, Pfeffer, eine Prise Salz, vier mittlere Knoblauchzehen, Speiseöl – eine Tasse Sonnenblumenöl und ein Schnapsglas kalt gepresstes Olivenöl

Aioli: Das Ei wird aufgeschlagen und mit Salz, Pfeffer und den durchgepressten Knoblauchzehen verrührt. In diesen Brei wird zunächst teelöffelweise vorsichtig ein wenig von dem vermischten Öl gegeben, bis eine feste weiße Creme entsteht, in die langsam aber stetig der Rest des Öls gerührt wird. Die Kräutermayonnaise wird mit Minze und Blättchen von wilder Melisse abgeschmeckt.

In die weiche Butter werden Zitronensaft und -zesten langsam mit einem Schneebesen eingerührt bis eine gleichmäßige Creme entsteht.

Das Wasser wird mit Salz, der geschälten und halbierten Zwiebel, einer halbierten Zitrone, der Petersilienwurzel und den Kräuterstrünken, von denen zuvor die Blättchen für die Mayonnaise abgestreift wurden, zum Sieden gebracht. Darin werden die frischen Krebse gekocht, bis sie eine rötliche Färbung bekommen. Sie werden mit dem Schaumlöffel herausgenommen, mit der Zitronenbutter bestrichen und mit der Aioli zusammen serviert.

Kräuterstrudel mit Brennnesselpaste

Zutaten für den Strudelteig: Eine Handvoll Weizenmehl, zwei EL Wasser, ein EL Oliven- oder Sonnenblumenöl, eine Prise Salz

Für die Füllung: Eine Handvoll Brennnesselblätter, eine Tasse geriebener Hartkäse (falls möglich Parmesan), Olivenöl nach Gefühl, zwei Knoblauchzehen, Schafskäse, 2 EL Walnussmehl

Mehl, Wasser, Öl und Salz miteinander zu einem festen Teig verkneten und in Pergamentpapier einschlagen.

In einem Topf etwas Wasser kochen, das Wasser wegschütten, den eingeschlagenen Teig in dem noch heißen Topf mit geschlossenem Deckel ca. 10 Minuten ruhen lassen.

Brennnesselpaste

Junge Brennnesselblätter von der Pflanzenspitze waschen und kleinhacken. Mit dem Käse, Walnussmehl, Olivenöl und kleingehacktem Knoblauch zu einem Brei gut vermischen.

Den Schafskäse zerpflücken.

Den Teig auf einem Küchentuch so dünn ausrollen, dass das Muster des Tuchs zu erkennen ist.

Die Paste in der Mitte des Teigblatts verteilen, mit kleinen Stückchen Schafskäse bestreuen, von allen Seiten einschlagen und aufrollen. Den geschlossenen Strudel mit zerlassener Butter bepinseln. Bei einer Hitze von 180° im vorgeheizten Backofen goldbraun backen.

Lores Kochbuch

Jus

Jus wird aus allen möglichen Resten und Wein hergestellt: Knochen, Sehnen, Fett, Gemüse- und Obstschalen, Kräuterstrünke, Zwiebel. In einer großen Pfanne werden die Zutaten langsam mit Öl angebraten und mit Wein – zumeist Rotwein – abgelöscht. Man lässt das Ganze oft mehrere Stunden vor sich hin köcheln, auf ein Minimum reduzieren und füllt immer wieder mit Wein auf, bis ein schweres intensives Konzentrat entsteht, das abgesiebt die Basis für verschiedenste Soßen bildet. Schließlich kann man den Jus auch in ein Fach für Eiswürfel geben und im Gefrierfach aufbewahren. So kann er optimal dosiert werden.

Gegrillte Lammkoteletts im Rotweinjus

Zutaten: Vier Lammkoteletts pro Person, eine halbe kleingehackte Zwiebel, zwei bis drei gehackte Knoblauchzehen, etwas Jus, ein Glas Rotwein, Pfeffer, Salz

Die Koteletts werden in der Grillpfanne von beiden Seiten kurz angebraten und dann herausgenommen. In der Pfanne werden nun die kleingehackten Zwiebeln und Knoblauchzehen leicht gebräunt, mit Lamm-Jus aufgeschmolzen, mit Rotwein gelöscht und mit Pfeffer und Salz abgeschmeckt. Nun wird mit süßer Sahne die Soße aufgekocht, bis sie eindickt und Blasen wirft, bevor die gegrillten Lammkoteletts zugegeben werden.

Normannisches Kotelett
Zutaten: 2 Koteletts, Olivenöl, eine mittelgroße Gemüsezwiebel, ein Apfel, ein Schuss Calvados, süße Sahne, Pfeffer und Salz

Das Fleisch in heißem Öl anbraten, herausnehmen. Die Zwiebel in Ringe schneiden und mit dem ausgehöhlten, in Scheiben geschnittenen Apfel in der Pfanne bräunen, die Soße mit Calvados ablöschen, mit Sahne eindicken, das Fleisch hineinlegen, mit Apfelscheiben und Zwiebelringen bedecken und mit etwas Salz und Pfeffer aus der Mühle würzen.

Lachsforellen im Kartoffelbett
Zutaten: 2 Lachsforellen, 3 mittelgroße festkochende Kartoffeln, Olivenöl, eine Limone, Zitronen- oder Limettensaft, frische Minze, Salz, Pfeffer

Die ausgenommenen Forellen entschuppen, waschen, trockentupfen und mit einem Gemisch aus Olivenöl und Zitronen- oder Limettensaft beträufeln. Die Kartoffeln in hauchdünne Scheiben schneiden und in eine gebutterte Auflaufform schichten. Die kleingehackte Minze, Salz und Pfeffer darüberstreuen und darauf die gebeizten Lachsforellen legen. Noch etwas Olivenöl daraufpinseln, mit dünnen Limettenscheiben garnieren und im vorgeheizten Backofen bei ca. 200° backen.

Lores Kochbuch

Kartoffelknödel mit Schäufele

Zutaten für die Knödel: 1kg Kartoffeln, altes, in kleine Würfel geschnittenes Weißbrot, Butter

Für das Schäufele: 1kg Schweineschulter, 2-3 saure Äpfel, 2-3 Zwiebeln, Bier, Honig

Die Hälfte der Kartoffeln wird gekocht, dann geschält und noch heiß durch eine Kartoffelpresse gedrückt. Die andere Hälfte wird roh in Salzwasser gerieben und durch ein Tuch gesiebt. Danach wird der ausgedrückte rohe Teig mit dem gekochten Teig vermischt. Die Kartoffelstärke, die sich unten im Wasser abgesetzt hat, wird ebenfalls in den Teig gemengt. Man kann noch ein wenig Kartoffelmehl zusätzlich dazufügen, um die Konsistenz zu verbessern. Von dem Teig tut man sich etwas platt auf die Hand, streut in Butter geröstete Weißbrotwürfel in die Mitte und formt schnell einen Ball mit den Brotwürfeln in der Mitte. Die Knödel werden in kochendes Wasser gelegt, dürfen aber nur ziehen. Wenn sie oben schwimmen, sind sie fertig. Das Fleisch wird mit der würfelartig eingeschnittenen Schwarte nach oben in eine Backform gelegt, mit Pfeffer und Salz gewürzt und grob in Stücke geschnittene Zwiebeln und entkernte Äpfel darum herum verteilt. Dann kommt so viel Wasser in die Form, dass die Zwiebeln und Äpfel bedeckt sind. Im Backofen wird das Fleisch gebacken, bis es leicht gebräunt ist. Ab und zu wird Wasser für die Soße nachgegossen und das Fleisch mit einem Gemisch aus Honig und Bier bepinselt, bis aus der Schwarte eine knusprige Kruste geworden ist.

Die Knödel sollte man nicht schneiden sondern nur mit der Gabel aufreißen, damit sie mehr Soße aufnehmen können.

Holunderblütengelee

Zutaten: Auf 500g Blüten 500g Zucker, Saft einer ganzen Zitrone, zwei saure Äpfel

Die gepflückten Holunderblüten werden in einem irdenen Krautfass mit Zitronenscheiben und wilder Melisse geschichtet, Schicht für Schicht vorsichtig mit Wasser übergossen, einer massiven Steinplatte, dem sogenannten Krautstein beschwert und zwei Tage in einen dunklen, kühlen Raum gestellt. Der Stein drückt die Blüten zusammen, das abgesiebte Wasser wird mit dem Zucker, dem Zitronensaft und den sauren Äpfeln gekocht, bis es geliert.

Holunderküchlein

Teig: 100g Mehl, 4 Eier, Prise Salz, Vanillemark,
   Holunderblüten

Die Eier trennen. Mehl mit Eigelb, Vanillemark und Salz glatt verrühren. Das Eiweiß zu festem Schnee verrühren und vorsichtig mit dem Schneebesen unter den Teig heben. In einer heißen Pfanne etwas Butter, Butterschmalz oder Sonnenblumenöl erhitzen und darin Teigflecken von in etwa 15 cm Durchmesser anbraten. In die Teigflecken werden die Holunderblüten gedrückt und mit einer Schere die grünen Stielchen abgeschnitten, sodass nur noch die weißen Blüten auf dem Teig liegen. Darauf wird eine weitere Schicht des Teigs gegeben, bei geringer Hitze von unten her leicht gebräunt, umgedreht und nun auch von der anderen Seite goldbraun ausgebacken. Mit Zimt und Zucker bestreut servieren.

Lores Kochbuch

Kirschsorbet
Zutaten: 1kg süße schwarze Kirschen, 100g Zucker, 125g Sauerrahm, 125g Joghurt, 125g Schlagsahne

Die Kirschen werden entsteint und kleingehackt, zusammen mit dem Zucker, Sauerrahm und Joghurt zu einem gleichmäßigen Brei gemixt. Danach wird die steifgeschlagene Sahne darunter gehoben und die Masse im Eisfach unter gelegentlichem Rühren gefroren.

Akazienblütengelee
Zutaten: Akazienblüten, Gelierzucker, Zitronensaft, Kläräpfel, frische Minze

Man rechnet auf 200g Blüten 200g Zucker, den Saft einer großen, reifen Zitrone, zwei saure Kläräpfel und 10g frische Minzblätter, 1l Wasser
Blüten, Zucker, Zitronensaft und Äpfel werden zusammen im Wasser gekocht, bis sie gelieren, und schnell mit den gehackten Minzblättern heiß in Gläser gefüllt und verschlossen.

Jockels Holunderblütentorte

Zutaten für den Teig: 5 Eier, 100g Zucker, Prise Salz, das Mark einer halben Vanilleschote, Zitrone, 100g Mehl, Butter, Holundergelee

Für die Füllung: 125g Quark, 2 Eier, 125g Schlagsahne, etwas Zucker, das restliche Mark der Vanilleschote, ein Glas Holundergelee, ein Päckchen Gelatine oder zwei TL Agar Agar

Der Teig: Die Eier werden getrennt. Das Eigelb wird mit dem Zucker, einer Prise Salz, dem Mark der halben Vanilleschote, etwas Zitronensaft verrührt. Das Eiweiß wird zu einem festen Schaum geschlagen und vorsichtig darunter gehoben und dann erst das Mehl darüber gestäubt.

Die Füllung: Die Eier werden getrennt. Das Eigelb wir mit dem Zucker und Vanillemark gemixt, bis eine weißliche Creme entsteht. Sodann wird das Holundergelee darunter gerührt. Die Gelatine oder das Agar Agar wird, in lauwarmem Wasser gelöst, zugegeben. Das Eiweiß wird zu Schaum geschlagen, mit der ebenfalls steifgeschlagenen Sahne und mit dem Rest gleichmäßig vermischt.

Nun kommt der Teig in eine gebutterte Springform und wird bei ca. 190° im vorgeheizten Backofen kurz ausgebacken. Herausgenommen wird der Biscuit mit einem Nähfaden in drei Lagen „geschnitten", die abwechselnd mit der Holunderblütencreme aufgeschichtet werden.

Die Torte muss nun für einige Stunden in den Kühlschrank, um schnittfest zu werden.

Lores Kochbuch

Hagebuttenmarmelade
Zutaten: 500g Hagebutten auf 500g Zucker, Saft und Zesten einer Zitrone, zwei saure kleine Äpfel, ein Schnapsglas Wodka
Unbedingt Gummihandschuhe tragen!

Hagebutten waschen, halbieren und mit einem spitzen Messer vorsichtig und so gründlich wie möglich die feinen Härchen aus dem Inneren der Früchte kratzen.

Der Zucker wird in einem Topf erhitzt, bis er flüssig ist, die Hagebutten mit Zitronensaft, Zitronenabrieb und den Äpfeln werden zugegeben und unter ständigem Rühren zu einem gleichmäßigen Mus zerkocht. Dies wird durch ein feines Haarsieb oder ein Mulltuch passiert, zum Schluss noch einmal mit dem Wodka zusammen erhitzt bis es geliert und noch heiß in sterilisierte Gläser gefüllt.

Gâteau Crostant

Für den Teig: 500g Mehl, 250 g Butter, 100g Zucker, ein Ei, eine Prise Salz, eine Messerspitze Vanillemark
Für die Füllung: ein halbes Glas Marmelade

Das Mehl wird auf eine Holzplatte gesiebt, in seine Mitte mit dem Löffel eine Mulde gemacht, darin das Ei mit dem Zucker und der Prise Salz verrührt. Die kalte Butter wird in kleine Stückchen darum herum verteilt und schnell damit verknetet, bis ein gleichmäßiger Teig entsteht. Der wird halbiert, die eine Hälfte ausgerollt und in eine flache Form gelegt. Darauf wird die Marmelade gestrichen. Die andere Teighälfte wird zu länglichen Zöpfen gedreht, die wie ein Gitter auf dem Kuchen verteilt werden, der nun im vorgeheizten Backofen bei 180° goldbraun gebacken wird.